삼청교육대

한국판 수용소 군도

삼청교육대

이적 장편 실화소설

S|A 시아

서문

생채기의 역사는 진실을 말하지 않고는 아물수 없는 부끄러움으로 영원히 지속 된다

잘못이 있으면 드러내고 드러낸 만큼 치유 하고 또 가해자는 반성의 바탕위에 역사 청산이 이루어져야 한다

그러나 이땅에 군사독재와 문민독재를 거치면서 얼마나 많은 미증유의 아픔들이 적폐화 되어 겹겹이 쌓여 왔던가

72년간의 분단과 예속의 기나긴 고통속에 해방 되지 못한 제도의 허점으로 그 시대의 아픔들이 천민예속 자본주의의 적폐로 쌓여 가며 우울한 역사는 그대로 진행되고 있다

특별법이라는 이름으로 덮여지고 있는 불운한 역사의 불완전한 청산, 기록하고 말하고 가슴에 문신으로 새겨 놓아야 한다 그래야 또다른 불운의 역사를 막을수 있기 때문이다 .

40여년이 지났지만 잊지 말아야 할 역사 이기에 또 한권의 역사의 기록으로 남겨 놓는다 이 책 한권으로 80년대 정화라는 허울 좋은 이름으로 포장된 예속 정치의 틀위에서 놀아난 위정자들의 학정의 한시대를 증언 한다

살아 있는 가해자들은 주검의 눈물로 반성 하라 .

이 책을 눈 못감고 구천을 떠도는 80년 광주와 삼청의 영령들 앞에 바치고자 한다

민통선 우거에서 이적

차례

제1부　　체포　　　　　　　　　　　　　　　9

제2부　　80년, 그해 가을　　　　　　　　23

제3부　　저항의 끝　　　　　　　　　　117

제4부　　바스티유의 땅　　　　　　　　191

제5부　　숨 쉬는 조국 -복수-　　　　　227

후기　　　　　　　　　　　　　　　　282

제1부

체포

1

그해 가을, 가을은 소리 없이 암담한 도시로 찾아들었다. 도시는 운무로 가득 찼고 사람들은 어깨를 움츠리며 어디론가 종종걸음으로 바삐 걷고 있었다.

〈바스락〉 구두 밑으로 밟혀오는 낙엽의 잔해도 낮고 은밀하게 비명(非命)에 갔다. 거리를 질주하는 버스도 정류장에 오래 머물지 않았다. 운전자는 눈을 흘끔거리며 손님이 빨리 내려주고 빨리빨리 타주기를 희망했다. 그 눈은 사나운 맹수에게 쫓기는 듯 겁을 잔뜩 머금은 초라한 눈이었다.

사람들은 오버 깃을 세우고 뒤따라오는 사람들의 발걸음 소리에도 예민하게 신경을 썼다. 힐끔 뒤돌아보는 시선, 여러 개의 시선이 동시에 자신을 노려보는 듯하다. 도시는 가을 하늘을 떠받치지 못하고 마치 지하로 함몰되고 있는 듯한 느낌이다.

대학로에 쏟아져 나오는 흔해 빠진 학도호국단 개구리복 청년들도 거리에는 보이지 않는다. 먹고 떠들고 깔깔거리던 그 거리에는 먹구름만 잔뜩 내려앉아 있다. 대학의 정문은 입을 앙 다물고 겁먹은 눈으로 사람들을 밀어낸다.

한 젊은이가 택시기사와 시비를 붙고 있다. 택시기사는 대학가로 가지 않으려 한다. 시비는 한참 계속되었다. 갑자기 대학이 위치해 있는 이면도로에서 '와아' 하는 함성이 인다. 택시기사가 젊은이를 떨쳐내려고 액셀을 힘껏 밟은 모양이다. '와앙' 하며 타이어가 비명을 지르고 고무 타는 냄새가 진동을 한다. 젊은이가 망연자실 멀어지는 택시를 바라보고 서 있다.

행인들이 슬금슬금 코를 막고 골목길로 스며든다. 어디에선가 모를 최루액 냄새가 콧속으로 스멀거리며 파고든다. 코를 막은 사람들의 얼굴에 긴장감이 어린다. 대학이 있는 방향에서 다시 '와아' 하는 함성이 들리고 '터덕, 턱턱, 타탁' 하는 경찰의 최루포 쏘는 소리가 요란하게 들려온다.

2

안경을 끼고 회색 빛깔 바바리를 걸쳐 입은 20대 후반 청년이 어디론가 바삐 걸어가고 있다. 그의 표정은 어두웠으나 빠른 걸음은 할 일이 많아 보였다. 청년은 빌딩이 밀집해 있는 거리를 지나 음식점이 즐비한 골목길로 접어들었다. 식당가다. 사람들이 점심을 먹으려는 듯 떼를 지어 몰려다닌다. 여자들은 말이 많았고 남자들은 입을 다물고 걷고 있다.

청년이 길거리에서 만난 누군가를 아는체한다. 둘은 이내 골목 안으로 사라진다. 그때 긴장된 표정의 웬 사내 하나가 그 뒤로 빠르게 따라간다. 오래전부터 따라 붙은 사내, 그는 100미터 이상 멀찌감치 떨어져 조심스럽게 따라 가다가 청년들이 골목으로 사라지자 잽싸게 그 길로 뛰어 들었다.

한적한 골목, 청년 둘이 낮은 이층집으로 걸어 들어 가는 것이 눈에 띈다. 청년의 회색빛 바바리가 2층집 벽돌 색깔과 닮아 있다. 뒤따르던 낯선 사내는 전봇대 뒤로 몸을 숨긴다. 그리고 담배를 꺼내 입에 문다. 청년들이 나올 때까지 기다리겠다는 표정이다. 골목 밖 사람들은 여전히 시끄럽다.

한쪽 세상은 먹잇감을 쫓아다니는 사람들로 가득 찼고 또 한쪽 세상은 의문의 미행이 잠적해 있는 어둠의 세상이다. 세상 사람들은 이 두 가지의 공존을 말없이 수긍한다. 둘 다 생존의 법칙으로 이해한다.

얼마나 시간이 흘렀을까. 안경 낀 청년이 바바리 깃을 세운 채 빌딩 밖으로 걸어 나온다. 미행자의 눈이 반짝 빛이 난다. 피우던 담배를 신경질적으로 구둣발로 비벼 끈다. 그리고 빠른 걸음으로 청년을 향하여 '타다닥' 잽싸게 뛰어간다.

청년이 육교 밑으로 접어들었을 때 사내가 청년의 어깨를 툭 친다. 순간 청년이 낯선 사내를 향하여 시선을 돌리자 그의 입에서 낯선 언어가 투두둑 떨어졌다.

"어딜, 그렇게 바쁘게 다니시지요?"

그의 말은 낮고 은밀했다. 그러나 말속에서는 날카로운 유리 파편이 우두둑 떨어지는 것만 같은 기분 나쁜 어투다. 청년의 표정이 어두워진다.

"누구신데…."

"같이 갑시다. 잠시면 되니까."

순간 그의 허리춤에서 수갑이 하얗게 빛을 발했다.

3

경찰서 간판이 눈에 들어온다. 정문에서 근무를 서던 의무경찰의 손이 잽싸게 모자챙 끝으로 간다. 구호가 붙은 인사소리가 요란하다. 사내는 볼 것 없다는 듯 청년을 끌고 간다.

조사실. 청년은 포기 하는 것에 익숙하다는 듯 조사실 책상 앞에 털썩 주저앉았다. 미행한 사내는 한 건 잡았다는 눈길로 의기양양하다.

"어이, 저녁에 한잔 하지. 내가 한잔 쏠 테니까."

상대방 사내도 당연하다는 듯 "한 건 했군, 허." 한다. 그는 부럽다는 어투로 "갑시다" 하고 청년을 유치장 대기실로 데리고 간다. 청년은 어두운 표정으로 철창실이 촘촘한 보호실 안으로 머리를 들이민다.

4

신문사로 막 출근하려던 최 기자의 주머니에서 삐삐가 요란하게 굉음을 낸다. 자세히 들여다보니 잘 아는 전화번호다. 그는 전화기 곁으로 다가가 다이얼을 돌렸다. 신호음은 빠르게 상대 전화를 끌어내고 있었다. 이어 저쪽에서 송수화기 드는 소리가 들려온다. 웬 여인의 목소리다.

"최경호 기자님이시죠?"

"네, 그렇습니다만⋯."

"할머니, 전화 바꿔드릴 테니 잠시만 기다리세요."

"경호야⋯, 크흑⋯."

순간 최 기자는 직감적으로 선배가 체포됐다는 것을 예감했다.

"어, 어머님, 왜 그러세요? 혹⋯허, 형이⋯."

"동부서에 잡혔단다. 하이고⋯."

노인의 음성은 짧고 절박했다.

"엄니, 알았으니 걱정 마시고 계세요. 내 곧 전화드릴게요."

"하이고…, 크흑….”

최 기자는 노인의 울부짖음을 무시하고 전화기를 끊었다.

그리고 카메라를 들쳐 메고 동부서로 뛰었다. 아침회의도 없이 밖으로 뛰어 나가는 최 기자를 향하여 이철기 부장이 "어이, 왜 그래?” 하고 고함을 질렀으나 "갔다 와서 말할께요. 급해요” 하고 후다닥 나가 버린다.

신문사와 동부서는 10여분 거리. 최 기자는 빠르게 동부서 조사계로 뛰어들었다. 그리고 신문을 밝히고 면회를 요청했다. 근무자는 좀 곤란하다는 듯하다가 상대의 신분을 의식한 듯 열쇠 꾸러미를 들고 다이얼실 앞으로 간다.

문 따는 기분 나쁜 쇳소리가 근무자 책상 앞까지 들려온다.

"나오슈.”

그는 턱짓으로 체포된 청년을 불러낸다.

최 기자와 청년의 눈길이 마주친다.

"혀…엉!”

최 기자는 기가 막힌다는 듯 결박된 청년을 향하여 눈길을 보냈다.

그러나 두 사람의 만남은 의외로 짧고 명료했다.

안경 낀 청년이 침착하게 말했다.

"서두르지 말고…, 체포 사실을 일단 각 언론에 알려라.”

"네….”

"그리고 민주평화당 총재께 알려지도록 사람을 보내라. 그리고 많은 사람들에게 알리지 마라.”

"그래도 MBC 형수 형과 신문사 철기 형한테는 알려야죠.”

"그 정도까지만 알려라. 신변만 안전하도록 기자들만 알면 되니까.”

최 기자는 얼마 전에 박종철 고문치사사건이 생각나 되도록 많은 사람들에게 알려 놓고 신변안전을 도모하는 것이 좋겠다는 생각이 들었으나 선배의 강경한 어투에 "그러마"라고 답하고 경찰서를 나왔다.

그리고 최경호 기자는 《삼청교육대 정화작전》 작가 이상적 선생이 수배 중 경찰에 체포되었다는 사실을 각 언론사에 타전하기 시작했다.

5

"이상적 그 친구, 좀 조심하지. 지금 잡히면 어떡해. 절에 조용히 좀 숨어 있었으면 될텐데 하산은 왜 해가지구서. 쯔쯔….”

이철기 부장이 최경호로부터 이상적 선생 체포 사실을 전해 듣고는 혀를 끌끌 차며 얼굴에 어두운 그림자를 지었다. 귀찮은 일이 생겼다는 표정으로 읽혀질.

"어제 호프집에서 한잔 하고 바로 산으로 갔으면 이렇게까지 되지 않았을 텐데…. 경찰서로 제 발로 기어 들어간 꼴이 됐으니. 한국정의당 국회의원 놈들 엄청 좋아하게 생겼네.”

최 기자는 이철기 부장의 걱정인지 빈정거림인지 모를 입술을 한번 바라보고는 방송국 형수 형에게로 전화기를 돌렸다.

"형님, 상적 선배가 체포됐어요.”

저쪽에서 후다닥 몸을 바로잡는 느낌이 전해져 왔다.

"아마, 일주일 정도 있다 서울로 압송될 것 같은데, 면회 한번 가보시죠.”

"그…그, 그래, 알았다.”

최 기자는 형수 형이 떨고 있음을 알았다. 혹 이상적의 체포로 자신의 직장에 영향이 먼저 올까 걱정하는 느낌이 잡혀 온다. 소시민적 삶을 살고 있는 형수 형 같은 모습은 주변 시장 좌판의 죽은 생선새끼들보다 더 많이 널려 있는지라 최 기자는 피식 웃음을 터트렸다. 술좌석에서는 시대와 정의를 잘도 까발리더니 겁쟁이 인간들밖에 없다고 속으로 뇌까렸다.

6

이상적
1957년생
직업: 작가

1980년 10월
계엄포고령 위반으로 군사재판 중 삼청교육대 4주훈련소로 보내짐
원주 38사에서 4주간 억류

죄명: 계엄포고령 19호 위반

1980년 12월
파주 28사단 근로봉사대 강제 지원

1980년 1월
임근실 폭행에 항의하다 특수교육대 끌려감

1982년
군으로부터 임근실과 함께 물고문당하다 임근실 사망 목격

1982년

임근실 사망에 항의 투쟁 선동

1981년 2월
계엄령 해제 국보위 보호감호 3년 통고,
삼청교육대 최장기수 복역 시작

1981년 2월~1982년
28사단에서 1년간 강제 노역

1983년
경북 청송 진보면으로 이감,
청송감호소 건설 노역장에 동원됨

1984년 5월
만기 2개월 남기고 2년 10개월 만에 삼청 최장기수 특사로 석방

1987년
《삼청교육대 정화작전》 발표 베스트셀러 작가로 부상
부산대학교, 동아대학교, 서울외국어대학교, 덕성여자대학교, 안동대학
교 등 전국 대학과 흥사단 외 사회단체, 학생들과 대중들을 선동하는 시국
강연 100여 차례 가짐

1988년
5공비리 국회청문회 출석, 임근실 죽음과 삼청인권 학살 고발

1988년 11월

군(軍)과 한국정의당의 사주로 오기택 소령 등에 의하여 출판물에 의한
명예훼손으로 피소

1989년

지명수배 1년 만에 체포

군사정권은 피로 세운 정권이며 전두관 등 군부 쿠데타 실세들은 마땅히
민중의 힘으로 심판받고 이 땅에 민중이 주도하는 자주민주국가를 건설해
야 된다는 요지의 연설로 민중들을 선동하고 다님

정덕포 검사는 이상적이 체포됐다는 소식을 듣고 책상 위에 놓여 있는
그의 이력을 천천히 들여다보았다. 그의 발자취에서 진한 피 냄새 같은 것
이 느껴진다. 같은 시대에 태어났으면서도 왠지 딴 세계에서 살아가는 듯
한 사람이다.

공안검사로 근무하면서도 여럿을 감옥으로 보내봤지만 이상적 같은 시
국사범은 처음이다. 그가 걸어온 길이 왠지 교도소 징역과는 다른 이 땅의
모진 역사가 덕지덕지 붙어 있다는 느낌이다. 그는 혼자 중얼거렸다.

"법을 어긴 것이라면 교도소로 가야 하는데, 재판 중 피의자를 법에도 명
시되어 있지 않은 군부대로 피의자를 보내 그곳에서 강제노역을 시킨다?
뭣 땜에 그랬지? 피의 사실은 성립되지 않고 석방하기는 불안한 놈이라서?
근데 이 친구가 써낸 책 내용이 사실이란 말인가, 아니면 이를 부인하는 고
소인 오기택 소령의 말이 맞단 말인가. 군은 절대 그런 폭압적인 인권 탄압
을 하지 않았다?"

하지만 오늘 아침에 부장검사가 넌지시 건넨 말이 생각난다.

"이상적이 잡혔다면서? 그 친구 잘 다뤄야 돼. 몇 사람 명줄이 걸렸어."

그건 윗선의 압력이라고 정 검사는 단정했다.

"명줄이라면 무조건 잡아넣어 입을 막으라는 소리 아닌가. 약점이 없다면 그런 압력도 가하지 않았을 텐데. 구린 게 있으니까 압력을 넣는 거지."

거기까지 생각하다 그는 고개를 절레절레 흔들었다. 자신이 공안검사라는 본분을 잊고 있었던 것이다. 정 검사는 내일이면 압송되어올 그를 취조하기 위해서는 그가 써낸 베스트셀러가 된 책을 완전히 독파해야 한다고 생각했다.

하지만 처음 몇 장 읽고는 책을 덮어 버렸다. 끔찍해서 도저히 읽을 수가 없었던 것이다. 자신이 살아온 세계와는 너무 거리가 먼 이야기, 남의 나라, 미개국에서나 있을 법한 이야기가 그곳에 펼쳐져 있었다.

"그래, 이건 정권을 모함하는 좌파세력의 글이야. 어떻게 이런 일이 있을 수 있어? 일사부재리를 무시한 이런 일이 민주국가에서 일어났다? 흠, 그런데 만약 이 책 내용이 사실이라면 이 작가에게 어떻게 유죄를 주나? 책 내용이 사실이라고 주장한다면 사실확인을 해야 하는데 그 확인이 가능할까? 그때의 실세들이 두 눈 시퍼렇게 뜨고 살아 있는데 사실확인이 가능하냔 말이다."

정덕포 검사는 이런저런 상념으로 머리가 지끈거렸다. 시국사범이 잡혀오면 군사정권에서는 사실확인 여부에 관계없이 처리하라고 하지만 어디 그게 검사로서 할 짓인가. 그는 한 줌의 양심에 힘들어했다. 그래서 제일 골치 아픈 게 시국 사범이 걸려드는 일이다. 아니, 공안검사로서 당연히 해야 될 피할 수 없는 운명이기도 했다. 그는 입술을 지그시 깨물었다.

7

이상적은 체포 이틀 만에 다이얼실에서 유치장으로 옮겨졌다. 지독한 인분 냄새가 코를 찌른다. 어두침침한 백열등 아래서 잡범들이 퀭한 눈으로 벽을 기댄 채 앉아 있다. 옆 감방에서 여자 잡범의 울음소리가 새어 나온다. 간수가 자신을 철창 안으로 밀어 넣고 철창문을 잠그고는 책상으로 가 앉는다.

참 오랜만에 인분 냄새 나는 감방으로 돌아온 느낌이다. 이 도회지 구석구석 인간을 옭아매는 첫 코스인 유치장 감방이 배치되어 있다. 바깥에 살 때는 잠시 잊고 있었을 뿐, 누구나 이곳에 올 수 있고 타의에 의하여 옭아매일 수도 있는 첫 코스가 바로 이곳이다.

저 여(女)잡범은 초범일 것이다. 그에게 지금 이곳은 공포스러운 곳이다. 하지만 이 감방을 빠져나가려면 올무에서 벗어나야 한다. 울 때가 아니다. 폭력적 공권력 아래 자유로울 이는 아무도 없다. 어떻게 하면 이곳을 빠져나갈 수 있는가를 연구해야 할 시간이다. 합리화. 그래, 자신을 지켜줄 수 있는 보편성과 합리성을 끊임없이 도출해낼 시간이다. 울 시간이 아닌 것이다.

이상적의 유적(流謫)에 비하면 유치장은 별것 아니다. 도리어 자신이 살아온 흔적으로 되돌아보면 유치장이 얼마나 그리웠던가. 황막한 눈 내리는 벌판에서 시시각각 달려드는 죽음의 공포에 비하면 여기가 어딘가. 따뜻하고 아름다운 침실로 느껴지기까지 한다. 나를 겨누는 총구도 없고 빠따도 없다. 경찰 간수의 잔소리는 괴롭힘이 아니다. 자장가 수준이다.

"아…."

이상적은 인분 냄새를 맡으며 아련한 향수에 매달리는 기분이다. 앞으로 다가올 운명이 아무리 혹독한 것이라 해도 적어도 임진강이 보이는 적소(謫訴)의 땅에는 가지 않는다. 그곳에만 가지 않는다면 그에게는 더 이상의 공포는 없다.

적어도 이런 유치장에서는 절망할 수 없다. 아니, 절망할 곳이 아니다. 어둡고 엄습하고 추위와 폭력의 죽음이 서려 있던 곳. 시시각각 죽음을 요구하던 곳. 이곳은 그곳이 아니다. 아, 여인이여 울음을 그쳐라.

제2부

80년,
그해 가을

10

　1980년 10월 초. 나는 위치를 알 수 없는 군사법정으로 끌려갈 준비를 하고 있었다. 사방이 밀폐된 감방, 어두침침한 실내 빛과 역한 냄새가 내 주변을 에워싸고 있던 어느 날이었다.

　감방엔 사천 곤양면에서 김대중 지지자로 끌려왔다는 최 면장이라는 면장 출신과 공무원 출신의 이기만 씨, 나 이렇게 세 사람이 갇혀 있었다. 먹감방(암흑 감방)에서 세 달이 넘도록 함께 갇혀 있었기에 얼굴은 익히 알고 있는 사람들.

　'두 사람은 왜?'

　무엇 때문에 자신이 여기에 잡혀와 이 구린내 나는 감방에 갇혀 있어야 되는지를 모르겠다는 사람들이다. 다만 최 면장이라는 분은 감이 잡힌다는 단 한마디 말, "김대중 지지자 및 동조세력" 그 이유일 것으로 못 박고 있었다.

　아침 꽁보리밥을 먹고 난 시간, 간수들이 느닷없이 우리 세 사람을 결박하여 바깥으로 끌고 나갔다. 나와 두 사람은 잠시 뒤뚱거렸다. 석 달 만에 맞이하는 햇볕이 너무 강렬해서 앞이 보이지 않았던 것이다. 다만 차량 한 대가 우리 앞에 버티고 서 있다는 느낌일 뿐, 눈앞은 온통 하얀 빛으로만 가득 차 있었다. 감방 외곽문과 차량과의 거리는 불과 5미터 가량, 우리는 그 길이 마치 500미터나 되는 양 기우뚱거리며 멀게만 느껴졌다.

포승줄로 묶인 세 사람은 다시 굴비처럼 한 조가 되어 차량 속으로 빨려 들어가야 했다. 그런 다음 차량은 침묵 속에 출발했다. 묻지도 않고 설명도 없이.

우리는 차량 내부가 밀폐되어 있으므로 현재의 위치는 물론, 도무지 어느 방향으로 차가 움직이는지조차 가늠해볼 수가 없는 처지였다. 무조건 차량이 달리는 대로 끌려갈 뿐이었다. 우리를 지키던 간수 두 명만이 굳은 얼굴로 옆자리에 타고 있을 뿐이다.

다만 공무원 출신인 이기만 씨가 침묵을 깨고 용기 있게 "도무지 어딜 가는 게요?" 하고 겨우 한마디 물었을 뿐이다. 그런데 아무런 답변이 없을 줄 알았던 간수의 입이 열렸다. 그 답변은 간결했다.

"군인법정."

나는 순간 억 하고 소리를 내뱉을 뻔했다. 민간인인 내가 무슨 이유로 군인재판을 받는가가 그 이유였다. 그러나 이내 나는 감을 잡을 수가 있었다. 군부 쿠데타 권력이 5월광주항쟁 이후 계엄령으로 나라를 지배하고 있다는 사실을 깨달았기 때문이다. 실제 임시로 맡은 대통령 권한대행의 지위도 무력해지고 정부의 모든 기관이 군인들의 손아귀에 들어가 있었으므로 당연히 재판도 군사재판일 것이었다.

그 소릴 듣고 난 최 면장의 얼굴이 긴장되어 있었다. 이기만 씨의 눈길이 내게로 꽂히고 있었다. 뭔가 알 수 없는 불안감이 그의 얼굴 위로 내려앉고 있었다. 하지만 무슨 말도 할 수 없었다. 의견도 눈으로 나눌 뿐 더 이상의 말은 불필요했다.

차량은 그리 많은 시간을 소요하지 않고 두어 시간 만에 큰 건물 앞에 정차했다. 군사법정이라는 느낌만 올 뿐 여기가 어딘지는 여전히 알 수 없는 곳이었다.

잠시 대기실에 다시 갇혔다. 여기저기서 사람들의 말소리가 들려왔다, 빠르게 뛰는 군인들의 군홧발 소리, 구호소리, 함께 열을 지어 지나가는 소리, 누군가가 포승줄에 끌려가며 지르는 아우성 소리, 때로는 둔탁하게 사람을 때리는 소리도 들려오고 이어서 비명소리도 들려왔다. 이기만 씨는 완전히 겁먹은 눈이었다. 나는 이기만 씨를 바라보며 말했다.

"공무원이 왜 여길 끌려왔을까."

끌려온 자신도 그 이유를 모른다면 도대체 이 세상은 어떻게 되어가는 세상일까. 갑자기 세상이 두려워지기 시작했다. 영문 모를 미궁 속으로 끊임없이 끌려들어가고 있다는 느낌. 나도 이기만 씨의 눈을 닮아가고 있었다. 불안감과 공포감이 전신을 에워쌌다. 순간, 바깥에서 "아아악, 이 씨팔 놈들아!" 하는 악다구니가 들려오고 몽둥이로 사람을 내리까는 소리가 귓속을 헤집고 들어왔다.

최 면장이 이기만 씨를 바라보고 이기만 씨는 나를 동시에 바라보았다. 이어서 들려오는 고함소리.

"죄가 있어야 불 게 아니냔 말이다! 죄 없는 사람을 잡아다가 어쩌자고. 아악." 군인들이 동시에 달려들어 진압을 하는 듯한 바깥의 분위기는 확실히 우리가 어디에 서 있는가를 가르쳐주고 있었다.

"흐…흑."

순간 이기만 씨가 허리를 구부린다. 그는 알 수 없는 괴음을 토해낸다. 하지만 내가 금방 수갑 찬 손으로 이기만 씨의 옆구리를 찔렀다. 소리를 내어서는 안 될 상황 같아서다. 문 앞에는 착검을 한 군인이 긴장된 표정으로 차렷 자세로 서 있은 지 오래다. 그가 흘깃 대기실 안으로 눈길을 돌렸다.

동시에 침묵. 그렇게 두어 시간이 흘렀다.

무거운 정적이 흐르다가 또 한 무리가 뛰어가는 소리, 수갑 채우는 소리, 화장실 보내달라는 탄원 소리. 드디어 우리 대기실 감방 앞으로도 변화의 조짐이 보였다. 거수기로 서 있기만 하던 군인이 감방 문을 따는 것이다. 감방 문이 흔들린다. 그 소리는 꼭 저승에서 들려오는 듯한 음습한 소리. '끄리링' 하고 문이 쉽게 열렸다.

거기엔 착검을 하고 중사 계급장을 단 군인이 한 명 서 있고 그 뒤에도 호송을 담당하는 듯한 병사 서넛이 차렷 자세로 서 있다.

"여기 최수병 있나? 최수병 나와."

최 면장이었다. 얼핏 보아도 손자뻘이다. 그 손자뻘이 지금 할아버지뻘 노인에게 나오라는 하대어를 쓰고 있는 것이다. 이기만 씨의 눈이 다시 공포에 잠긴다. 최 면장이 엉거주춤 일어서며 대꾸했다.

"네 이놈, 너는 니 집에 개새끼도 안 키우나?"

순간 최면장의 어깨 위로 곤봉이 '퍼벅' 하고 날아온다. 순식간의 일이었다. 이어서 뒤에 서 있던 군인들이 후다닥 뛰어들어 최 면장의 날개깃을 꿰찬다.

"이 개새꺄, 여기가 사횐 줄 알어? 끌고 가!"

다시 문이 '꽝' 하고 닫혔다. 오랜 침묵이 흘렀다.

11

1980년. 전두관 씨가 이끌던 군부는 우리에게 소리 없이 다가왔다. 80년의 봄으로 한껏 기대에 부풀었던 민주개혁 세력들은 이제야말로 박정희 시대의 군인정치가 종식되고 민간인이 대통령이 되어 민주주의를 활짝 꽃피우는 새로운 시대가 열렸다며 새 시대에 대한 희망으로 한껏 들떠 있었다. 그동안 탄압받던 정치인들의 활동이 재개되고 민주화를 열망하던 숨어 있던 인사들도 얼굴을 내밀고 거리에는 만나는 얼굴마다 웃음꽃들이 피어 그야말로 80년의 봄은 조국의 희망 그 자체였다. 18년 세월의 군부정치가 끝났다는 것은 누구도 상상을 하지 못했을 터였다.

그러나 느닷없이 찾아온 박정희 씨의 죽음은 민족주의를 지향하는 사람이라면 박정희의 죽음 자체보다, 독재 정권이 종식되었다는 데 큰 의미를 두었고 박정희 정권의 종식은 민간정치로 연결된다는 데 그 희망의 근거를 두었다.

그런데 민주개혁 세력들의 희망과는 달리 이름도 알지 못하는 전두관이라는 정치군인이 80년, 이 희망의 봄을 무참히도 짓밟고 민간정치의 기대의 싹을 단칼에 베어 버렸던 것이다. 이것은 다시 군부정권이 등장한다는 것을 의미하였던 것이다. 또다시 재야 양심세력들은 감옥을 가거나 민주인사들은 탄압의 현장에서 역사의 희생자가 되기 시작했다.

전두관 씨는 자신의 손 스스로 계급장을 떼어내고 한국 최고의 군사령관 계급장을 달았다. 그리고 최규하 대통령 권한대행을 꼭두각시로 이용해 먹다가 결국은 자신이 최고의 권좌에 앉았다. 최규하 대통령 권한대행은 끽소리 한마디 뱉지 못하고 대통령 자리에서 밀려나 버렸다.

그리고 김대중 씨를 비롯한 수많은 양심세력들을 간첩 등의 혐의를 뒤집어씌워 감옥으로 보내고 정국은 한치 앞을 내다볼 수 없을 정도로 안갯속을 헤매고 있었다.

이때 광주항쟁의 단초가 되는 국민 저항이 전남대에서 터져 나왔다. 바로 전남대생 6백여 명이 학교 정문 앞에서 투석전을 벌이다가 "전두관 물러가라 계엄령 철폐!" 등의 구호를 외치며 금남로까지 진출했던 것이다.

군사정권이 시작되는 무시무시한 긴장된 순간에 쿠데타의 수장을 깡패로 규정짓고 과감하게 그의 하야를 요구하며 시내까지 진출했다는 것은 그 다음의 순서는 피를 부르는 끔찍한 예고가 되는 것이었다. 1980년 5월 18일 오전 10시부터 시작된 그 데모는 광주항쟁의 첫 신호탄이 되고 말았다.

그날 오후 6시에 전남북계엄분소공고 제4호가 발포되면서 저녁 9시부터 통금을 발표, 광주 시내에는 쥐새끼 한 마리 다닐 수 없도록 태풍전야의 도시로 변모시켜 버렸다. 5월 19일 날은 드디어 시민군과 계엄군이 대치하다 광주 기독교방송국을 지키고 있던 계엄군을 시민군이 포위하기에 이르게 된다.

20일부터는 시민군의 숫자는 헤아리기 힘든 숫자로 불어났고 버스, 트럭 등을 탈취한 시민군의 저항은 죽음을 앞세우며 계엄군과 피의 항쟁을 불렀다. 광주 일대는 교통 두절이 되었으며 외부와의 소식도 단절되었다. 그야말로 전두관을 몰아내야 한다는 시민들의 의거가 대륙 속의 섬이 되어 메아리처럼 떠돌아 다녔다.

광주는 아무도 나올 수도 없고 들어갈 수도 없는 육지 속의 섬, 섬이 되어 버렸다. 계엄군은 광주시민을 마음껏 죽이기 시작했다. 칼로 쳐 죽이고 유방을 도려내 죽이고 파묻어 죽이고 때려 죽이고, 죽이기에 길들여진 군인들은 그야말로 무리지어 다니는 맹수 떼와 같았다. 광주는 암흑 천지였고 피바다였으며 이 땅의 헌법에서 사라진 도시였다.

5월 27일 새벽 3시 30분, 계엄군은 전격 광주 시내를 장악하여 광주항쟁은 10일 만에 그 처절한 막을 내렸지만 그들은 엄청난 살인을 저질러놓고도 계엄군 투입 과정에서 민간인 17명만이 사망했다는 어처구니없는 발표로 한국 현대사에 또 하나의 오욕을 남겨 놓았다.

그러나 광주항쟁은 전두관 무리에게는 오랫동안 그들의 죗값을 기억하게 해주는 끊임없이 청산해야 할 역사의 부담으로 남았다. 그들은 광주항쟁 때의 살육으로 오랫동안 자유롭지 못했다. 그리고 그해 80년 8월 전두관 정권은 사회정화를 명분으로 삼청교육대를 실시했다.

군부대에 삼청교육대를 설치해놓고 마구잡이로 양민들을 끌고 가서 초법적으로 국민들을 도륙하기 시작했다. 동네에서 옳은 소리 하는 사람들을 사회불만세력이라고 잡아들이고 장가 보내달라고 투정하는 노총각도 잡아들이고 진짜 깡패들은 미리 제공한 경찰의 정보망을 이용하여 다 빠져나가고 조무래기 골목길 깡패들만 줄줄이 엮어 잡혀갔다.

또 직장마다 정화위원회를 설치하여 직장에서 평소 찍힌 사람이면 삼청교육대로 다 끌려갔다. 심지어는 노동운동 한 대가로 끌려간 노동자, 교사, 기자, 사회의 지식층, 방송국 사장, 신문사 편집국장, 야당 지역위원장, 육군보안사령관을 지낸 장성까지도 마구잡이로 끌고 갔다.

전두관 정권은 삼청교육대는 머리와 몸과 마음 세 가지를 깨끗이 해주는 정의로운 사회 건설의 필수과정이라고 떠들어댔다. 그러나 무지한 백성들이 전두관의 장단에 놀아나는 것에 더욱 재미를 느낀 파렴치 정권은 죄가 있든 없든 아무 죄 없는 양민들까지도 마구잡이로 끌고 가기 시작했다.

경찰은 머리 숫자 채우기에 바빴고, 또 1명당 수당까지도 챙긴다는 소문이 떠돌기도 했다. 그러다보니 돈을 벌기 위해서라도 군경은 사정 봐주지 않고 사람들을 끌고 갔다. 억울하고 불쌍한 수많은 사람들이 권력의 희생물이 되기 시작했다.

80년 10월 8일, 평소 안면이 있던 형사 한 명이 나를 찾아왔다. 당시 나는 어느 지방신문에 근무하고 있었다. 그는 다짜고짜로 경찰서에 좀 가자고 한다. 순간 이상한 생각이 들었지만 "설마 형사 따위가…" 하는 안이한 마음을 먹고 따라갔다가 덜컥 쇠고랑을 찬 것이다. 도무지 아무 죄도 없는 사람을 왜 연행했을까 이해가 되지를 않았다. 직원들과 지인들이 찾아와 항의를 해도 소용이 없었다.

누가 찾아가도 퇴짜를 맞았다. 왜냐고 물어도 대답이 없었다. 그러나 나중에 안 일이지만 그들은 나를 가두어 놓고 죄를 만들기 시작했다. 형사는 시내 단골술집의 외상술값 영수증을 가지고 와서 "외상 한 적 있소?" 하고 묻는다. "외상은 매달 갚아주기로 하고 먹은 상거래 행위요. 그게 죄가 되는 거요?" 하고 악을 써도 머리 숫자 채우기에 혈안이 된 그들에게는 나의 정당한 악다구니가 먹혀들어갈 리가 없었던 것이다.

그들은 나의 취재행위에 불만을 가지고 있었던 것이었다. 그리고 군 수사기관에 불려갔더니 몇 년 전에 문학 동인지에 발표했던 〈섬〉이란 시(詩)를 가지고 시비를 걸기 시작했다. 〈섬〉에 등장하는 어머니의 고단한 삶이라는 표현이 이 나라 기층 민중들을 비유하고 그들의 피곤한 삶을 의미하는 것 아니냐고 따지고 들어왔다. "시는 시로서 읽어라. 나는 기층민중이 무엇인지도 모른다"라고 대꾸를 했지만 젊은 수사관 녀석의 속셈은 이미 정해져 있었던 것 같다.

이미 갈 길이 정해져 있던 나에겐 죽음과도 같은 형극의 길이 굴곡된 역사에 의하여 만들어지고 있었던 것이다.

12

다음은 내 차례였다. 예의 키 큰 거수기 군인이 문을 열었다. '착착' 하고 오와 열을 맞추어 군인 두 명이 소리 내어 걸어와 나의 옆구리를 꿰찼다. 나는 최 면장처럼 저항하지 않았다. 저항해봤자 또 다른 구타만 따를 것이라는 걸 직감한 나는 그들에게 날갯죽지를 꺾여 반은 끌려가듯 법정 문 앞에 섰다.

어디에선가 찬바람이 후욱 불었다. 아직 가을인데 그 찬바람은 여러 개의 비수날처럼 날카롭게 내 얼굴을 할퀴고 지나간다.

'개정 중'이라는 노란 불빛이 침침하게 입구에 켜져 있었고 그 불빛은 초라한 내 모습을 비웃기라도 하듯 깜빡거리고 있었다. 그때였다. 어디에선가 최 면장의 목소리가 앙칼지게 들려왔다. 그 목소리는 절박하고도 외롭게 떨고 있었다.

"이놈들, 짜고 치는 고스톱 그만해라. 이건 사기 법정이야, 사기! 김대중 지지한 양심인 줄 누가 모를 줄 알구! 네 이놈들! 천벌을 받을 놈들아!"

이어서 문이 벌컥 열리며 최 면장이 입에 개거품을 물고 끌려 나오고 있었다. 그때 착검군인들이 최면장의 전신을 곤봉으로 내려쳤다. 마치 전쟁터에서 마지막 소탕전으로 적군을 처단하려는 것 같은 분노가 그들의 손아귀마다 맺혀 있는 듯한 살벌한 분위기다.

그 모습을 본 내가 미처 "그만!"이라는 악다구니라도 한 번 쓰기 전에 최 면장은 군인 무리에 의하여 복도 골목 너머로 바람처럼 끌려가 버렸다. 순식간의 일이었다. 나는 하체에 맥이 탁 풀림을 느끼고 있었다. 또다시 이른 겨울바람이 내 심장을 할퀴고 있었다.

중사는 재판정 입구 문 작은 구멍 안으로 입을 갖다 대더니 2번을 데려왔다는 신호를 한다. 들어오라는 신호가 떨어졌다. 문이 열렸다. 그리고 넓은 법정이 나타났다. 일반 사회 법정과는 다른 모습이다. 우선 엄청 넓고 큰 법정이었다. 그리고 대법원 법정의 법관들처럼 우선 많은 사람들이 도열해서 높은 의자에 줄을 지어 앉아 있는 것이 금방 사람을 주눅 들게 만든다. 그런데 얼추 눈여겨봐도 7~8명은 족히 될 듯싶은 사람들이다. 이들 모두가 내 재판에 간여하는 모양이다.

착검군인 두 명이 나를 끌고 가 법정 중간 넓은 광장에 세우고 꼼짝 못하도록 양 옆구리 양팔을 꿰찬다.

"움직이지 마."

군인이 낮게 소리쳤다. 연단 위에 앉아 있는 사람들의 눈길이 내게로 와 꽂힌다. 그 눈들은 범죄자를 바라보는 예리한 눈길이다. 하지만 나는 당당해지려 애썼다.

'나는…, 나는…, 죄 지은 자가 아니다…. 나는….'

그때 제일 중간에 앉은 중령 계급장을 단 군인이 단음을 뱉었다.

"이름과 주소…?"

옆구리를 착검군인이 푹 찔렀다. 대답하라는 신호였다.

"이상적…, 경남 통영시 사량면 금평리 42번지…."

"주민등록번호…."

"570405-XXXXXX"

"범죄사실 발표하시오."

이어 30대 사내가 튀어나와 나의 죄상을 낭독하기 시작했다.

"피의자는 XX시를 무대로 양민들을 괴롭히는 악질 언론인 행세를 하고 술집과 식당 등에서 무전취식을 하는 등 《섬》이라는 불온 문학서적을 발간, 〈어머니〉라는 시를 통하여 기층대중을 선동하는 불량스런 내용을 함께 게재한 혐의를 갖고 있습니다. 증거물은 수사 조서에 첨부되어 있습니다."

나는 순간, 피가 거꾸로 섬을 깨닫고 있었다. 거대 권력이 폭력집단이 되어 나의 온몸을 미라처럼 결박하려는 음모가 진행되고 있음을 확실히 깨닫고 있었다.

"주, 중령님, 그게 아닙니다. 할 말이 있습니다. 나는 무전취식을 한 적도 없고, 민중봉기를 유도하는 시를 쓴 적도 없고….."

그때다. 옆구리를 꿰고 있던 군인이 순식간에 목을 옥죄며 입을 틀어막아 버렸다.

"읍…, 읍…."

"꼴 보기 싫어, 끌고 나가!"

중령의 최종 명령이 떨어졌다. 그의 재판의 결론은 "꼴 보기 싫어, 끌고 나가"라는 단 두 마디였다.

재판은 채 5분여 만에 끝났다. 군사정권의 초스피드 재판. 역사상 유례를 찾아보기도 힘든 초법적 군사권력이 개입된 미니재판으로 나는 어느새 사회 안정을 헤치는 계엄포고령 위반자가 되어 있었던 것이다.

13

1980년 2월 X일, 육군 보안사령관 출신이며 중장으로 강제 예편당하여 항만청장으로 재직하고 있던 강창길 청장이 막 퇴근을 서두르고 있을 때 전화벨이 울렸다. 긴급 전화였다.

강청장이 머리를 갸우뚱할 때 전화를 받는 비서는 모골이 송연하듯 차렷 자세로 두 손으로 송수화기를 움켜쥐고 있었다. 비서는 얼굴이 사색이 되어 전화기를 강 청장에게 넘기고 있었다.

비서로부터 송수화기를 건네받은 강창길 청장은 송수화기 건너편의 사람이 누구인지 금방 알아냈다. 쿠데타를 모반하여 권력 최고의 실세가 된 전두관 장군이었다.

"네…, 잘 알겠습니다…."

그는 전화 속의 요구에 간단히 답만 하고 전화를 끊었다. 모진 악연. 그는 급기야 올 것이 왔다는 느낌을 지울 수 없었다. 그리고 전 장군이 오라는 공관으로 차를 급히 몰았다.

그는 차를 몰고 가면서 온갖 상념에 사로잡혀 있었다. 그리고 지나간 20여 년의 세월이 주마등처럼 눈앞을 스치고 지나갔다. 보안사령관 시절, 이후락과의 술좌석에서 발생된 윤필용 항명 사건, 그리고 박정희의 지시에 의하여 윤필용 사건과 군사조직 하나회 수사, 불법조직 소탕 명령을 수행하던 중 그 조직 정면에 전두관 장군이 서 있던 사건. 강창길 보안사령관이 주도한 그 수사에서 제일 먼저 제거당해야 했을 자신의 하급자였던 전두관 장군이 살아남아 그것도 쿠데타를 일으켜 권력의 최고 실세가 되어 자신을 지금 부르고 있는 것이다.

쿠데타의 수장이 부르는 것은 무엇을 의미하는지 강창길 청장은 잘 알고 있었다. 강창길 씨는 그에게 불려가면서 잠시 전두관 장관과의 악연을 떠올렸다. 쿠데타 출신이었던 박정희 대통령이 부하의 총격으로 사망하면서 만들어진 국가 긴급사태, 이때에 전두관 장군이 보안사령관직을 이용하여 쿠데타를 일으켜 민간정권의 임시대통령을 식물화시켜 버리고 정권을 움켜쥐고 있는 지금 그는 과연 어떤 생각을 하고 있을지 사뭇 궁금해하고 있던 차였다.

설마 전두관 장군이 스스로 군복을 벗고 최고의 권좌에 오르리라는 생각은 꿈에서라도 하기 싫었다. 전두관의 출세주의와 그의 포악한 성격을 익히 알고 있는 강 청장으로서는 전두관이 대통령이 되는 길은 이 땅에 민주주의를 영원히 후퇴시켜 놓는 최악의 상황이 될 것이라는 판단을 해서였다.

차는 전 장군의 공관에 급정거했다.

자신이 한때 재직했던 보안사령관 직책은 계엄령이 터지면 최고의 권력자가 된다는 것을 강 청장은 누구보다도 잘 알고 있었다. 이제 하급자였던 전두관이 그 자리를 꿰차고 천하를 평정하려 하고 있는 것이다.

강창길 청장은 불안한 마음을 억누르고 가볍게 정문의 벨을 눌렀다. 철문은 강창길 씨를 기다리고 있었다는 듯 소리 없이 열렸다. 정원 안의 불빛과 근무자들이 위엄스럽게 강창길을 쏘아보고 있다.

어디선가 가을 귀뚜라미 소리가 적막하게 들려왔지만 권력의 실세가 똬리를 틀고 앉아 있는 공관의 차가운 분위기에 금세 묻혀버렸다.

그는 안내자를 따라 실내로 성큼 들어섰다. 군복을 입고 있던 시절 새까만 서열 아래의 부하, 그 부하에게 찾아가는 강창길 씨의 마음은 착잡하고 어지러웠다. 하지만 현실은 엄연히 존재하고 있었고 그는 긴장하지 않을 수 없었다. 마른침을 한번 삼켰다.

강 청장은 거실로 발걸음을 옮겨 놓고 있었다. 그때 전두관 장군이 거실 소파에 깊숙이 묻혀 있다가 강창길 씨가 들어서는 게 보이자 천천히 일어섰다. 그것이 옛 선배를 의식하는 마지막 대우이리라.

"오랜만입니다. 강 선배님."

"네…."

둘은 어색하게 손을 잡고 악수를 나누었다.

거실에는 소령 계급장을 붙인 안면이 있는 군인이 차렷 자세로 서 있다. 경직된 역사에 경직된 모습이었다. 강창길 청장은 이런 곳을 여러 번 다녀 보아 이런 분위기를 익히 잘 안다. 조금 있으면 술이 들어올 것이었다.

먼저 전두관 장군이 점령군답게 말을 꺼냈다.

"강 선배님, 우리 오늘 함께 군을 이끌었던 사람으로서 허심탄회하게 나라의 앞날에 대하여 대화를 나누었으면 합니다."

그는 능숙하게 파이프에 담뱃불을 붙이며 거드름 섞인 언어로 강창길 씨에게 대화를 유도하였다.

"지금 나라가 풍전등화입니다. 우리가 이번에 거사를 하지 않았다면 나라는 빨갱이 세상이 되었을 겁니다. 대학가는 지금 완전히 좌경화의 깃발에 눌려 있고 야당 정치인들은 빨갱이의 주장을 그대로 답습하고 있어요. 각하가 서거하고 난 후 빨갱이들은 서울의 봄이니 뭐니 하며 제철 만난 멸치 떼처럼 날뛰고 있어요. 만약 우리가 이번 거사를 성공시키지 못했더라면 고스란히 저놈들에게 나라를 내줄 수밖에 없었어요. 거기에 김대중이 버티고 있지, 철없는 학생들이 김대중이 똘마니 노릇을 하며 연일 데모를 해대는데 기가 막히더구마. 다행히 하나회 동지들이 있어 혁명을 성공시켰지만…."

그는 '하나회'를 잠시 언급하고는 강창길 씨를 안경 너머로 슬쩍 째려보는 듯했다. 강창길 씨의 표정은 미동이 없다. 하지만 술병이 들어오고 독한 양주가 몇 차례 오가는 동안 두 사람의 대화는 정국 운영에 초점이 모아졌다.

전두관 장관은 강창길 씨를 선배 원로로 대우하는 듯했고 그에 걸맞게 그에게서 어떤 답변을 얻어내고 싶은 욕심이 있는 것 같았다. 불법 쿠데타의 주역으로서 쿠데타의 정당성 획득과 권력 창출을 위한 지지자를 필요로 했을 것이다. 그런 분위기를 강창길 전(前) 보안사령관도 읽어내고 있는 듯했다.

두 사람은 밤이 이슥하도록 정국에 대한 견해를 밝히고 있었지만 전두관 씨는 정작 해야 될 말은 미적거리고 있었다. 하지만 독한 술잔이 10여 차례 더 오가고 난 뒤에야 전두관 씨는 본격적으로 자신의 구상을 끄집어내기 시작했다.

"강 선배님, 내 생각으론 말입니다. 내 생각으론, 이 나라를 빨갱이 같은 놈들에게 맡길 수도 없고 그렇다고 김종필이 같은 부패세력에게 맡길 수도 없고 이거 난감해요. 정권 이양을 해주어야 하는데 맡길 만한 세력이 있어야 정권을 넘기든 말든 할 거 아니겠어요?"

그는 그 말을 해놓고 강창길 청장을 쏘는 듯한 눈길로 바라보고 있었다.

"선배님, 한 말씀 해주셔야 겠어요…."

전두관은 몇 차례 마신 양주 때문인지 얼굴에 짙은 홍조를 드리우고 있었다. 그의 말투는 정중했지만 예리하고 딱딱했다. 그때 강창길 씨는 자신이 드디어 전두관의 시험대에 올려졌다고 판단하고 있었다. 그가 원하는 답변이 무엇이라는 것을 그는 알고 있었다.

하지만 그 자신이 그가 원하는 답변을 해줄 경우 자신은 살아남을 수는 있어도 평생 비굴하게 살아 남았다는 마음의 빚에 시달릴 거라는 판단은 이미 내리고 있었다. 벌써 시간이 9시를 가리키는 괘종시계소리가 들려왔다. 여기에서 결정을 지어야 될 시간임을 직감했다. 강창길 청장이 조용히 입을 열었다.

"전 사령관, 제 말에 오해는 하지 말길 바랍니다…. 이번에 박 대통령이 서거를 한 것은 참으로 가슴 아픈 일이지만 역사적 측면에서는 장기집권을 해소했다는 긍정적 판단을 하고 있는 사람들이 많은 듯합니다만…."

순간, 전두관 장군의 눈길이 강 청장을 정조준하기 시작했다. 강창길 청장은 그의 시선을 억지로 외면하고 계속 말을 이었다.

"그런 의미에서 국민은 민간인 정부를 원할 수도 있습니다. 제 생각으론 이번만은 전 장군의 책임하에 국민이 자유롭게 뽑은 민간 정치인들에게 정부를 이양하는 것이 가장 현명한 방법이 아닌가 싶습니다만…."

그는 어정쩡하게 두 마디 다 끝부분을 약간 자신감을 상실한 '만'자를 갖다 붙이고 궁색하게 입을 다물었다. 전두관 장군은 그 부분에서 잠시 멈칫하는 것 같더니 너털웃음을 흘리기 시작했다.

"그래요? 허허허허허."

그는 조금 길다 싶다 할 정도로 긴 웃음소리를 쏟아냈다. 하지만 너털웃음 뒤의 공허함은 공포스러울 만큼 적조했다. 그때, 끔찍스러울 정도로 전두관의 표정에서 웃음기가 말끔히 거두어졌던 것이다. 그리고 전두관이 벌떡 일어섰다.

"강 선배님, 오늘 조언 잘 들었습니다. 말씀 잊지 않고 기억하겠습니다. 밤길 조심해 가십시오. 어이 부관, 선배님 잘 모셔다 드려!"

그 길로 강 청장은 바로 집으로 돌아왔다. 집으로 돌아오는 내내 마음은 천근 무게였다. 하고 싶은 말을 하여 떳떳함은 지키고 나왔지만 후일은 아무도 알 수 없는 노릇이다. 하지만 '별일 있으려구' 하고 애써 마음의 고삐를 단단히 조여 매었다. 혹 무슨 일이 있더라도 운명으로 받아들이리라. 항만청장 자리는 당연히 얼마 가지 않을 것이란 짐작만 할 뿐 강 청장은 빨리 그 일을 잊기로 했다.

하지만 강창길 청장에게 생각보다도 더 빠른 시간에 어둠이 닥쳐왔다. 그는 며칠 뒤 낯모르는 사내들에 의하여 검은 지프차에 무조건 태워졌고 서빙고 분실로 연행이 되었다. 그는 그곳에서 집 장롱 속에 있던 미화 1,300달러의 출처를 추궁받게 되었다.

"그 돈은 외국 출장 다녀오면서 남은 업무비"라고 몇 번을 얘기해도 짜인 각본에 의하여 강 청장의 답변은 공허하게 사라졌다.

그는 '외환관리법 위반'으로 군사법정에 섰다. 법정은 마치 잘 정리된 시나리오 같은 한 편의 연극을 올린 무대와 같았다. 순서에 의한 진행, 변호인의 조력도 필요 없이 군사법정은 초범인 그에게 3년의 긴 징역형을 선고했다.

대통령 측근의 권력서열 5위 안에 드는 육군보안사령관, 그리고 전국의 수출입 항구를 관리하는 총책임자 항만청장에서 졸지에 푸른색 수의 속에 갇혀버린 강창길 청장의 집안은 한마디로 아비규환이었다. 아직도 더 자라야 할 아이들, 아빠 어딨냐고 묻는 아이들의 질문 속에는 80년대의 녹슨 권력의 진물이 그대로 녹아 있는 듯했다. 면회 금지, 서신 금지, 악명 높은 서빙고분실로 연행되고 난 뒤 한참 만에야 남편이 감옥 속에 있다는 사실을 알아냈다.

그의 아내는 '꺼이꺼이' 울음만 쏟아낼 뿐 더 이상 시대의 벽을 뛰어넘을 수는 없었다. 하늘은 청명했지만 그 가족의 하늘은 이미 청명했던 그 옛날의 하늘이 아니었다.

하지만 담 안에 갇힌 강창길에게는 그것만이 끝이 아니었다. 그는 삼청교육대 순화교육대로 다시 끌려가고 있었다.

불법 권력의 그늘에 서 있지 않겠다는 신념 때문에 그는 자신이 생각했던 그 수백 배의 상상을 뛰어넘어 피비린내 나는 죽음의 현장으로 끌려가야 했다. 무자비한 구타와 인권 유린, 한때 육군 최고 보안사령관까지 지냈던 사람까지도 무지막지하게 끌고 간 삼청교육대. 그 안에 끌려간 사람은 들어갈 땐 살아 있는 입을 가졌지만 살아서 나온 사람의 입에서는 말이 없었다.

강창길 전(前) 보안사령관, 그는 어쩔 수 없이 시대의 벽을 뛰어넘지 못하고 앞으로 다가올 운명을 숨죽여 기다리고 있을 수밖에 없었다.

강창길 장군이 끌려가던 그 시점 나 역시 단 한 번의 재판으로 송바강보다 더 멀고 긴 여정의 길로 정처 없이 끌려가고 있었다.

한편 전국에는 삼청 불량배 검거 열풍으로 비상이 선포되어 있었다. 하지만 힘이 있거나 영향력 있는 지역 순화 대상자들은 경찰 정보망을 통하여 전부 도피해 버리고 끌려가는 사람들은 마을의 막걸리 깡패 수준의 사람들이 그 대상이 되었다.

또한 실제 깡패 두목이라고 하는 사람들은 삼청 순화교육은 고사하고 잠시 별장에 피하여 칵테일을 맛보는 시대를 즐기고 있었다. 타락한 정치, 타락한 시대의 한 단면이었다.

14

그때 전두관의 신군부는 1980년 불법적으로 신군부에 순응하는 언론구조를 만들기 위해 64개 언론사를 18개로 강제 통폐합시키고 1,000여 명 이상의 언론인을 강제로 해직시키는 피의 숙청작업을 벌이기 시작했다. 신문 28개, 방송 29개, 통신 7개 등 64개 언론사가 신문 14개, 방송 3개, 통신 1개 등 18개 언론사로 강제 통폐합됐고, 172종의 정기간행물이 폐간됐다.

통폐합 대상 언론사 선정은 1980년 4월경부터 언론사주 및 소속 종사원 동향 파악을 시작으로 친정부 성향 여부, 특정 정치인과의 친소관계 여부, 언론사별 비리 조사와 신군부의 정치적 고려에 의해 이뤄졌다. 보안사의 요구에 불응할 경우 국세청과 감사원을 통한 세무사찰 및 경영감사가 계획돼 있었으며, 언론사도 보안사 수집관이나 다른 경로를 통해 보안사의 요구를 거부하면 경영상 위해가 갈 것임을 고지받기도 했다.

당시 보안사 대공처에 있었던 사람이 직접 계엄상황을 이용해 언론사 사주들을 지역 보안대 사무실로 소환해 포기각서를 쓰도록 강요했고, 언론사 대표가 부재중인 경우 권한 없는 총무부장 등에게 대리로 각서를 작성케 하기도 했다. 이 과정에서 보안사 소속 군인들은 권총 등을 휴대하거나 착검해 언론사 사주들에게 위압을 가했으며, 각서제출 거부 시 불이익을 주겠다고 협박하거나 회유하는 등 공권력을 불법적으로 행사했다.

신군부는 방송의 공익성을 확보한다는 명분하에 방송사 수뇌부를 교체

함과 동시에 DBS(동아방송: 당시 동아일보 계열), TBC(동양방송: 당시 중앙일보 계열), 대구한국FM, 전일방송, 서해방송을 KBS로 통합했고 CBS의 보도·광고 기능을 정지시켰다.

MBC의 경우 대한교육보험(현 교보생명), 고려화재(현 쌍용화재) 등 기업들이 소유한 문화방송 주식 70%는 문화공보부에 기부 채납된 뒤 재무부를 거쳐 KBS에 현물 출자됐다. 마산·울산·삼척·춘천 문화방송 주식은 부정축재 재산으로 농림부에 환수 조치된 후 MBC(문화방송)이 100% 인수토록 하는 방법으로 방송을 단일체제로 묶었다.

신문들은 7개의 종합일간지 중 신아일보가 경향신문에 통폐합돼 6개사로 줄었고, 석간 서울신문은 조간으로 바뀌어 조·석간 각 3개지로 재편됐다. 경제지는 4개사(서울경제, 내외경제, 매일경제, 현대경제) 중 서울경제와 내외경제가 각각 한국일보와 코리아헤럴드로 통폐합돼 2개사로 줄었다. 통신사의 경우 시사통신, 경제통신, 산업통신 등이 해산됐고, 동양통신과 합동통신이 통합해 정부가 소유하는 단일 통신사(연합통신)로 만들었다. 지방지도 14개에서 10개사로 축소시켰다.

신군부는 당시 법률상 등록 취소 사유에 해당하지 않음에도 불법적으로 정기간행물 172종의 등록을 취소시켰다.

이밖에도 신군부는 언론인 강제해직도 무참하게 강행했다. 체제에 순응하는 언론구조를 만들기 위해 정보기관 자료와 보안사 요원들의 동향자료를 바탕으로 언론계의 저항세력을 30%로 규정한 뒤, 이들을 해직하도록 언론사에 강요했다.

표면적으로는 한국신문협회와 한국방송협회의 자율결의라는 형식이었지만, 실제로는 보안사가 신군부에 비판적인 언론계 인사들을 선정해 명단을 작성, 이를 언론사에 전달해 해직시켰다. 이 기간 동안 해직된 인사는 무려 1,000명에서 1,500명에 이르는 것으로 추정됐다.

특히 사주들의 눈엣가시 같은 기자들은 보안사로부터 하달받은 명단보다 더 많은 언론인을 끼워 넣어 해직시키기도 하였다. 신군부는 이렇게 해직된 언론인 가운데 30여 명을 삼청교육대에 입소시키는 불법을 저질렀다. 한편 이 모든 과정은 전두관 장군의 지휘와 직접 지시 아래 이뤄졌다.

군부로 끌려간 충주 문화방송 유호 사장 역시 살아남으려 몸부림쳤다. 하지만 아무리 생각해도 자신이 왜 삼청교육대에 끌려왔는지를 알 수가 없다. 출근길에 느닷없이 끌려온 그는 군사훈련을 받으면서도 꺼이꺼이 속울음을 삼켜야 했다.

하지만 짐짓 짚히는 것은 있었다. 자신의 손으로 방송사 내의 비판적인 기자나 PD를 잘라내라는 압력이 있었으나 이를 뭉그적거리며 차일피일하고 있었던 것, 그것이 죄라면 죄였을 것이다.

하지만 그의 조서에 적힌 죄목은 간통이다. 방송사 앞 단골로 가던 술집 여주인과 간통을 했다는 게 그들이 끌고 온 이유였다. 하지만 누구로부터 친고죄인 간통죄로 고발을 당한 적도 없고 실제 간통죄로 조사 한번 받은 적이 없다. 더욱이 그는 부끄럽지만 자신의 성을 사용할 수 없다는 성불능이었다.

하지만 유호 사장 역시 눈물을 머금고 간통 따위나 하는 파렴치범으로 몰려 20대 조교의 군홧발에 녹아나야만 했다. 그의 일상은 비참했다. 모욕과 조롱을 뛰어넘어 젊은 사람도 받기 힘들다는 하루 10시간의 고된 폭력적 훈련장에서 도살을 당하는 짐승처럼 땅바닥을 기며 삶을 구걸해야만 했다.

유호는 극한적 주검의 현장에서 오직 살아 나가는 것만이 필생의 목표가 되어 하루하루의 생명을 연명해 나갔다.

15

강원도 주문진에서 야당 국회의원 후보를 지낸 지역 정치인 정인주도 부정부패 정치인의 멍에를 달고 느닷없이 연행되었다. 그의 범죄행위도 추상적인 것을 뛰어넘어 법률적 상식으로도 도저히 해석할 수 없는 기막힌 시나리오가 연출되고 있었다.

한쪽 손이 불구인 그는 저항 한 번 해보지 못하고 고스란히 쿠데타 세력의 인질이 되고 말았다. 내 죄가 도무지 무엇이냐고 외쳤지만 공허한 메아리로만 되돌아왔다. 하지만 경찰이 작성해온 범죄 개요를 보고 그는 치를 떨어야 했다.

범죄 개요

정인주는 국회의원 출마 당시 본인 사진 넣은 접시를 만들어 협조 가능 인사에 배포, 자신의 국회의원 유세 시 여당 국회의원이 권력 이용에만 치부했다고 공격함, 김대중 대통령 출마 당시 김대중 선거유세를 담당하는 심복이며 한국정치문제연구소 이사직에 있다는 여론이 있음, 국회의원 출마 시 득표공작을 위하여 천만 원 상당을 유권자에게 매표했다고 하나 증거는 없고 여론뿐임.

현직 민주평화당 지구당 위원장이었던 정인주는 가족에게 어디로 간다는 한마디 말도 남기지 못하고 도살장으로 끌려가고 있었다.

또 노동조합 결성에 앞장섰던 손주배 씨도 그 시간 수배된 몸으로 쫓기다가 검거되어 닭장차에 실려 어디론가 정처 없이 끌려가고 있었다.

남편이 죽고 계놀이로 겨우겨우 가족의 목숨을 연명했던 차영자 씨도 돈놀이했다는 이유 하나로 지프차에 태워졌다.

학교에서 불량서클에 가입했다는 확인되지 않은 정보에 의하여 고교생 남일용 군도 트럭에 실려 삼청도살장으로 끌려가고 있었다.

한쪽 팔이 없는 박영덕은 부모에게 신경질적으로 대들었다는 이웃의 신고로 지옥행 티켓을 끊었다.

젊은 시절 폭력전과가 있었다는 이유로 광주의 황덕봉 씨도 지옥행 열차를 탔다. 지체가 높은 사람은 높은 사람대로, 신분이 낮은 사람은 낮은 사람대로 조작된 이유 하나로 닭장차에 굴비 엮듯 엮이어서 영문 모르게 끌려가고 있었다. 민주 정치가 실종된 미개한 나라의 백성들이 겪는 아픔이었다.

하지만 권력욕에 불타는 무식한 군인 한 사람으로 인하여 삼청교육대만이 나라를 살리는 것처럼 온 나라의 하늘은 붉게 불타고 있었다.

언론이 먼저 무릎을 꿇었다. 도리어 언론은 삼청교육은 위대한 지도자 전두관의 고뇌에 찬 나라사랑 실천이라며 큰북을 울려댔다. 마을길에 깡패가 사라졌다며 선동하기에 앞장섰고 보안사령관이 끌려가는 것도 시인이 끌려가는 것도 노조설립자가 연행되는 것도 묵인, 방송사 사장이 끌려가는 것도 침묵했다. 불쌍한 과부가 돈놀이했다는 이유로 끌려가는 것도 침묵했고, 기자가 끌려가는 것도, 어린 고등학생이 9백여 명이나 끌려가는 것도 눈을 감았다.

삼청교육생 중 전과가 없는 사람이 40%에 육박했다면 언론은 그 사실에 확대경을 들이밀었어야 했다. 하지만 모르는 척 눈을 감았다. 도리어 한국의 메이저 언론들은 삼청교육대의 정당성을 굵직굵직한 제목으로 뽑아 백성들의 눈을 호도하기 시작했다.

"땀을 배우는 인간 교육장"

_ ㅈ일보

"검은 과거 씻는 참회의 땀방울"
_ ㄷ일보

"그늘진 과거를 땀으로·씻어낸다"
_ ㅈㅇ일보

참으로 아이러니하게도 그들 메이저 언론은 삼청교육대를 이용한 백성들의 피눈물을 밑천으로 새 시대의 새 지도자, 위대한 전두관 대통령 만들기에 앞장섰을 뿐이다. 80년대 사법 정의가 암흑의 그늘에 짙게 드리우며 대형언론들이 백성들의 고통을 눈감아주는 대가로 5, 6공 시절 비대함이 절절 흐르는 거대 언론으로 성장했고 정의의 붓대를 꺾은 언론 종사자들은 최고의 배부른 직장을 갖게 되었다.

하지만 후일 세월이 흘러 삼청교육대가 죽음의 도살장이라고 피해자들에 의하여 폭로되었을 때는 재빨리 자세를 바꾸어 전두관의 위대한 삼청교육대를 죽음의 삼청교육대로 바꾸는 발 빠른 행보를 보이며 삼청교육대의 악행에 치를 떠는 것처럼 행동했다. 물론 자신들의 오보에 의하여 얼마나 많은 국민이 피해를 입어야 했는가는 단 한 줄도 보도하지 않았다.

16

나는 치악산 아래 위치하고 있는 4주짜리 원주 삼청순화교육대에 끌려가 머리를 강제로 깎이었다. 그리고 군복으로 갈아입었다. 군인용 플라스

틱 식기 한 개와 스푼 하나만 지급받았다. 비 오는 날은 내무반 침상 3선에 앉아 하루 종일 머리박기를 하거나 구타를 당하며 피울음을 흘려야 했다.

날이 맑으면 원주 치악산 아래서 PT체조와 연병장에서 발에 모래 달고 돌기, 공수접지, 목봉체조 따위의 훈련을 종일 연속으로 강요당하며 한 달을 버텨야 했다. 그곳에서 훈련용 점수를 매겨 점수가 좋으면 훈방 조치한다고 했지만 군사법정에서 만들어진 A, B, C 급수에 따라 출소가 결정된다는 소문은 조교를 통하여 이미 알려져 있었다.

나는 미리 포기하고 있었다. 악질 언론인이며 기층민중을 선동하는 빨갱이로 낙인찍혀 있기에 더 이상 출소 기대를 하기란 무리라는 생각을 했기 때문이다.

원주 38사단에서 4주 동안 인권유린을 당하고 난 뒤 사람들의 얼굴은 두려움으로 가득 찼다. 이곳에서 4주 수료 후 못 나가면 죽음의 근로봉사대라는 곳으로 끌려간다는 소문 때문이었다. 하지만 일말의 기대를 갖지 않을 수도 없었다. 나는 전과자도 아니며 폭력배도 아니었기 때문이다.

훈련장에서 바로 보이는 치악산의 단풍 색깔이 차츰 흑갈색으로 변하여 갈 때쯤 출소심사라는 것이 있었다. 출소자는 막걸리 깡패 수준의 사람들만 골라서 명단을 불렀다. 나와 함께 훈련을 받던 같은 소대의 박영덕이라는 외팔이가 출소자 명단에 끼어 있었다. 그는 만세를 불렀다.

하지만 가슴을 조마조마하며 나의 이름을 기대하였으나 내 이름은 끝내 불리지 않았다. 출소자들이 기쁨에 들떠 떠난 오후, 우리는 패잔병처럼 내무반에서 꿇어앉아 '근로봉사대 자원서'라는 용지에 서명을 강요당했다.

어떤 사람은 날인을 거부하다 끌려 나가기도 했고 무자비하게 린치를 당하기도 하였다. 나는 반항해도 소용없음을 깨달았다. 저들은 어떤 수단으로든 지원서에 날인을 하도록 만들 것이었다. 감옥에서 자행되는 전향서도 폭력과 물고문으로 날인을 강요해왔다. 그것과 다름이 없을 것이다.

훗날 신군부는 자신들이 지원하여 강제노역을 하였노라고 흉계를 꾸미고 있음을 나는 잘 알고 있었다. 그것은 일제가 정신대 공출을 할 때의 방법과 흡사한 것이다. 역사를 조작하려는 신군부의 조잡한 행동 앞에 나는 할 말을 잃고 말았다.

근로봉사대 자원서. 군부에서는 총을 들이밀며 우리에게 근로봉사 자원서를 강요했다. 그것은 휴전선에 있는 부대 노역장으로 유치된다는 사전 경고장이었다. 서명을 강요당한 사람들의 얼굴빛은 흑갈색으로 변해 있었다.

또한 원주 38사단 4주를 마친 출소자들의 얼굴 위에는 살아 나간다는 희열이 만연했다. 그들은 정문으로 걸어서 나갔지만 우리는 그곳에서 한 달 만에 또 다른 곳으로 유폐되기 위하여 군용트럭에 태워졌다. 한 달 만에 살아서 나가는 사람들은 군사정권이 정화대상으로 지목한 건달들의 수보다 훨씬 많았다. 깡패정화작전이라더니 막걸리 깡패는 한 달 만에 풀어주고 자신들의 눈에 거슬리는 사람들은 군사정권 불만 세력으로 미리 분류, 강제노역장으로 보내는 것이었다.

그리하여 나는 행선지를 알 수 없는 곳, 굽이치는 북쪽 길로 끌려가기 시작했다. 나는 그날이 삼청교육대 최장기수의 시작임을 상상도 하지 못하고 있었다. 그것은 운명이었다.

트럭 속엔 38사단에서 차출된 백여 명의 얼굴들이 주검처럼 흔들리고 있었다. 그리고 비포장도로를 따라 뒤따라 달려오는 5대의 군용트럭, 이들 역시 주검의 노역장으로 끌려가고 있는 것이었다. 동두천이라는 이정표가 지난 지도 오래, 그래도 군용트럭은 쉴 새 없이 북으로만 달렸다.

굴비처럼 엮어버린 포승줄이 부자유스러웠다. 번뜩이는 감시병의 눈길은 여차하면 총격을 가할 것처럼 앞에총으로 우리를 노려보고 있었고, 부자유스러운 포승줄조차 호사스러움으로 받아들여야 했다.

"움직이지 말라…, 움직이면 죽는다…."

착검한 군인은 우리에게 붉게 충혈된 눈으로 낮게 속삭였다.

우리가 출발할 때 총검을 둔 군인들을 앞세우며 "탈출을 감행하거나 차량에서 수상한 짓이라도 하면 사정 봐주지 않고 사살한다"는 부대장의 경고를 들은 지 오래다. 모두 눈은 떴지만 움직이지 않는 미라가 된 것도 그 같은 이유에서였다. 나는 처음부터 끝까지 눈을 감고 가리라 생각했다. 차라리 아무것도 보지 않으면 시각적 고통이라도 덜 것이라는 이유에서였다.

그때였다. 누군가가 낮게 속삭이는 소리가 들려온다.

"임진강, 임진강이다…."

나는 졸고 있던 얼굴을 들었다. 그리고 급히 눈을 떴다. 군용트럭 천막 바깥풍경을 확인하기 위해서였다. 그랬다. 어디에서 어디로 끌려가는지 확인은 해두어야 했다. 훗날의 역사를 기록하기 위해서라도 현장을 자세히 체크해놓아야 한다고 생각했다. 보였다. 굽이치는 강물이 여유롭게 창밖으로 흐르고 있었다.

"그래, 강물이다…. 여기가 임진강인가?"

차량은 조금 더 시간을 다투더니 미루나무가 서 있는 부대 입구로 진입하기 시작했다. 차량이 S자 코스를 지나 위병소로 들어서자 순간 졸고 있던 동승한 무장군인이 긴장하며 "모두, 움직이지 마!" 하고 눈을 부릅떴다. 그의 말은 낮고 은밀했지만 공격적이었다.

위병소에서 "필승!"이라는 구호소리가 크게 들려왔다. 그리고 부대에 비상 사이렌이 울리기 시작했다. 그 소리는 웅장하고 아주 길게 길게 이어져 나갔다. 동시에 깊은 산골짝으로 메아리가 되어 퍼지다가 다시 임진강 벌판으로 넓게 넓게 퍼져 나갔다.

"하차 준비!"

무장군인 선임자가 후임자에게 하차 준비 지시를 내리고 있었다.

그때였다. 벌어진 천막 사이로 부대 연병장의 풍경이 조금 보이더니 그 사이로 수많은 군인들이 착검을 한 채 우리 차를 포위하고 있는 모습이 보였다. 이어 포신이 긴 전차가 '크르릉' 소리를 내며 부대 외곽에서 달려들고 있었다.

5152부대 1대대로 들어가는 죽음의 풍경. 우리는 포승줄에 묶인 채 사다리도 없이 군용트럭에서 한 사람씩 뛰어내려야 했다. 뛰어내리다 자빠지기도 하고 고꾸라져 신음소리를 내기도 했다. 마치 도살장으로 끌려가는 짐승처럼. 거기에 사람대우는 존재하지 않았다. 처음부터 치밀하게 계획된 프로그램, 거기에 따르기만 하면 되었다. 모두 뛰어내리기를 마친 우리는 대대 연병장에 머리를 처박아야 했다.

그때, 하사계급장을 붙인 빨간모자 집단이 방망이를 들고 무차별 폭력을 가하기 시작했다. 머리를 늦게 박으면 늦게 박는 대로 방망이가 날아들었고 머리를 박다 넘어지면 넘어지는 대로 방망이는 날아들었다. 머리를 바로 박고 있어도 엉덩이를 움직였다며 방망이는 등짝을 내려쳤다.

머리 박기를 한 채로 인원점검을 마친 후 창고 같은 내무반으로 이동, 밀폐된 침상에서 침상 쥐잡기를 실시한다며 조교들은 군홧발로 등짝을 질근질근 밟고 지나다녔다. 입술이 터지고 등뼈가 부러지고 발목이 부러져도 거기에 대한 하소연은 먹혀들지 않았다. 편한 자세가 땅바닥 머리 박기였으며 그렇지 않으면 방망이 폭력이었다. 그들은 포식자들이었다.

또한 '금한다'로 시작되어 '금한다'로 끝나는 생활수칙을 암기시키기 시작했다.

1. 옆 사람과 일체의 대화를 금한다

2. 개인행동은 일절 금한다

3. 필기도구를 일절 금한다

4. 술, 담배를 일절 금한다

5. 개인 용변시간을 일절 금한다

6. 주면 주는 대로 먹고 때리면 때리는 대로 맞는다

그때였다. 피투성이가 되어 있는 내무반에서 갑자기 "삼선에 정열, 삼선에 정열" 하는 구호가 터지고 포식자들의 군홧발 소리가 연이어 터졌다. 포식자들이 바쁘고 빠르게 뛴다는 것은 분명 무슨 큰 이변이 일어났다는 조짐이었다.

1소대부터 4소대까지 문이 빠르게 열렸다. 1소대 내무반과 4소대 내무반까지는 문을 열면 전체가 한 방이 되어 있는 구조였다.

"1소대 준비 끝!"

"2소대 준비 끝!"

"3소대 준비 끝!"

"4소대 준비 끝!"

각 소대별 빨간모자 조교반장들의 점검소리가 끝나자마자 지휘봉을 움켜진 키가 작고 어깨가 왜소한 대대장이 거만하게 내무반으로 들어섰다. 역시 중령이다. 잡혀올 때부터 중령 계급장을 몇 번이나 접한 내겐 중령에 대한 트라우마가 생기고 있었다. 중령 계급장이 주는 강렬한 거부감이 그것이었다.

"전체 차렷! 101명 교육준비 끝!"

어디서 뛰어왔는지 중사 한 명이 대표인사를 한다. 중령의 표정은 피가 흐르지 않는 청동인간처럼 굳어 있었다.

"쉬어."

다시 중사가 복창했다.

"쉬어."

중령이 거만하게 입을 열었다

"여러분을 환영한다. 하지만 여러분의 환영은 여러분이 하기에 따라 그 대우가 달라질 것이다. 이곳에서 사고나 치고 기관요원에게 대들고 또 자신이 할 일을 미루고 사람답게 행동하지 않는다면 그 대가는 혹독할 것이다. 우리 부대는 1소대부터 4소대까지 주어진 임무가 있다. 소대의 임무에 따라 여러분은 배속될 것이고 그곳에 맞게 교육받게 될 것이다. 우리 부대 체제에 빨리 길들여지지 않는 사람은 힘든 소대로 배속될 것임을 기억하라. 단, 성실하게 일하고 주어진 일에 최선을 다한다면 귀관들에게 큰 상이 있을 것이다. 그 상은 흡연 허가와 사제편지 쓰기다! 다른 부대는 사고를 일으키는 곳이 많다고 들었다. 그 부대 지휘관들은 어떤 사람들이기에 사고를 묵과하는지 몰라도 우리 부대는 그쪽과 다르다. 우리 부대에서는 특수교육대와 죽음밖에 없다. 특수교육대에 입소하여서도 지시를 불응하고 반항하면 그 대가는 응당 죽음이다. 거짓으로 듣지 말라. 만약 본 부대에서 탈출을 시도하거나 탈출 미수가 있을 시는 무조건 공개사살한다! 이상."

중령의 훈시는 사살에서 사살로 끝났다. 하지만 중령이 말한 그 말은 엄포용 거짓말이 아니었다. 그 현실은 시시각각 우리 곁으로 다가오고 있었다. 하지만 그 현실을 믿으려는 사람은 아무도 없었다.

중령의 훈시 후 소대 재편성이 있었다.

"모두 더플백을 메고 3초 내로 연병장에 집합한다. 실시!"

"실시!"

복창과 함께 모두 연병장으로 우르르 뛰쳐나간다. 마치 죽음과의 사투

같다. 조교의 말이 천당지옥이라는 것을 한 달 전부터 체득한 슬픈 군상들, 인격과 생명은 내 것이 아니라는 기계화된 움직임은 살아야겠다는 단 한 가지의 이유였다.

그야말로 눈 깜짝할 사이에 1백여 명이 연병장에 집합되었다. 잠시 포식자들이 명단을 받기 위해 자리를 비운 사이 흑갈색을 띤 눈동자들이 옆 사람과 귓속말을 주고받고 있었다. 이곳도 사람 사는 곳이라고 '정보'가 존재하고 있는 것이었다. 모두 귀를 쫑긋했다.

"1소대 조교가 그랬어. 3소대는 죽음의 소대라고 했어. 거긴 부대 내에서 제일 악질조교들이 배치돼 있대. 그 소대에 배치되면 살아 나가기 힘들 거라고 했어. 거기에, 거기에 정도형이라는 지옥의 악마가 있대."

어디서 들은 정보인지 그럴듯한 말이었다. 하지만 믿고 싶지 않았다. 하지만 나는 평생 처음으로 듣는 정도형, 정도형이라는 이름 석 자를 들으며 부르르 진저리를 쳤다. 그것은 내가 3소대에 미처 배속이라도 결정된 것처럼, 아니 그와 내가 전생에 무슨 원한 관계라도 있는 것처럼 뼛속 깊숙이 그 이름 석 자가 각인되오기 시작했다.

다시 포식자들이 행정반에서 뛰쳐나오더니 명단을 부르기 시작했다. 모든 이의 시선은 3소대가 나오는 먼 곳에 있어주기를 바라는 희망이 구체적으로 꽂히는 시간이었다. 나 역시 3소대 명단에서 제외되기를 기원했다.

조교가 악다구니를 썼다.

"1소대, 2소대, 3소대, 4소대 명단을 부르면 소대 깃발 앞으로 모여 선다. 알았나?"

드디어 명단이 불리기 시작했다

"임창원 3소대, 황덕봉 3소대, 유성기 3소대, 김종대 1소대, 박현용 3소대, 김달수 2소대, 정장선 2소대, 다음, 오병수 1소대, 김태현 2소대, 임근실 2소대."

3소대 배속자들의 얼굴에는 핏기가 사라져 버렸다. 그러나 남아 있는 사람들에게는 살아남으려는 본능이 꿈틀거리며 조교의 목소리에 온 정신을 흡입시키고 있었다.

계속 부르겠다.

"박성호 3소대, 이홍태 3소대, 최동구 3소대, 김양호 3소대, 박성호 3소대, 이상적 3소대."

"이어 나머지 4소대 부르겠다."

나는 '끙' 하고 잠시 비틀했지만 의외로 침착해 있었다. 3소대의 깃발 아래엔 벌써 30여 명이 집결해 있었다. 내 앞 번호 앞엔 박성호였다. 그는 앞 이빨 대여섯 개가 몽땅 빠져 있었다.

그가 더플백을 어깨에 걸치지 못해 마구 끙끙거렸다. 조교 모르게 더플백 드는 것을 옆에서 재빠르게 도왔다. 박성호가 살았다는 눈빛을 했다. 박성호 앞 번호인 김양호가 내게도 아는척하며 눈인사를 한다. 빠른 눈인사, 그것은 같은 처지의 동료가 되었다는 의미 있는 눈신호였다. 하지만 옆 사람과 일체의 대화를 중지한다고 했기에 말을 건넬 수는 없었다.

17

밤, 12월 초겨울 밤은 끔찍하도록 적요했다. 하지만 언제 어디서 어떤 형태의 고문이 뒤따를지 포식자들의 눈치를 살피며 침상 3선에서 차렷 자세를 유지한 채 앉아 있은 지도 세 시간째, 그 적요의 시간에는 파리새끼 움직이는 소리조차 포착될 정도의 고요가 내무반 감방에 응고되어 있었다.

포식자들은 옆방 조교 내무실에서 우리의 고통은 아랑곳없다는 듯 웃음소리를 터트리며 뭔가를 먹기도 하고 깔깔거리기도 했다.

"눈깔 돌아가는 소리가 들려."

지키고 있던 포식자 한 놈이 심심하다는 듯 심드렁하게 내뱉으며 침상복도로 뒷짐을 진 채로 오가고 있었다. 아마 계급이 제일 후임일 거라는 생각을 했다. 하지만 이미 그는 죽음의 사자였고 이 공간에서는 생사여탈권을 쥐고 있는 절대 권위자였다.

하지만 낮 동안 트럭을 탔고 또 엄청난 방망이찜질을 당한 후라 사람들의 육신은 처질 대로 처져 있었다. 그 와중에도 졸기 시작하는 사람들이 생겨났다. 하지만 졸음도 1초였다. 들키기라도 하면 개박살이기 때문이다.

골짝 깊은 곳으로부터 초겨울의 짐승 울음소리가 '워어, 워어' 하고 들려왔다. 음침한 소리, 불길한 소리였다. 초겨울이었지만 임진강변의 날씨는 영하로 떨어진 지도 오래였다.

그때였다. 어디에선가 따발총 소리 같은 선명한 총소리가 '따따따따따아' 하고 갑자기 내무반을 파고들었다. 그리고 이어 '쿵따아, 쿵!' 하는 조명탄 쏘는 소리도 연이어 들려왔다. 순간, 포식자의 단말마적인 음성이 귀를 찢었다

"엎드려!"

우린 영문도 모르고 내무반 침상바닥에 얼굴을 묻었다. 이어서 '후다닥' 사람들이 빠르게 움직이는 소리가 들려오고 총소리, 바람소리, 고함소리가 한참 동안 섞여 들려오더니 내무반 문이 우악스럽게 열렸다. 완전군장을 한 군인 무리와 붉은 모자들이 들이닥치더니 사정 보지 않고 엎드려 있는 우리를 짓이기기 시작했다.

왜, 무엇 때문에, 무슨 이유로 우리를 난타하는지 물을 겨를도, 또 물어볼 시간도 없이 방망이질은 계속되었고 내무반은 피비린내와 살육으로 번득이는 군인들의 악쓰는 소리와 우리의 신음소리로만 가득 찼다. 내무반 바

닥엔 오후에 닦아낸 핏자국 위에 또 다른 핏자국이 얼룩지기 시작했다. 몇 사람이 쓰러져서 일어나질 못해 들것에 실려 나가고 있었다. 옆자리의 박성호가 엎드린 채 내 얼굴 옆으로 쓰러져 있었다. 간신히 손을 뻗어 그의 얼굴을 만졌다. 그가 퍼뜩 눈을 떴다. 살아 있는 것이었다.

이어 찬바람이 몰아치는 새벽녘, 우리는 새벽 연병장에 서 있었다. 벌거벗고 양팔, 양다리를 벌린 채였다. 찬바람이 윙윙거렸다. 그날따라 전선줄 소리는 더 악 받치게 울고 있었다. 몇 시간째인 줄 몰랐다.

3소대장 염근석이 연단에 뛰어 올랐다. 키가 크고 목소리가 우렁찬 사내였다.

"개샥들, 탈출자가 생겼어. 잡힐 때까지야!"

그는 그 소리만 뱉어 놓고는 어디론가 사라졌다.

'정말 탈출자가 생겼을까. 그 사람은 누구일까. 정말 담이 큰 녀석이지 뭐야. 거짓말. 쇼야. 놈들이 꾸미는 쇼야. 아니야, 정말일 수도 있어. 그러면 우리는 어떻게 되는 거야? 전부 특수교육대 가는 거야?'

새벽어둠이 깡그리 물러갈 때까지 제각기의 마음속에 의심과 대답을 되뇌며 우리는 새벽 여명을 죽은 눈으로 바라보고 있었다.

동이 완전히 튼 그날 아침, 탈출자는 밧줄에 결박당한 채 우리에게 선보여졌다. 처음 본 얼굴, 38사단에서 왔을 것이다. 그는 고개를 숙이고 있었고 10여 분 동안 아무 말 없이 결박된 채 앉아 있어야 했다. 그것은 부끄러움이 아니었다. 충분히 있을 수 있는 일, 탈출로 보여준 항변이었다. 하지만 전술 부재의 어리석은 탈출이었다. 나는 속으로 뇌까렸다.

'빌어먹을, 얼마나 힘들었을까. 사는 것보다 죽음을 선택한 것을 충분히 이해해. 다행이다. 총살당하지 않고 살아 잡혀온 것이 다행이야, 다행이다. 살아있어야 한다. 살아서 나가라.'

포식자들은 너희들이 아무리 도망을 치려 해도 이 산골짝을 벗어날 수 없다는 것을 의도적으로 보여주고 있는 것 같았다.

그는 포승줄에 묶여 알 수 없는 곳으로 끌려가고 있었다.

18

임진강변의 초겨울은 일교차가 매우 심했다. 낮에는 비가 내리고 밤에는 싸락눈이 내릴 때도 있고 성긴 눈발이 쏟아질 때도 있었다. 초겨울의 눈발은 중대 막사 연병장에 홀로 서 있는 미루나무 낙엽의 존재 가치까지도 모조리 휩쓸고 가버렸다.

허허벌판. 부대 주변의 지형은 서쪽 야산 골짜기만 깊게 패어 있을 뿐 임진강이 절벽을 이루며 굽이쳐 흘렀고 나머진 평야에 가까웠다. 도망칠 곳조차 용이치 않은 요새, 그곳은 지형이 완벽히 노출된 평야에 만들어진 요새였다.

임진강은 북쪽을 차단했고 남으로 가는 길은 단선이었다. 서쪽으로 가려면 야산이 굽이쳤으며 동쪽엔 오를 수 없는 산 하나가 버티고 서 있었다. 설혹 잡히지 않고 버스를 탔다 해도 수십 개의 검문소에서 티끌 하나까지도 잡아낼 치밀한 구조였다. 나는 그런 곳에 갇혀 있는 것이다.

나는 3소대로 배속받으며 이 외롭고도 철저히 버려진 산야에서 살아 나가리라 다짐했다. 이들의 손에서 개죽음을 당하지 않으리라 다짐에 다짐을 거듭 했다. 그러기 위해서는 조교들의 눈에 띄지 않고 대열 속에서 숨어 있는 유령으로 살아야 한다고 나름대로의 생활 계획을 세웠다. 하지만 그 계획이 얼마나 어리석은 생각이었는지, 그 계획이 얼마나 무모했는지는 얼마

지나지 않아 깨닫게 됐지만 적어도 그 순간만은 그렇게 계획을 세웠다.

하지만 대열속의 이 한 마리까지 잡아내는 정도형의 매서운 눈초리 앞에서 그 계획은 헛된 것이었다. 소대장 염근석, 조교반장 정도형, 조교 채왕지, 조교 권형동으로 진용이 짜인 3소대 감방내무반은 조교 1인당 10인씩 배당된, 살아 있는 생지옥이었다.

사람들은 모두 두려움에 떨었다. 누구도 먼저 말을 꺼내려 하는 사람도 없었고 아무도 그들의 말을 어기려 하는 사람도 없었다. 그들의 말은 하늘의 법이었고 그들의 명령은 하늘의 지시였다. 살아서 나가고 싶으면 그들 눈앞을 벗어날 순 없었다. 그들의 탐색전은 두더지처럼 시작되고 분대조 사이 사이 마다 밀정을 심어 두는 것조차 우리는 모르고 있었다. 살아야겠다는 욕망으로 일렁대는 좁은 내무반 감방에서 조교에게 충성을 다할 수 있는 밀정을 심는 건 누워서 떡 먹는 것보다도 더 쉽고 간단한 일일 것이었다.

아니, 어떻게든 살아 나가기 위해선 조교에게 스스로 충성해야 될 사람들로 넘쳐나는 건 당연한 일일 터이다. 개처럼 기어서라도 그들의 발바닥을 혓바닥으로 핥아주고 똥꼬를 핥아서라도 살아서 나가야 할 일, 그러기 위해선 그 수단을 두고 나무랄 수 없는, 살아 나가기 위해선 밀정 노릇도 부끄러움이 될 수 없는 당위성이 갖춰진 특수 환경, 그 밑바닥 환경이, 바로 내 앞에 죽음의 계곡처럼 펼쳐져 있었다.

그들은 철저히 개인 분리주의 계략을 썼다. 상대끼리 서로 불신토록 상대의 행동을 감시하는 것, 그리고 그 감시내용을 철저히 보고토록 하는 용인술을 썼다. 그것은 너무도 완벽한 지배전략이었다. 그리고 그 계산은 맞아 떨어졌다.

하지만 내무반 감방에 공동 수용된 사람들에겐 그곳은 숨 쉬고 있는 공간이 아니었다. 살아서 움직이고는 있지만 그곳은 박제된 공간이고 갇힌 사람은 박제된 포유류에 불과했다. 사람들의 눈빛은 어둠 속에만 잘 발달된 박쥐의 눈 같았다. 숨 쉬는 것조차도 냄새를 맡으려 하는 잘 발달된 후각, 먹잇감을 놓치지 않으려는 듯 쫑긋 선 귀, 신은 인간이 이렇게 짧고 작은 시간에도 잘 살아남도록 진화시켜 놓았음을 기가 막히도록, 아니 공포스럽게 느껴야만 했다.

배가 고팠다. 아침저녁으로 나오는 배식은 창자를 눈물짓게 했다. 군용스푼으로 눌러서 뜨면 세 스푼 정도. 점심 때 지급되는 불어 터진 라면류는 삶기 전 라면 반 개에 해당될 것이었다. 그 외 먹는 것이 전혀 없는 수용소 생활은 말 그대로 굶주림과 허기에 지치도록 조각되어 있는 것이었다.

동물에게 먹이는 기본이다. 짐승이든 사람이든 먹는 것은 기본적 삶이다. 그것이 해결되지 않으면 삶의 영역은 무너지는 것이다. 먹잇감이 없는 영역은 언제든 파괴되기 마련이다. 거기에 저승사자가 웅크리고 있어도 그곳에서 1초 뒤에 죽어 나자빠질지라도 그 영역을 뚫고 나가려는 게 살아 있는 것의 본능일 것이다. 나머지 모든 문제는 먹잇감이 해결되고 난 후의 문제, 즉 2차, 3차 욕구일 뿐이다.

다음은 추위를 견뎌내기에는 너무도 열악한 구조였다. 좀 더 거센 추위가 다가오자 내무반에는 석탄을 물에 비벼서 태우는 작은 쇠 빼치카 하나를 설치했다. 50여 명이 생활하는 공간에 연탄 두 개가량 지피는 열기로는 감방 안의 온도를 유지하기란 불가능했다. 그뿐만 아니라 만들어진 지 20년도 넘는 개조된 창고 건물 바닥은 얇은 베니어판이었고 창문에는 유리 대신 비닐 한 장만 달랑 붙여 놓고 있었다.

잠잘 때 지급되는 담요 2장은 한 장은 바닥용이고 한 장은 덮는 이불 용도였으나 내무반 한기를 막아내는 데는 불가능했다. 피복 역시 임진강 벌판의 체감온도 20도를 막아내는 데는 두꺼운 방한복을 필요로 했다. 군인들은 두꺼운 방한복과 털모자로 겨울을 지내고 있었으나 우리에게 주어진

건 홑껍데기 같은 외투 한 장, 또 생산년도를 알 수 없는 물 빠진 얇은 천조각으로 만들어진 모자 하나, 국방색 속내의, 이것이 내 몸을 감싸고 있는 옷의 전부였다. 아니, 옷이 몸을 감싸는 게 아니라 몸이 옷을 데우는 역할을 한다는 표현이 알맞을 것이다.

이제 주변의 모든 것은 차단되고 열악한 의식(衣食)의 구조에서 이제 곧 포식자들의 먹잇감이 될 순서만이 우리를 기다리고 있을 것이었다. 이런 구조에서 모범적인 생활을 강요하고 생활규칙을 요구한다면 그 요구자의 머리는 당연히 무뇌의 구조로 이루어져 있을 것이었다.

하지만 다음 순서는 포식자들의 피를 부르는 순서로 진행될 것이라는 예감이 엄습했다.

19

대대 수용소의 연병장은 사단본부의 연병장을 연상케 할 정도로 그 규모가 넓고 컸다. 내가 수용된 중대 막사 건너편으로는 태극기 게양대가 보이고 그 옆으로 대대본부 건물이 웅장하게 서 있었다. 우리가 사역 차출이 되어 밥과 반찬을 수령받으려면 일단 대대 안의 또 다른 수용시설로 만들어져 있는 우리 중대막사를 빠져나가야만 했다.

우리 중대막사는 철책선이 처진 5미터 거리마다 무장군인이 경계근무를 섰고 두 곳의 높은 망루가 개미새끼 한 마리 움직이는 것까지 감시하고 있었다. 대대 수용소 연병장에서 바라보면 우리 막사는 부대 내의 이방인의 동네다.

하지만 이방 동네의 손님들이 밥을 먹기 위해서는 취사장으로 밥을 타러

가는 것까지 막을 수는 없는 노릇 이었으므로 커다란 철책문을 열지 않을 수 없었다. 이제 우리에게는 취사장까지 밥 타러 가는 것이 최고의 기쁨이 고 또 그 밥 당번 사역에 차출되는 것이 최고의 행운이 되어 있었다.

또 철책선으로 휩싸여 있는 이방인의 막사를 한 번이라도 벗어나는 일과 취사장 군인들이 일하는 그곳에서 사람 사는 냄새를 한번 맡아 보는 것이 지상 최고의 자유로 생각되었다. 그러므로 각 소대 취사 당번 차출이 있으 면 어둠에 잘 길들여진 눈빛들이 생존의 본능으로 몸부림쳤다. 말없음 속 의 아우성으로 감방 내무반은 침묵의 악다구니로 출렁거렸다. 누구나 조교 의 손가락이 자신을 가리켜주기를 희망했다.

하지만 소대별 차출 숫자는 3인. 그 3인은 분명 조교마다 자신이 심어 놓 은 밀정에게 특혜로 돌려줄 것이었다. 하지만 그 사실은 아무도 모르고 있 었다. 어쩌다 그 특혜를 무시하고 무작위로 사람을 뽑을 때는 뜻밖의 사람 이 뽑혀 희열의 도가니에 잠기는 모습을 보이곤 했지만 그건 특별 케이스 다. 곡기에 찌든 수용자들은 취사 당번 차출을 오늘만이라도 걸식(乞食)을 할 수 있는 하늘이 준 기회로 생각한다.

하지만 취사장에 가서라도 취사병이 "너, 이거 먹어" 하고 온정을 베푸는 그런 분위기는 아니다. 걸식은 취사병 몰래 훔쳐 먹거나 땅바닥에 떨어진 밥알 따위를 주워 먹는 일, 또는 군인들이 먹다 버린 잔반을 처리하는 돼지 밥 드럼통을 뒤지는 일이다. 하지만 그것이 발각이라도 되는 날에는 뼈까 지 추려지리라는 예상을 하지 못하는 사람은 아무도 없었다.

하지만 그 같은 현상은 한동안 말없음표 속에 잘 진행되었다. 취사장을 다녀온 사람들의 얼굴에는 누구에게나 포만감이 어려 있었고 특혜받은 자 로서의 작은 행복감이 얼굴들에 송골송골 맺혀 있었다.

그러나 기다리고 있었던 것일까? 이 모습들이 나중에 경쟁본능으로까 지 갈 것이고 결국 이 구조가 표면으로까지 드러날 것임을 그들은 미리 알고 있었던 것일까? 그들의 속셈과는 관계없이 우리는 시시각각 그들이 그어 놓은 포토라인을 향하여 열심히 다가가고 있음을 내 자신도 모르고 있었다.

김양호는 내가 임진강 수용소 대대에서 첫 번째로 말을 붙인 친구였다. 침상 내 왼편 자리에 그가 앉아 있었고 박성호는 오른편 자리에 앉아 있었다. 오른편 자리의 박성호가 묵직하고 소박한 친구라면 이 친구는 키가 작으면서 아이 같은 심성을 가진 친구였다. 아이라면 착하고 소박한 아이가 아니라 철없이 까불고 덜렁대는 그런 스타일이다.

하지만 이 수용소 안이라고 하여 하루 종일 눈만 내리깔고 지낼 수는 없는 노릇이다. 포식자들이 잠시 촌각을 다투어 자리를 비울 때면 으레 말을 걸어오는 쪽은 김양호였다. 옆 사람과 밀담과 대화를 엄격히 금하고 있는 땅에서 그는 똥그란 눈을 굴리면서 어떤 말이든 내게 낮은 목소리로 귓속말을 해왔다. 그런데 그날도 그는 어떤 이유에선지 내 귀에 청천벽력 같은 말을 예사스럽게 쫑알거렸다.

"실은 말이야, 오늘 중식 배식 당번으로 내가 나갈 거야. 사병식당 갔다 오면 소시지 몇 개 갖고 올 거야. 갔다 와서 단체 화장실 갈 때, 내가 화장실 가면 따라와. 알았지? 먹고 살아 남아야 해. 너가 좋은 놈 같아서. 히이."

그는 그 소릴 해놓고 짧게 한번 샐쭉 미소를 지어 보였다.

"……."

나는 선뜻 무슨 말을 할 수 없었다.

자신이 배식당번으로 갈 것이라는 걸 미리 어떻게 알며 소시지를 가지고 올수 있다는 것도 납득할 수 없었다. 또 화장실에 가서 먹는다손 치더라도 벽이 없는 배변공간의 트여 있는 곳에서 어떻게 먹을 수 있단 말인가. 화장실에 간 사람들 수십 명의 눈길을 피하여 오물거리며 먹는다는 건 거의 불가능에 가까운 일이다.

하지만 김양호는 그날 손가락 크기만한 소시지 몇 개를 벽면이 없는 화장실 똥통에 앉는 척하며 황급히 내 호주머니 속으로 찔러 넣어 주었다. 나는 김양호가 건네준 소시지를 오랫동안 처리하지 못하고 우물쭈물하다가 얼음이 허옇게 얼어 있는 세면장에서 발을 씻는 척하며 처리를 시도했다. 그것은 옆 사람에게 들키지 않고 촌각을 다투어 입속으로 넣어 씹지도 않고 삼켜 버리는 작전이었다.

옆의 어떤 동료가 밀정인지를 모르기 때문에 나눠서 먹을 수도 없는 노릇. 참으로 비열하고도 슬픈 먹이전쟁이었다. 하지만 나는 호주머니 속에서 소시지를 몇 조각으로 미리 나눈 뒤 순식간에 입속에 넣고 우물거림 없이 '우욱' 하며 삼켜버렸다. 옆 사람이 흘긋 쳐다봤지만 눈치는 채지 못한 것 같았다. 그리고 다시 0.2초 만에 발을 씻고 감방 내무반으로 쫓겨 들어왔다. 김양호는 처리를 잘했냐며 한쪽 눈을 찡긋했다. 나는 고개를 끄떡했다.

38사에서 5152부대 노역장 수용소로 끌려온 지 한 달 동안 포식자들은 일체 바깥노역을 시키지 않았다. 야간에는 취침 때까지 군가를 부르도록 했고 주간에는 제식훈련을 시켰다. 군가는 석식 이후 침상에 앉으면 약 4시간 동안 목 터져라 고함을 내질러야 했다. 그것은 노래가 아니라 피가래가 섞여 터져 나오는 단말마 울음소리였다. 군가 한 시간이 지나면 목이 쉬기 시작하고 두 시간이 지나면 목이 잠겨 노랫소리가 악으로 바뀌기 때문이다. 세 시간이 넘으면 목에서 피가래가 섞여 나오기도 했다.

제식훈련이라는 것은 군인 훈련이 아니라 제식훈련 '함정' 대회 같은 것이었다. 제식훈련 방식을 가르쳐주고는 우향우가 틀리거나 좌향좌가 틀리면 열에서 불려나가 방망이로 두들겨 패는 것이 제식훈련이었다. 또 목봉체조라는 게 있었다. 한 조에 10여 명이 전봇대 크기의 통나무를 하늘방향으로 올렸다 내렸다를 구령에 맞추어 반복하는 것이었다.

"개새꺄, 봉이 춤을 추네. 어라? 나이트클럽이야? 마구 흔들게."

포식자들은 10명이 일(一) 자로 정확히 목봉을 오르락내리락하기를 요구했다. 하지만 팔 길이가 제각기 다른 수용자들이 일괄적으로 일자로 올리고 내리고를 100% 정확히 한다는 건 거의 불가능에 가까웠다. 하지만 이들은 완벽하지 못함을 핑계로 10회 반복을 100회 반복으로, 또는 100회를 10회 반복으로 그 수위를 높여가며 하루를 깡그리 폭력에서 폭력으로 지새웠다.

공수접지라는 훈련도 있었다. 5미터 높이에서 뛰어내려 땅에 접지할 때 뒹굴며 떨어지는 공수훈련의 일종이었다. 1백여 명이 줄을 지어 뛰어내리고 또 연병장을 한 바퀴 뛰며 돌고 와서 땅에 떨어지는 훈련을 반복시키는 것이다. 그것도 그냥 걸어서가 아니라 종일 뛰면서 떨어져 내리는 여차하면 목숨을 구걸해야 할, 인권을 유린하는 철저한 가해였다. 이것은 훈련이라기보다는 인간의 고혈을 착취하려는 하나의 폭력일 뿐, 가증스런 탄압의 실험용 표본이었다.

한 달이 지나면서 나는 김양호에게서 가끔씩 얻어먹던 소시지를 옆자리의 박성호에게도 나눠줄 수 있었다. 박성호의 사람됨이 밀정 노릇을 하지는 않을 사람으로 판단했기 때문이었다. 언제까지 이 은밀한 걸식이 진행될지는 몰라도 지금 당장은 그 소시지가 주는 희망은 대단한 위력이었다.

김양호의 고정적이고 안정적 취사장 사역은 계속 진행되고 있었고 김양호는 어김없이 소시지의 동료애를 발휘해주는 것으로 나는 그에게 대단한 감동 같은 것을 느끼고 있었다. 또 그가 사역을 갔다 오는 날은 박성호와 나에겐 어머니가 품팔이 갔다가 돌아올 때 사가지고 오는 꿀떡 같은 것이었다. 그것은 은밀한 기다림이었다. 그것은 희망이고 생존의 즐거움 같은 것이기도 하였다.

염근석과 정도형 등 빨간모자 조교들은 그때까지만 해도 우리의 이 은밀한 생존의 즐거움을 인지하지 못하였는지 별다른 반응이 없었다. 아니면 모르는 척하는 것인 줄도 몰랐다. 어쨌든 우리는 어둠 속에서도 소시지 하나에 생존의 의미를 부여하기를 아까워하지 않았다.

고통이 오가는 적지(謫地)에서의 숨 막힘과 극도의 통제, 그 속에서의 은밀한 행위는 서로의 외로움을 덜어주는 짜릿한 거래였고 인간끼리의 소통이었다. 덕분에 박성호와 김양호와 나는 동지애 비슷한 애정을 느끼고 있었다.

하지만 그 희망은 그다지 오래가지는 않았다. 종국에는 그 희망이 고통의 피울음이 된다는 사실을 우린 그때까지도 깨닫지 못하고 있었다. 아니, 당장을 살붙이고 살아야 하는 입장에서는 내일을 생각할 겨를이 없었다. 오늘 숨을 거둘지 내일 숨을 거둘지 아무도 확신을 못하는 운명의 기로점에서 그런 생각은 사치였을 뿐이다. 그리고 우리 곁으로 그 공포는 시시각각으로 다가오고 있었다.

앞으로 감당해야 할 노역장에서의 공포는 처절한 사투가 될 것이었다. 김양호는 어디서 들었는지 노역장에 대한 소식을 귓속말로 소곤거렸다.

"산에 가면 말이여, 산열매가 있다는구먼이라. 칡뿌리도 있고. 주민들이 저장용 고구마도 겁나게 많이 묻어 놓았다는 거여. 주민들에게 담배도 얻어 필 수 있다는구먼. 부대처럼 통제도 없고 골짜기에서 자유롭게 대화도 나눌 수 있고 얼마나 좋은 것인가잉. 지기미, 빨리 노역 나갔으면 쓰것어."

허지만 김양호의 외곽노역에 대한 희망은 그것이 아니었다. 그렇게 감상적으로 접근할 성질의 것이 아니었음을 늦게 깨달았을 때는 이미 우리는 빠져나갈 구멍이 없었다.

그날도 김양호는 주먹밥을 호주머니 속에 담아 왔다. 똥통에서 주먹밥을 주먹으로 다시 꾹꾹 눌러 꿀꺽 삼켰다.

한쪽 구석엔 그 와중에도 끽연을 하는 친구들이 있었다. 망보는 조교가 구린 화장실까지 따라 들어오지 않는 촌음을 이용해서 이루어지는 은밀한 행위들이었다. 그들도 담배연기를 입속으로 완벽히 삼키고 있었다. 미처 입속으로 못 들어간 담배연기는 봄날 아지랑이처럼 공기 속으로 해체되어 사라졌다. 담배연기를 품어내지 않고 삼킨 친구는 눈동자가 해체되어 흐느적거리고 있었다. 똥간에서 주먹밥을 먹는 우리나 똥통에 걸터앉아 끽연을 하는 저 친구들이나 다를 것은 아무것도 없었다. 삶을 포기하지 않으려는 원초적 욕구였다.

20

드디어 외곽으로의 노역이 시작되었다. 그날 오후에 때 묻지 않은 곡괭이와 삽 등 노역에 사용할 농기구들이 연병장에 가득 쌓였다. 김양호가 호들갑스럽게 귓속말을 해댔다.

"햐아, 봤어? 연병장에 곡괭이 갖다 놓은 거? 내가 나가봉께 곡괭이가 솔찬히 되더만. 움머, 이 많은 사람덜 바깥에서 무신 일을 다 시킨당가? 총 든 저아들이 경비는 서겄어? 겁나게 많은 대갈빡을 어떻게 다 지킬꺼? 아따, 죽여버리네요잉."

김양호의 지독한 전라도 사투리는 호기심으로 가득 차 있었다. 김양호의 말대로 뒷날 2백고지 노역장으로 끌려갈 때 포식자들은 대갈빡 숫자 확인하느라 거의 한 시간을 소비해야 했다.

동이 트는 새벽꿈에

고향을 본 후

외투 입고 투구 쓰면

맘이 새로워

2백고지 능선을 오르기 전 어유지리 마을을 지나갈 때는 목이 찢어지도록 군가를 불러야만 했다. 탈출 등 딴생각을 못하게 하려는 계책 같았다.

1소대의 군가가 끝나면 2소대가 이어서 부르고 그다음 3소대, 4소대 순으로 경쟁하듯 빨간모자들은 악쓰는 소리를 강요했다. 소리가 약한 소대는 곤봉을 휘두르며 마구잡이로 땅바닥을 굴렸다.

"우로 취침! 좌로 취침! 개구리 합창혀? 그게 목소리냐? 잘하겠어, 못하겠어?"

"잘하겠습니다아아!"

"그럼 다시 낮은 포복으로 군가 시이작!"

똥이 뜨는 쌔빽꿈에

꼬양을 뽄 후

악 악… 외뚜 입꼬

뚜꾸 쓰면…

"하낫뚤! 하낫뚤!"

포식자들은 구령을 붙여가며 곤봉을 휘둘렀다. 대열을 지어 가는 4개 소대 옆으로는 앞에총 자세를 한 5분 타격대가 따라붙었다. 폭동이나 단체 탈출을 대비해서 아예 탄알 장전한 총을 들고 따라붙는 것이었다.

산은 안개로 뒤덮여 있었고, 마을은 인적도 사라지고 이따금씩 똥개 몇 마리만 들판을 뛰어다니고 있었다. 눈발은 겨울 햇살에 다 녹지 못하고 성에를 이루며 땅바닥에서 튀어 올라 발이 푹푹 빠져들었다.

산으로 오르는 길은 황톳길이었고 완만한 굴곡이라 오르는 데는 힘드는 게 없었다. 하지만 산중턱쯤 올랐을 때 거대한 초소가 나타났다. 우리는 거기서 멈춰 섰고 계속 군가를 불렀다. 빨간모자가 멈추라는 지시를 하지 않으면 자동 반복해서 불러야 되는 것이 불문율이었다.

정도형이 언덕으로 올라서더니 군가를 멈추게 했다. 그는 경기도 억양으로 지독한 쇳소리를 토해냈다.

"에, 말하지 않아도 알겠지만 여기는 전쟁 발발시 마지막으로 사수혀야 하는 마지막 고지다. 여기서부터 꼭대기까징 통로 보수작업을 하는 것이다. 소대별 괭이조는 흙과 잔디를 파고 삽조는 통로 보수를 한다. 알았나! 덧붙여서 만약, 만약에 여기서 헛짓, 즉 탈출을 시도하다가는 바로 사살이다. 꽁초 피지 말라. 또 작업 시 잡담하지 말라. 옆 사람과도 대화는 절대 금한다. 지시 불이행자는 바로 작업 멈추고 귀대한다. 각 소대 제자리로!"

드디어 노역 시작이었다. 산의 나무는 모두 잡목이었다. 취사용 벌목 때문인지 키 큰 나무는 보이지 않았다. 혹 도토리나무가 있는지 주변을 둘러보았다. 없었다. 내가 양호에게 넌지시 눈짓을 했다. 김양호도 산을 휘둘러보는 것 같았다. 산새는 완만했지만 키 작은 잡목투성이었다.

하지만 김양호는 뭘 발견한 것 같았다. 그는 손바닥에 글씨를 그렸다. '칡나무.' 그는 분명히 칡나무를 발견한 모양이었다. 그리고 내 곁으로 살금살금 기어와 연장을 챙기는 척하면서 구부린 채로 귓속말을 했다,

"나는 잔디조로 갈 거여. 칡이 겁나게 많당께. 잔디 파면서 칡 팔 거여."

나는 김양호에 대하여 감탄을 해댔다. 녀석은 어디다 던져 놓아도 죽지 않을 녀석 같아 보였다. 우리는 각자 소대 작업조로 배치되었다. 나는 삽을 쥐고 통로 보수 작업을 하기 시작했다.

삽을 잡아본 지 얼마 만인가. 아스라이 향수가 밀려왔다. 어릴 적 고향

밭에서 삽과 괭이질을 해봤다. 어머니가 야채 심을 때 도와주면서 이랑을 만들던 기억이다.

그런데 흙을 파려고 하니 괭이가 들어가질 않았다. 땅이 꽝꽝 얼어버린 것이다. 이러면 김양호의 칡 파기도 틀린 것이다. 헛짓하다간 큰일 나겠다 싶었다. 하지만 이미 작업은 시작되었고 양호가 간 자리도 모른다. 어쩔 수 없이 김양호가 돌아오기만을 기다렸다. 잔디조도 잔디 파기를 포기하고 흙으로만 옹벽을 손질했다.

다행히 양지 쪽 황토는 얼지 않은 곳이 있었다. 우린 그 흙을 퍼 날랐다. 그런데 한 시간쯤 지나서 김양호가 '당까'(잔디 담는 들것)에 잔디를 가득 싣고 조교 한 명을 달고 뛰어왔다. 권형동 조교가 말했다.

"양지밭에 있던 잔디여. 이걸로 급히 보수를 혀."

"네, 지시대로 하겠습니다."

순간 김양호가 내 옆으로 다가와 옆구리를 찔렀다. 잔디 밑에 뭔가 있다는 눈짓이었다. 나도 눈신호를 보냈다. 그리고 당까조와 권형동이 사라지고 난 다음 나는 급히 잔디를 뒤져 보았다.

"흡….".

나는 눈을 의심하고 말았다. 거기에 살이 도톰하게 찐 칡이 천년 묵은 산삼처럼 가만히 누워 있었다. 나는 급히 삽으로 부드러운 옹벽을 열고 그곳에 칡을 숨기고 급히 흙을 덮었다. 그리고 침착하게 옹벽 보수 작업을 하고 있었다. 대단한 일이다. 김양호는 얼어 있는 이 땅에서 어떻게 칡을 찾았을까.

그리고 칡이란 뿌리가 길어 파내기까지 시간이 많이 걸리는 법이다. 어떻게 단시간에 이렇게 살찐 칡을 팔 수 있단 말인가. 참으로 수수께끼 같은 일이라고 감탄을 연발하고 있을 무렵 갑자기 '삐이익' 하는 호각 소리가 들리고 포식자들의 고함소리가 산골짝을 흔들고 있었다.

"집합! 집합, 전체 집합!"

"작업 중지하고 중대 집합!"

나는 예감이 심상찮았다. 벗어 놓았던 작업모를 빨리 뒤집어쓰고 정도형이 버티고 서 있는 평지로 빠르게 뛰었다. 나는 뛰면서 김양호의 칡 파기가 발각되지 않았는가 간이 다 떨어질 지경이었다. 곳곳에서 사람들이 튀어나오자 숨어 있던 새떼들이 후두둑 날갯짓을 하며 하늘로 퍼져 나갔다. 하늘은 잿빛이었다. 금방이라도 눈비가 쏟아질 기세였다.

정도형은 악을 썼다.

"오늘 작업은 없다. 이상 작업 종료하고 부대로 귀환한다!"

그때 김양호가 옆에서 또 낮은 소리로 속삭였다.

"뭔 일이당가. 뭔 사고 터졌어라?"

"글쎄, 나도 모르겠어."

우리는 소대별로 올라왔던 길을 다시 내려가기 시작했다. 그런데 우리가 황토산 입구에 있는 넓은 밭에 도착했을 때 염근석 중사가 "소대 정지"를 외쳤다.

바로 그때, 우리 소대가 산 아래로 내려섰을 때 무장군인들이 갑자기 우리를 에워쌌다. 5분타격대였다. 폭동을 진압한다는 구실로 만들어진 정예 군인들이다. 5분타격대는 바로 앞에총 자세를 취했다. 동시에 정도형이 빨간 모자를 벗으며 외쳤다.

"각 소대 뒤로 취침!"

우리는 정도형의 외침에 뒤로 홀러덩 나자빠졌다. 겨울 흙바닥의 차가움이 등뼈 속으로 빠르게 전해져 왔다.

"앞으로 전진!"

누운 자세로 앞으로 기어가라는 지시다. 그때 각 소대 포식자들이 곡괭이 자루를 휘두르며 포복 대열 속으로 빠르게 스며들었다. 그리고 곡괭이

자루를 내려치기 시작했다.

'퍽, 퍼벅.'

"악, 아악, 아아악."

곳곳에서 비명이 쏟아져 나왔다.

정도형이 외쳤다.

"이 씹새끼들, 봐줄 거 없어. 몇 놈 죽여도 좋아!"

우리 소대는 뒤로 기다가 곡괭이 빠따를 피하려 어느새 엎드려서 기기 시작했다. 군홧발이 등짝을 질근질근 밟고 지나갔다. 유달리 빠따를 무자비하게 휘두르는 정도형의 빠따를 피하기 위하여 누구 할 것 없이 산 쪽으로 기어올랐다. 그러나 그게 화근이었다.

"탈출하겠다는 거냐? 이 씹새끼들, 산으로 오르는 놈들 다 잡아, 어서 빨리!"

그때 5분대기조가 총을 겨누며 산 위쪽으로 막아서며 "동작 그만!"을 외쳤다. 일시에 기어가던 몸동작을 멈추고 얼굴을 땅바닥으로 처박았다. 뺨 사이로 낙엽 부스러지는 소리가 귓속으로 파고든다. 눈을 질끈 감는다. 여기서 시체가 되어 나갈 것 같은 예감이 머리를 스친다.

옆줄에서 머리에 피를 흘리는 유성기의 얼굴이 오버랩 된다. 고통스러운 얼굴이다. 김양호와 박성호는 맨 뒷줄에서 납작 엎드려 있다.

어느새 정도형의 군홧발이 내 머리 앞에 있다. 살이 떨려왔다. 소름이 돋는다. 그리고 살아야 한다며 모질게 마음을 다잡는다. 정도형이 양쪽 허리에 두 손을 짚으며 고래고래 악을 썼다.

"산으로 올라온 놈들 따로 집합!"

다시 일어나 밭 가운데로 집합을 했다. 20명쯤 된다. 5명씩 4개 대열을 이루고 "엎드려뻗쳐"를 시킨다. 두 다리를 뒷사람의 양어깨 위에 올리게 한다. 두 다리가 어깨에 올라오자 천근 무게다.

유성기는 여전히 핏방울을 흘리며 앞사람의 발을 어깨에 걸고 힘겹게 내 옆에서 두 손을 뻗고 있다. 곧 무너져 내릴 것 같은 마지막 힘이 사지를 떨게 만든다. "무너지면 죽인다"는 한마디가 두렵다. 총구가 소름 끼치도록 코앞에서 명멸한다. 여차하면 갈겨버릴 기세다.

그때였다. 갑자기 정도형의 악쓰는 소리가 고막을 찢는다.

"산에서 칡 판 놈 나와!"

나는 간이 쪼그라듦을 느끼고 있었다. 순간 침묵이 강을 이룬다.

내 뒷줄에 김양호가 있다는 것을 알고 있다.

'들켰을까? 누가 꼬나바쳤을까?'

온갖 상상이 머리를 스치고 지나간다.

"다시 말한다. 칡 판 놈 다 나와!"

그때 김양호가 비칠비칠 일어선다. 그리고 다른 줄에서도 두 사람이 사색이 되어 정도형 앞으로 쓰러질 듯 뛰어간다.

"더 없어? 양심불량하면 죽여 버릴 테다. 끌고 가!"

김양호는 흘긋 내 쪽으로 한번 얼굴을 보이고는 트럭에 타는 모습을 보이고 차량은 곧 사라진다.

'어디로 끌고 가는 걸까….'

순간 숨 막히는 공포감이 엄습한다. 30여 분이 지나니 더 이상 버틸 힘이 없다. 총구도 눈에서 사라진 지 오래다. 온몸에서 식은땀이 비 오듯 떨어져 내린다. 순간 유성기가 '퍼벅' 하고 맥없이 무너져 내린다. 한 사람이 무너지니 그 줄 전체가 무너진다. 이어서 빨간모자들의 곡괭이 난투극이 다시 시작된다. 유성기는 눈을 감았으나 이미 얼굴 전체엔 피그림이 그려진 지 오래다. 체념했다는 표정이다.

순간, 다리에 감각이 사라진다. 그리고 내 의지와는 상관없이 몸뚱어리가 떼구루루 밭이랑으로 굴러 내려간다. 조교들의 군홧발 소리가 우두둑 들려온다. 알 수 없는 고통이 온몸을 에워싼다. 무수히 쏟아지는 군홧발과 곡괭이 자루가 내려치는 둔탁한 소리. 내 몸엔 이미 감각이 없다. 그리고 정신이 혼미해짐을 느낀다.

더 이상 상황 파악이 되지 않는다. 정신의 끈을 놓아 버렸다.

21

그래도 모질게 살아남았다. 허리와 팔, 고개를 사용할 수가 없다. 화장실에도 기어서 갔다. 누구 하나 도와주지 않는다. 오줌통을 부여잡고 소변을 본다. 온몸에서 악취가 진동을 한다. 며칠 동안 씻을 수도 없다. 손에는 시꺼멓게 때가 내려앉아 있다. 내 얼굴이 사라진 지 오래, 패잔병보다 더 비참한 걸인의 모습이 물속에 잠겨 있다. 배가 고프다. 사회라면 구걸이라도 하여 배를 채우고 싶다. 맞아 죽더라도 배부르게 실컷 먹다 죽고 싶다.

김양호는 밤이 되면 시체가 되어 내무반으로 돌아왔다. 그가 무슨 고통을 받는지 입이 꾹 잠겨 있다. 밤새도록 옆자리에서 끙끙거리고 있다. 도와줄 게 아무것도 없었다. 이불 한 장도 옆 사람에게 줄 수 없다. 눈물로 바라만 볼 뿐이다. 김양호 칼사건 이후 감방 내무반에 돌아오면 앞만 보고 취침 때까지 부동자세로 앉아 있어야만 했다. 눈동자도 움직이지 못하게 하는 체벌이 오랫동안 가해졌다. 감시도 더더욱 엄혹해졌다. 소시지의 추억은 동화 속의 그리움이 되었다.

다시는 그 시간이 오지 않으리라 했다.

김양호가 고통 가운데서 하는 단 한마디의 말.

"배고파…"였다.

'아뿔싸….'

그는 특수교육대에 끌려가던 날부터 하루 한 끼로만 목숨을 연명하고 있다고 했다. 규정 위반자에게 내린 비참한 체벌이었다. 나는 절망했다.

'김양호는 내게 먹을것을 가져다주었는데….'

나는 해줄 것이 없었다. 슬픔이 와락 밀려들었다.

'무엇을 해줄것인가…. 그래도 해봐야 한다.'

나는 입술을 깨물었다. 설사 특수교육대에 끌려간다손 치더라도 먹을 것을 구해내야 한다고 생각했다. 그러나 그것은 생각뿐이었지 이행할 수 있는 기회는 오지 않았다. 별밭에 가야 별을 딸 수 있는 것 아니겠는가. 그 별밭에 갈 수 있는 기회조차 내게는 없었다.

하지만 기회가 왔다. 그것은 하늘이 준 기회였다.

22

김양호는 사역자 자격이 박탈되었다. 박성호가 어느 날 낮은 소리로 말했다.

"양호가 권형동 조교 따까리였다네."

나는 깜짝 놀랐다. 그가 권형동 조교의 밀정이라는 말이 된다. 나는 그때서야 모든 것이 상황 파악이 되었다. 그가 누군가가 봐주는 백이 있었기에 쉽게 먹을 것을 구해왔고 또 그 어렵다는 사역 당번이 된 것이었다. 그렇다면 숨어서 동료의 비리를 꼬나바치고 얻은 소시지가 될 것이고 그 소시지를 우리에게 준 것이다. 그렇다면 적어도 박성호와 나의 부정행위는 자기 스스로가 공범으로 만든 것이라는 사실.

'혼자 먹어 치워도 될 소량인데….'

무서웠다. 하지만 적어도 박성호와 나는 자신의 정보망에서 제외되어 있었고 그는 우리에게만은 자신의 피 같은 소시지를 나눠 주었다.

나는 그의 행동에 눈을 감아야 했다. 그가 준 애정 속에는 공범이라는 엄연한 현실이 내 앞에 있었던 것이다.

조교는 최영길과 내게 조교 행정반 청소를 지시했다.

눈동자도 움직이지 않고 부동자세로 앉아 있는 내게 조교의 손가락질이 있었을 때 나는 눈을 의심했다. 하지만 그건 행운이었다. 적어도 밀정꾼으로의 거래는 없었으니 맘 놓고 사역을 할 수 있는 행운을 얻은 것이다.

최영길의 표정은 천국으로 가는 얼굴이다. 감방 내무반이 아닌 곳으로 가면 어떤 것이든 얻을 수 있는 기회가 생긴다. 가령 군인들이 먹다 버린 건빵 부스러기를 땅바닥에서 주울 수도 있고 담배꽁초도 얻을 수 있다. 재수 좋으면 군인 면회객이 먹다 버리고 간 떡 쪼가리도 주울 수 있다. 그런 기회가 우리에게 주어진 것이다.

나와 최영길은 그날 행정반에서 빗자루질을 하였다. 감방이 아닌 조교들의 방은 사람이 사는 방이었다. 나는 군인들이 곱게 세탁하여 걸어둔 군복과 깨끗한 속옷들이 관물대에 곱게 포개져 있는 모습을 보고 넋이 빠져라 바라볼 수밖에 없었다. 그곳엔 인격이 있었고 사람냄새가 있었다. 그리고 사람의 권위가 있었던 것이다.

그때였다. 멍청히 관물대를 바라보고 있던 내게 최영길이 눈을 반짝 빛내며 귀엣말을 해왔다.

"저기, 저기 구석에 개 사료가 있어."

그의 목소리는 온통 경이로움으로 가득 차 있었다.

나는 "개 사료"라는 말을 들은 것이 그때가 처음이었다. 개에게 인간이 먹다 버린 음식 찌꺼기가 아닌 개에게 알맞은 영양분을 가미한 사료를 먹인다는 사실 앞에 나는 울컥 서러움 같은 것이 목울대를 타고 올라왔다. 개에게도 영양분을 공급해주는 양식이 있는데 우리는 개보다 못한 삶을 누리며 살고 있는 것이다.

나는 최영길이 가리키는 구석으로 갔다. 정말 거기엔 큰 자루에 개 사료가 듬뿍 담겨 있었다. 순간 김양호 생각이 머리를 스치고 지나갔다. 그 생각이 미치자 나는 앞뒤 잴 것 없이 사료를 호주머니에 담기 시작했다. 무섭게, 군견보다 맹렬하게 도전했다. 맞아 죽어도 어쩔 수 없는 행위, 그건 내겐 큰 결단이었다. 개보다 못한 삶을 살고 있는 짐승보다 못한 수용자, 그 수용자는 지금 개 먹이 앞에 사람이기를 거부한 것이다. 만약 군견 사료가 줄었다는 것을 조교가 안다 해도 어쩔 수 없는 일이다.

그날 밤, 나는 동료들이 잠든 틈을 타서 모포를 뒤집어쓰고 있는 김양호에게 한 주먹의 개 사료를 내밀며 속삭였다.

"먹고 살아야 해…. 씹지 마라…."

개 사료는 자그마한 알맹이로 뭉쳐져 있어 씹으면 사각사각 소리가 날 것이다. 그러면 모든 것이 허사가 되는 것이다. 김양호는 모포 속에서 흐느적거리며 '꿀꺽꿀꺽' 개 사료를 삼키는 소리를 내고 있었다. 잠든 동료들이 그 소릴 들었다 해도 김양호의 앓는 소리로 알 것이다. 하지만 들켰다 해도 나는 각오를 하고 있었다. '어쩔 수 없다'를 수없이 되뇌며 나도 한 주먹의 개 사료를 울대 너머로 삼켰다. 김양호와 함께 개가 되어야 한다는 마음으로. 그리고 잠 속으로 빠져들었다.

하지만 옆자리 모포 속에서의 나직한 흐느낌 소리가 김양호의 울음소리라는 것을 나는 간파하지 못하고 있었다. 만약 내가 그 울음소리를 들었다 해도 나는 어리석은 울음이라 생각했을 것이다. 여기서 살아 나가는 것만이 냉혹한 현실이기 때문에.

23

"크, 큰일 났당께…."

박성호가 하얗게 질린 표정으로 내게 낮게 속삭였다.

"왜 그래…."

"황덕봉 씨가…."

"그래, 황덕봉 씨가 왜?"

"제대군인에게 집에 보내는 쪽지를 전하다 발각됐당께."

"어떻게…."

"제대군인이 거꾸로 그 쪽지를 조교 내무반에 갖다 바친 모양이지라잉."

나는 신음소리를 내뱉으며 "끙…, 나쁜 새끼…" 하고 이빨을 갈았다.

상황이 떠올랐다. 황덕봉은 자신이 어디로 끌려갔는지, 죽었는지 살았는지 몰라 애태울 가족을 생각했을 것이다. 그 가족을 위해서 자식 같은 제대병을 발견하곤 기회라 생각하고 쪽지 부탁을 했을 것이다. 그런데 일이 터진 것이다.

포식자들은 한 사람의 지적 사항도 항상 단체에 책임을 물었다. 그것을 즐기고 있는 듯한 포식자, 이제 또 정도형의 소일거리가 생긴 것이다.

50대의 황덕봉 씨는 얼굴이 사색이 되어 있었다. 침상 3선에서 그는 청동인간처럼 미동도 하지 않았다. 소대 감방에서는 모두 귓속말로 이 사태를 눈치 채고 있었다. 그리고 이 사태는 황덕봉 혼자만의 일이 아니라 내무반 감방의 공동 책임이라는 사실을 누구보다도 뼛속 깊이 간파하고 있었다.

내무반 감방은 마치 폭풍 전야처럼 숨소리 하나 들리지 않았다. 내무반 감방을 지키고 있는 조교조차도 발자국 소리를 죽이고 있는 것 같았다. 그러나 사나운 폭풍은 시시각각으로 다가오고 있었다.

박성호의 속삭임대로 어김없이 비상이 걸렸다. 대대 본관 옥상에서 사이렌 소리가 들리고 우리 수용자 1백여 명이 연병장에 도열했다.

이번엔 중대장 오기택 대위가 날카로운 모습으로 사열대 위에 무서운 얼굴로 올라섰다. 볼이 들어가고 광대뼈가 툭 튀어나온 모습이 수용자들을 긴장케 한다. 그는 가래를 '퉤' 하고 내뱉었다.

"여러분은 대대장님을 배신했다아. 일전에 대대장님께서 훈시하실 때 부대 규정을 잘 지키는 사람에겐 큰 상이 있을 것이고 이를 어기는 사람에겐 가혹한 체벌이 있을 것이라고 말한 것을 잘 기억하고 있을 것이다아. 그런데 작업장에 나가서 사적인 서신을 바깥으로 전달하려 한 것은 부대 기밀을 누설하려는 행위와 똑같다아. 그러므로 여러분은 오늘부터 인간 이하의 수모를 당하게 될 것이다아. 황덕봉 나온다 실시이."

어깨가 꾸부정한 황덕봉 씨가 어기적거리며 초라하게 뛰어나온다. 그 뒤로 정도형이 뒤따르고 있다. 정도형이 곤봉으로 어깨를 치면서 더 빨리 뛰라고 폭행을 가한다. 황덕봉 씨가 사열대 앞에 나오자 그를 꿇어앉힌다. 황덕봉 씨가 사색이 되어 고개를 처박고 있다.

오기택은 조교들에게 뭔가를 지시한다. 그들이 다시 어디론가 뛰어간다.

오기택이 다시 눈에 광채를 발하며 입을 연다.

"그러므로, 이제 여러분은 하루에 20킬로미터 이상을 구보하게 될 것이며 작업장도 근처에는 없게 될 것이다아. 체벌의 행군이 시작될 것이다아. 규정위반이 어떤 혹독한 대가를 불러오는가를 알게 될 것이다아. 이상."

그때 조교들이 어깨에 무거운 물체를 메고 온다. 우리는 숨 한 번 제대로 쉬지 못하고 눈동자를 고정시키고 있었다.

조교들이 가져온 것은 모래주머니였다. 그들은 황덕봉의 허리에 모래주머니 하나를 묶었다. 또 두 발에도 두 개의 모래주머니를 묶어 놓았다. 그리고 모래자루 하나를 끌도록 했다.

몸에 묶은 세 개의 모래주머니는 족히 30킬로는 나갈 무게였다. 또 끌고 가는 모래주머니 역시 20킬로는 족히 나갈 무게였다. 나는 숨을 가쁘게 몰아쉬었다. 황덕봉 씨가 조교의 명령대로 걷기 시작했다. 바로 그때 조교가 그의 걸음이 느리다며 어깻죽지를 곤봉으로 가격했다. 어깻죽지를 맞은 황덕봉 씨가 쓰러졌다. 그 위로 여러 개의 군홧발이 덮쳤다. 황덕봉씨가 가까스로 일어섰다. 그리고 모래주머니 줄을 다시 거머쥐고 끌기 시작했다. 핏빛 석양이 그의 머리위로 내려앉고 있었다.

황덕봉의 걸음 뒤로 1월 추위의 연병장엔 죽음보다 짙은 땀방울들이 쏟아지기 시작했다.

우리는 황덕봉이 모래주머니를 끌지 못하고 쓰러질 때마다 목봉체조 횟수가 추가되었다.

정도형이 외쳤다.

"황덕봉이 열 번째 쓰러졌다. 이번 횟수는 1백회 시자악!"

"또 쓰러졌다. 백십회 시자악!"

황덕봉 씨가 쓰러지지 않으려 안간힘을 쓸 때는 차렷 자세로 서 있다 다시 그가 쓰러지면 추가로 우리는 목봉체조를 해야 했다. 그것은 목봉체조가 아니라 광란의 목봉 춤이었다. 끊어지지 않는 춤, 쉴 수 없는 목봉 춤이었다.

서녘 하늘로 저녁노을이 붉게 번지고 있었다. 겨울새떼들이 흩어졌다가 모여들었다.

나는 속으로 뇌까렸다.

'새야, 인간 떼거리가 싫다. 새야, 차라리 너희 떼거리 속에 새떼로 살고 싶구나.'

24

나는 김양호를 위해 무엇이든 해야 했다. 여전히 김양호는 굶주리고 있었고 그 역시 황덕봉 씨와 같은 고난도의 폭력적 유린을 당하고 있었다. 매일같이 개같이 기고 얻어맞고 낮은 포복으로 땅바닥을 몸으로 청소하고 있을 것이었다. 그에게 지금 먹을 것을 주지 않으면 그는 죽고 말 것이었다. 그의 눈동자는 이미 풀려 있었고 주검처럼 흐느적거리는 것이 눈에 잡혔기 때문이다.

나는 성급해졌다. 빨리 먹을거리를 확보해야 했다. 어떻게 하든 그의 굶주린 배를 채워주어야 한다고 생각했다. 옆에서 박성호가 낮은 말로 지껄여댔다.

"양호 말이여, 옆에 4소대 잔디조가 꼬나바쳐서야. 양호가 칡 파는 데만 정신을 팔고 있으께 말다툼이 인 모양이여. 양호가 칡 파기를 중단하고 꼬워도 빌었어야 혔는디…. 잘못 판단한 거여. 성질난 4소대 놈이 정도형이한테 일러바친 거지. 상품으로 건빵 한 봉지 받았다고 소문이 쫙 퍼졌당께."

나는 더 이상 기다릴 수 없었다. 그동안 사역 차출이 있으면 양보를 해왔었다. 양호 사건 이후 고정 사역제도가 폐지되고 그때마다 선발하고 있었으므로 나는 적극적으로 사역에 나설 생각을 굳히고 있었다.

박성호에게도 사역 나가면 먹을 것을 구해 오라고 신신당부를 했다. 그리고 사역자 차출 때 박성호도 손을 들어 보라고 했다. 둘 중 한 명은 뽑히지 않겠나 싶은 요행심 때문이었다. 그러나 그 요행은 절대 빨리 오지 않았다. 조교들은 여전히 자신들의 꼬봉을 사역자로 써먹고 있었기 때문이다. 그러나 인내하고 계속 도전했다.

조교의 경직된 목소리.

"사역 지원자 손 들어!"

여기저기서 10여 명이 손을 들지만 3명 안에 뽑히는 경우는 절대 없었다. 거의 불가능에 가까웠다.

그런데 다시 사건 하나가 터졌다. 최영길이 나도 모르게 행정반 청소를 자원하여 군견 사료를 훔치다 들켰다는 것이다.

'아뿔싸….'

한 번 훔쳐 먹었으면 두 번은 해서는 안 될 짓이었다. 사료의 양은 민감한 거라서 군견병이 쉽게 눈치를 챌 수 있었기 때문이다.

다시 감방 내무반은 찬바람이 썰렁하게 부는 냉각된 분위기로 얼어붙었다. 정도형은 매일이다시피 터지는 악재들 앞에 호재라도 만난 듯 양호가 기고 있는 특수교육대를 들먹거렸다. 입이 길쭉하게 찢어지고 모자챙이가 빼딱하게 돌아간 모습은 사람의 간담을 서늘케 하는 무서움이 도사리고 있었다. 어떤 조교 앞이든 무서웠지만 정도형의 무서움에 견줄 수는 없었다. 그의 특유의 몸동작은 호주머니에 두 손을 깊숙이 찌른 채 바닥을 보고 말하는 것이었다.

"사람은 말야. 짐승과 다른 부분이 있어. 그게 뭔지 아나?"

땅만 바라보던 그가 고개를 빳빳하게 치켜들고 나를 쏘아보았다. 순간, 간담이 쪼그라드는 것 같아 움찔 몸을 한번 떨어야 했다.

"말귀를 알아 듣는다는 거야. 인간은 누구나 말귀를 알아듣는다구, 이 개 뼉다구 새끼들아. 근데 여러분은 말귀를 알아듣는 인간두 아니고 그렇다고 외형상 짐승도 아니구 도무지 정체가 뭐야? 뭐냐 말이다! 사람이 어떻게 개 사료를 먹어? 엉, 개가 니들보고 비웃어, 개보고 미안하지두 않어. 개한테 자존심도 상하지 않디? 배가 고프면 어린 애기 밥은 빼앗아 먹는다는 말은 들었어두 개밥 뺏어 먹었다는 말은 첨이야. 내가 니들하고 같은 사람 형상을 하고 있다능 게 챙피스러워, 엉? 이 개보다 못한 새끼들아, 어이 최영길,

저 새끼 끌고 가."

후임조교가 조교반장의 말이 떨어지자 후다닥 침상 위로 뛰어올라 최영길의 멱살을 거머쥐었다. 최영길이 새파랗게 질린 채 거의 사색이 되어 문밖으로 사라졌다.

"오늘은 중식 후 작업이 있다. 중대장님의 지시대로 사격장으로 간다. 준비하도록."

그는 그렇게 말하고는 바깥으로 휑하니 나가버린다.

이어 채왕지 조교가 입을 열었다. 채왕지도 악질로 본다면 정도형 다음 가라면 서러워할 인간이었다.

"이 씹새들아, 이제는 더 이상 봐줄 수 없어. 그간 나이 든 놈들이 많아 좀 살살 다뤄줬더니 간이 배 밖으로 나왔어. 어이 황덕봉, 당신 아직 살아 있구만. 당신 이리 나와봐."

순간 황덕봉 씨가 "네, 황덕봉!" 하고 황급히 복창하고 후다닥 침상 밑으로 뛰어내린다. 미처 실내화도 심지 못한 채 채왕지 앞에 나가서 꼿꼿하게 얼어붙는다. 정도형의 말대로 나이가 상실된 짐승들만의 공간이다. 조교도 수용자도 짐승이기를 자처하는 건 피차 마찬가지 형편이었다.

"당신, 나이 몇입니까?"

"네 수련생 황덕봉! 제 나이 54세입니다!"

"그래, 54세, 많이 먹었군요. 근데 그 나이를 34세만 은행에 저당 잡히면 안 될까요?"

"네, 수련생 황덕봉, 그렇게 하겠습니다!"

그때 내무반 뒷문을 지키고 서 있던 다른 조교들이 키득거렸다.

"그럼, 34세를 저당 잡히면 몇 살이지요?"

"네, 수련생 황덕봉. 20세입니다."

"좋아, 그러면 내 나이는 24세야. 당신이 내 나이보다 많습니까 적습니까?"

"네, 수련생 황덕봉! 제 나이가 적습니다."

"몇 살 적습니까?"

"네, 수련생 황덕봉, 네 살이 적습니다."

"그럼, 제 동생뻘이군요."

"네, 수련생 황덕봉! 그렇습니다."

"그럼 말 까도 되겠네, 이 개새꺄!"

채왕지는 자신의 말이 입에서 떨어지자마자 황덕봉 씨의 조인트를 내려 까기 시작했다. 황덕봉 씨가 "아구구구" 하고 비명을 내지르며 복도로 나뒹굴었다.

"일어서, 일어섯, 황덕봉 일어섯!"

다시 황덕봉 씨가 다리를 움켜쥐고 채왕지 앞에 엉거주춤 서자 "이 새끼, 내보다 나이도 적은 놈이, 엄살은!" 하며 그의 코를 비틀었다. 그리고 한 손으로는 코를 잡고 다른 한 손으로 황덕봉 씨의 뺨을 찰싹찰싹 때리기 시작했다. 그리고 능글거리며 한대 때리고 나서 또 두 대 때리며 "아퍼, 안 아퍼" 하고 그 행동을 수도 없이 반복했다.

나는 두 눈을 아예 감아버렸다. 하지만 황덕봉 씨의 꿀쩍거리는 울음소리와 채왕지의 찰싹거리며 뺨 때리는 소리가 교차되어 고막 속으로 파고들었다. 그의 정신병 같은 행동은 중식 나팔이 울릴 때까지 계속되었다.

중식 나팔이 울려 퍼지자 황덕봉 씨의 얼굴은 붉게 물든 홍당무처럼 부어올랐다. 나는 그의 얼굴을 외면했다.

순간 고통이 밀려왔다. '이대로 보고만 살아야 하는가. 언제까지 이런 굴종의 자세로 엎드려 살아야 하는가. 이것이 사람 사는 모습인가.'

나는 내 스스로의 정체성에 경악하고 있었다. 하지만 살아 나가야 한다는 현실론 앞에 서면 정체성도 자존심도 소리 없이 녹아내린다.

25

드디어 오기택 중대장의 지시에 의하여 우리는 고난의 행군을 하도록 계획되어 있었다. 하지만 노령자가 많이 있는데 그게 가능할지 의문이었다.

'20대의 청춘들은 충분히 이겨낼 것이다. 아니, 군을 다녀온 2, 30대도 있고 군을 다녀오지 않은 2, 30대도 있다. 이들은 군대 경험을 떠나서라도 해볼 만한 행군일 수도 있다. 그러나 4, 50대 이상의 고령자는 분명 무슨 사고든 터질 수밖에 없을 것이다.'

이런저런 걱정으로 골몰하고 있는데 식사 전달 전령이 걸려 왔다. 그런데 뜻밖에도 그날의 중식은 중대 수용소에서 사역자가 급식을 타 와서 배식을 하지 않고 군인들이 밥을 먹는 사병식당에서 급식이 실시된다는 소식이다.

우리는 바로 사병식당에서 배식대기를 하였다. 처음 있는 일이다. 그때였다. 밥 배급 때문에 밥줄을 서 있는 동료들을 초점 없는 눈으로 바라보다 전광석화처럼 떠오르는 아이디어 하나를 발견하고는 속으로 무릎을 탁 쳤다. 그것은 양호 밥 끼니를 해결할 수 있는 방법이었다.

그렇다. 취사장 급식을 하게 되면 밥을 두 번 타면 되는 것이었다. 반찬을 제외한 밥만 타고 그밥은 모자 속으로 감추고 다시 서너 사람 뒤편으로 끼어들어 한 번 더 밥을 타면 그 밥은 내가 먹고 모자 속의 밥은 감춰 두었다가 김양호에게 주면 되는 것이다. 다소 위험이 도사리고 있지만 이런 기회를 떨굴 수는 없는 일이다. 그러면 오늘 석식부터 하루 한 끼 정도는 양호의 배를 채워줄 수 있을 것 같았다.

하지만 들켰다 하면 황덕봉과 김양호의 길을 걸어야 한다는 것을 각오해야만 했다. 나는 심호흡을 한번 뱉어내고 오늘 저녁 석식을 양호에게 제공할 수 있다는 데 잠시나마 희열을 느끼고 있었다. 나는 이것은 하늘이 준 기회라고 판단했다. 먹고 살아남아야 한다.

나는 김양호로부터 얻어먹은 소시지로부터 절대 자유로울 수 없었다. 결국에는 그의 부질없는 용기가 자신을 속박으로 옮아맸지만 그는 참으로 좋은 놈이라는 것만은 내 머릿속에 각인되어 있었고 그것은 큰 부채로 남아 있었다. 그리고 적지(謫地)에서 정을 줄 상대가 있다는 것, 그것보다 더 큰 위안이 어디 있으랴.

그런데 김양호에게 밥을 타주려면 식당 급식이 이뤄지는 날이라야 가능할 것이었다. 급식을 사역자가 타 가지고 와서 수용소에서 배식하면 할 수 없는 일이다. 그것은 수용소 인원에 맞게 정량이 오기 때문에 동료 것을 갈취하기 때문이고 동료들이 길길이 날뛰며 정도형의 정보망에 바로 걸릴 것이기 때문이다.

그러나 사병식당에서 요행히 급식을 받게 되면 동료 정량 갈취도 아니고 정도형의 정보망에서도 멀어지는 것이다. 그렇다. 사병식당 급식 때만이 가능하다. 그땐 안전하다. 하지만 사병식당 급식은 간헐적일 것이기 때문에 그 기회가 그리 많지는 않을 거라는 계산이다. 만약 오늘 석식도 식당에서 이뤄진다면 당장 오늘부터 모험을 할 수 있다. 하지만 간헐적으로 이뤄진다면 갈매기 만선배 기다리는 꼴이다. 그렇지만 기다려야 한다. 이것만이 양호에게 밥을 먹일 수 있는 유일한 기회다. 그리고 김양호는 꼭 살려야 한다.

다소 비열하게 살더라도 그에게 밥 한 끼는 내 손으로 주리라. 그리고 같이 살아 나가리라. 항상 중간에 서 있는 듯 없는 듯 표 나지 않게 살리라 하고 나는 이곳에서의 생활 지표를 끊임없이 떠올렸지만 이번만은 예외로 하기로 했다. 양호의 밥만 해결된다면 더 이상 이웃의 일에도 매달리지 않겠다. 제각기의 주어진 양대로 살 수밖에 없다. 나는 다소 얄팍해진 논리로 나의 안위를 합리화시켰다. 아니, 살아남기 위한 전략적 셈법이었다.

그러나 나의 그 은밀한 이중적 도박이 정도형의 마수의 그물에서 살아남을 수 있을지, 그것은 운명이고 숙제였다.

대열을 갖추었다. 첫 행군이다. 신발을 단단히 묶었다. 삽과 곡괭이를 찾아서 양손에 하나씩 들었다.

염근석 소대장이 사열대에 올라 열변을 토해냈다.

"오늘부터 20킬로를 행군한다. 이것은 여러분에게 인내력을 요구하게 될 것이다. 가다가 쓰러져도 부축이나 도움은 없다. 만약에 옆 사람의 괭이나 삽을 대신 들어 주는 행위, 또는 부축 행위 등이 발각되면 특수교육대 한 달 입교다. 그리고 사격장 방벽 작업을 하겠다. 각자의 도구는 각자가 책임진다. 조교 인솔!"

"각 소대 우로 어깨 삽!"

모두 오른쪽 어깨에 삽과 괭이를 짊어졌다.

짊어진 연장이 육중하다. 그러나 지금은 무리 없이 걷겠지만 10킬로쯤 도보하면 천근 무게가 될 것이었다. 나는 처음부터 비교적 걸음을 가볍게 움직이기 시작했다.

그런데 그때였다. 중대 특수교육대 운동장에 누군가가 뻘뻘 기어가고 있었다. 기어가면서 끊임없이 무슨 소린가를 질러대고 있었다. 조교가 줄을 잡고 앞서 걷고 있는 모습도 보였다. 그는 차츰 우리 대열 앞으로 가까워지고 있었고 우리 대열도 그쪽으로 가까워져 가고 있었다. 아마 특수교육대에 끌려간 동료일 것 같은 짐작이 가는데 나는 김양호인가 싶어 목을 길게 뽑고 그를 정밀 관찰했다. 그때였다.

"어?"

나는 그가 누구인가를 발견하곤 그만 소스라치게 휘청거리고 말았다. 옆 사람이 "왜 그래…" 했지만 휘청한 것을 제외하곤 자빠지지는 않았다.

최영길이었다. 최영길의 목에 개 목줄이 묶여 있고 조교가 그 줄을 잡아 끌고 있었다. 최영길이 엉금엉금 기어가면서 "나는 케리입니다. 나는 케리입니다. 컹컹컹" 하고 울부짖고 있었다.

주위에는 암울한 겨울 햇빛이 힘을 잃고 내려앉아 있었다. 최영길의 개 울음소리가 내 옆으로 지나가고 있었다. 그 소리는 강하게 약하게 때로는 슬프고 비참하게 귓속으로 꽂혀 왔다. 그러나 나는 나설 수 없었다. 비겁하게 모르는 척하고 지나칠 수밖에 없었다. 나섰다간 너도 죽고 나도 죽을 것이니. 하지만 아무 저항도 못하는 나는 결국 비겁한 놈이지. 나는 속으로 '영길이, 미안하네, 미안하네'를 끊임없이 뇌까리며 천근 발걸음을 옮겨 놓고 있었다.

26

행군의 아침을 목 터져라 부르며 구보를 하는 길은 사회버스가 다니고 있는 길이었다. 알록달록 색칠을 한 버스가 세상 냄새를 풍기며 달려가는 모습만 보아도 살아 있다는 느낌이다. 하지만 그 생각은 곧 그리움으로 변한다. 저 차를 타고 끝까지 간다면 서울이 나타날까, 아니면 부산이 나타날까. 저 차의 행선지에는 행복이 있겠지. 사람들의 웃음이 있겠지.

아, 싫다. 푸른색이 싫다. 군용빛깔을 띤 색깔은 무조건 싫다. 알록달록한 저 차의 색깔은 어찌 저리 예쁠까? 천 가지 만 가지의 상념에 잠겨 길을 구보할 때 조교의 악쓰는 소리가 들려온다.

"목소리가 꾀꼬리 소리야? 다시 시작한다, 군가 씨이자악!"

똥이 트는

쌔벽꿈에

고향을 뻔 후

악악…

잠시 상념에 사로잡혀 있던 나도 아차 싶어 살아남기 위해 목울대를 힘차게 움직이기 시작했다. 꼬투리 잡히지 말아야 한다. 주검의 산을 맞닥뜨리고 갈 수가 없다. 피하며 가야 살 수 있다. 열심히 더 열심히 저들의 개가 되어야 한다.

'인간은 행위 이전에 사유(思惟)한다. 그래서 나는 생각한다. 고로 나는 존재한다.'

데카르트가 한 말이다. 그러나 개 같은 소리다. 오로지 복종만이 살아남을 수 있다. 그런 개소리는 배부른 자들의 몫이다.

외뚜 입고 투구 쓰면
맘이 새로워… 악악…

나는 옆 사람보다 갑절로 더 크게 군가를 불렀다. 내가 더 크게 부르면 옆 동료에게도 도움이 될 테지. 그리고 또한 나 같은 사람만 있으면 우리 소대가 우수 소대가 되겠지. 삽질도 열심히 하리라. 당까도 내가 더 많이 들겠다. 다른 사람 한 번 걸을 때 나는 뛰면서 잔디를 갖다 나르겠다. 그리고 조교의 따까리도 하겠다.

자존심 다 버리겠다. 돼지 염통 까집어 축구하듯 내 염통도 까뒤집어 보여주겠다. 그렇게 한다면 저들의 살인적 폭력도 서서히 줄어들겠지. 저들도 사람이라면. 그래, 맞서면 안 돼. 내 속에 살아 꿈틀거리는 이 저항의 불씨는 추악한 것이야. 변화는 순응과 복종으로도 가능한 거지. 그래, 그렇게 사는 거야. 그렇게 변화시키는 거야. 하지만 김양호의 밥은 챙겨주어야 하겠지. 그것은 빚이므로.

꺼뜬히 총을 메고

나서는 아침

물도 맑고 산도 고운

이강산 위에… 악악…

악다구니를 쓰면서 군가를 부르며 뛰다 보니 5킬로 정도를 뛰었다. 그런데 벌써 휘청거리는 사람들이 보였다. 큰일이란 생각이 엄습한다. 저들이 쓰러지면 어떻게 하겠다는 건가. 대부분 5, 60대 고령층이다.

'어쩌나. 어쩐다? 그런데 내가 지금 또 무슨 생각을 하는 거냐. 아니다. 남의 일이다. 나만 열심히 하면 된다. 끝까지 인내하는 자만이 살아남는 법이다.' 나는 사유(思惟)하지 않는다고 했다. 값싼 동정 따위는 사유론자들이나 지껄이는 현실과는 동떨어진 몽상에 불과하다. 나는 고개를 흔들며 그들의 고통에 마음 쓰지 않고자 마음을 다잡아먹는다.

마을이 몇 곳이나 지났다. 길거리 주변에 위치한 슬레이트 지붕 위엔 차량이 내뿜은 도로의 먼지들이 수북하게 쌓여 있다. 이름도 알 수 없는 깡촌이다. 가끔 구멍가게가 있는 마을도 나타난다. 거기서 가난한 마을 주민들이 라면을 사가는 모습도 보인다. 목구멍에서 손이 불쑥 튀어나올 것만 같은 느낌이다.

'여기가 어디쯤일까? 우리는 어디로 가는 것일까?'

드디어 쓰러지는 사람들이 속출한다. 또한 무자비한 곤봉이 춤을 춘다. 구타당하고 머리가 깨어지고 팔다리가 부러지고 아비규환의 현장이다. 맞다가 도망치는 사람도 있고 도망치다 넘어지는 사람, 넘어진 사람 위로 쏟아지는 군홧발, 군홧발. 5분대기조들이 후다닥 무리를 지어 산 쪽에서 튀어 내려오고 조교들은 토끼 사냥하듯 숨을 할딱이며 임무교대를 하기도 한다.

그리고 임무교대 조교들이 폭력을 피해 대열을 이탈한 사람을 쫓는다. 단 몇 발짝도 못 가서 잡힌다. 힘없이 자빠진다. 무수한 난타전 속으로 쏟아지는 군가 소리, 조교들의 악쓰는 소리, 어쩌다 마주치는 산골 행인들의 겁먹은 눈길이 빠르게 걸음을 재촉한다. 남의 나라 사람을 바라보는 듯한 행인들의 눈길이 서럽다. 합법적으로 집행되는 공권력에 의한 폭력, 그 공포와 폭력의 합법적 공권력 앞에 백성들은 무력하다.

수용자들이 세 시간여에 걸쳐서 도착한 곳은 폐허가 되어 있는 대형 사격장. 거기서 노역은 시작되었다. 피를 흘리면서도 땅을 파는 사람, 당까에 흙을 싣고 뛰는 사람, 흙을 쌓는 사람, 깃발을 흔드는 사람, 줄을 잡고 있는 사람, 갖가지 임무가 주어지는 대로 노역장은 아비규환의 연속이다. 한쪽에서는 노역을 하면 다른 한쪽에서 대열 이탈자들의 특수교육이 시작되고 폭행을 당하는 수용자들의 피 튀기는 고함소리는 겨울산야를 듬뿍듬뿍 적실 뿐 이를 바라보는 기록자는 나의 두 눈밖에 없다.

500미터의 사각형 길이와 5미터 높이의 방벽 쌓기는 족히 6개월은 걸릴 작업량이다. 그런데 2개월 만에 마쳐야 한다는 염근석 중사의 목쉰 협박이 귀에 뱅뱅 돈다. 이것을 그 기간 안에 완성시키지 못하면 또 다른 고통이 수반될 것이라고 한다. 황덕봉의 편지쪽지 때문에 치르는 대가라 한다.

나는 당까에 흙을 담아주는 조로 분류가 되었다. 쉬지 않고 흙을 퍼 담는다. 당까조가 대기줄에 밀리면 죽는다. 허리 한 번 펼 겨를 없이 삽질을 한다. 온몸에서 땀이 용암수처럼 떨어져 내린다. 포클레인으로 작업해도 족히 한 달 이상은 걸릴 작업물이다. 달랑 삽자루 하나로 두 달 만에 마쳐야 한다니 앞이 아득할 뿐이다.

하지만 불만을 가져서는 안 된다. 무수히 되뇌고 속삭이며 자신의 분노를 다스려야 하는 시간이었다. 나는 절대 반항하지 않는다는 마음으로 이빨을 깨물었다. 그것은 내 자신이 내게 내린 준엄한 심판이기도 하였다.

사격장 방벽노역 첫날은 주검 같은 암울한 그림자가 일렁대던 날이었다. 하지만 어김없이 겨울해가 황혼빛을 드리울 시간, 또다시 우리의 피나는 구보는 시작되었다. 그 거리는 왕복 40킬로였다.

27

그날 밤, 우린 시체 같은 주검이 되어 수용소로 돌아왔다. 고령자와 노약자들이 죽었는지 살았는지도 모를 그 시간에 나는 내 몸 하나 챙기는 데만 급급했다.

15킬로 정도 구보해왔을 때였을까. 황덕봉 씨가 고통스런 눈짓으로 이 사람 저 사람에게 곡괭이 하나만 맡아 달라는 애원을 해왔다. 그 눈길은 내게도 이어졌다. 그럴 수 없는 일이었다. 그 영감 때문에 벌어지는 이 끔찍한 죽음의 구보, 힘이 있어도 맡아줄 수 없다는 괘씸한 생각이 머리를 지배했다.

나는 매정하게 모르는 척했다. 아니, 또 맡아줄 수도 없는 상황이기도 했다. 조교들의 감시가 엄격했던 것이다. 그러나 굳이 곡괭이 하나 정도 맡아주려는 마음만 있었다면 대열 깊숙이 처박혀 뛰면 숨기고 뛸 수도 있을 것이었다. 하지만 나는 굳이 나와 상관없는 이를 위하여 규정까지 어겨가며 그를 도와줄 수는 없다고 매정하게 머리를 흔들었다. 내 자신에게 내린 준엄한 약속의 심판을 깨트릴 수 없다고 생각했던 것이다.

그러나 김양호에 대한 집착은 결코 버릴 수가 없었다. 적어도 그가 내게 갖다 준 소시지의 횟수만큼은 보은(報恩)해야 한다는 생각에는 변함이 없었다. 설사 그것이 부정이라 하더라도 한 번만이라도 그 빚은 갚아야 한다고 생각했다. 적어도 그때는 그랬다. 하여 그날 석식 전령에 온 신경을 다

모았다. '제발 사병식당이라고 해다오.'

나는 기도하는 마음으로 전령을 기다렸다. 겨우 손발만 씻은 후 침상 3선에 얼어붙은 자세로 앉아 있으면서도 김양호에 대한 빚으로만 골몰하고 있었다.

그때였다.

"각 소대 전달!"

드디어 행정반으로부터 전령이 터졌다.

수용자 당번이 크게 복창하는 소리가 들려왔다.

"각 소대 전달 준비 끝!"

"각 소대는 지금 사병식당으로 석식 집합!"

나의 김양호 밥사건은 그렇게 시작이 되었다. 나는 눈을 반짝이며 온몸에 힘을 모았다. 내 차례가 오면 밥을 받아 모자에 담는다. 그다음 그 모자를 재빠르게 옆구리에 끼고 다시 밥을 타지 못한 사람들 틈 속으로 끼어든다. 그리고 차례가 오면 다시 한 번 더 밥을 배식받는다. 그것이 내 계획이고 전략이었다.

식당 안은 백열등이 숨을 죽이며 나를 지켜보는 듯했다. 주검처럼 고요한 가운데 취사병의 밥 배식하는 소리만 딸각딸각 들려왔다. 그것은 시계 초침처럼 긴박하고 신경 쓰이게 하는 소리였다. 또 내 앞사람이 밥을 받고 한 사람씩 줄어갈 때마다 나는 간이 오그라지는 것 같았다. 내 순서가 가까워지기 때문이다. 나는 마음의 준비를 하고 있으면서도 해낼 수 있을까에 숨을 모았다. 드디어 두 사람, 그 두 사람이 밥을 받으며 다음 순서인 반찬을 받으러 옆걸음으로 자리를 옮길 그때, 나는 빠르게 밥을 배식받고 전광석화처럼 두 사람 뒤로 다시 후퇴하며 모자 속에 밥을 털었다. 나의 이 같은 행동에 내 다음 순서로 뒤따르던 유성기의 눈이 똥그랗게 떠지고 있음을 보았다. 유성기의 이마에 반창고가 더덕더덕 붙어 있음을 그날 처음 보았다.

나는 가쁜 숨을 속으로 삼켰다. 그리고 유성기 다음으로 다시 식기에 밥을 타고 그다음 반찬을 타고 식탁으로 가 앉았다. 그야말로 순식간에 이루어진 완벽한 묘기였다. 나는 자리에 앉자마자 유성기에게 비밀로 지켜줄 것을 눈짓으로 신호를 보냈다. 그리고 어떻게 밥을 먹었는지도 기억나지 않는다. 나는 식사 후 그 밥을 땟국물이 짜르르 흐르는 호주머니에 쑤셔 박았다. 그다음 군가를 부르며 내무반으로 돌아왔음만 흐릿하게 기억한다.

10시, 취침시간이 다 되어갈 때쯤 김양호가 조교의 인솔하에 내무반 감방으로 허기진 얼굴로 돌아왔다. 피골이 상접한 얼굴이다. 잠깐 그의 눈길이 나에게 머물렀지만 눈동자는 금방 이동했다. 자신의 자리에 쓰러질 듯하더니 '쿵' 하고 넘어진다. 다시 조교가 고함을 지르자 가까스로 자세를 바로 고친다.

취침 시간 전 마지막 화장실 가는 시간, 나는 김양호에게 힘들더라도 따라 나올 수 있겠냐고 낮고 은밀하게 말했다. 그가 잠시 고개를 끄덕인다. 그의 얼굴에 순간적으로 희비가 교차함이 느껴진다.

조교의 "화장실 집합" 하는 소리가 그날따라 더 차갑다. 감방 문을 열고 나오니 겨울바람이 쏴아 하고 온몸을 강타한다. 5분 정도 걸어서 도착한 똥간은 특수교육대 연병장 끝에 있다. 5미터 높이의 감시대에서 감시병의 눈길이 겨울바람처럼 날카롭게 느껴진다. 밤하늘의 별이 총총하다 못해 금방이라도 쏟아져 내릴 것 같다. 어디에선가 고라니 울음소리가 음산하게 들려온다. 꼭 미친 인간의 울부짖음 같다. 순간 나도 저렇게 자유롭게 울어보고 싶다는 생각이 엄습한다.

양호를 똥간에 걸터앉도록 부축을 하는 척한다. 지독한 인분 냄새가 콧속으로 디밀고 들어온다. 미간을 찡그릴 틈조차 없다. 그때 주머니에서 주먹밥을 만들어 촌음의 시간에 그의 입속으로 밀어 넣는다. 그가 덜덜 떨며 그것을 울대로 꿀꺽 삼킨다. 한 번 더 먹이려 하는데 그가 목이 메는지 낮은 소리로 켁켁거린다.

'제발 소리는… 내지 마라….'

계속 소리를 내면 바깥의 조교가 똥간으로 뛰어들 것이기 때문이다. 다행히도 멈춘다. 이어서 주먹밥 하나를 더 만들어서 그의 입속으로 밀어 넣어준다. 아니, 그것은 쑤셔 박는다는 표현이 더 어울릴 것이었다. 허겁지겁 삼킨다. 심장이 두근거려 온다. 하지만 깨끗하게 처리되었다.

이것으로서 나는 개밥에 이어 두 번째 빚 갚음을 한 셈이 됐다. 그 빚 갚음인 주먹밥 처리하는 데는 오줌 뽑는 시간인 채 30초도 걸리지 않을 시간이었다. 감방으로 돌아온 김양호의 얼굴에 생기가 어린다. 살아야겠다는 본능일 것이다. 박성호가 무표정하게 앉아 있다. 취침 나팔소리가 울리고 소등. 김양호의 누워 있는 모포 바깥으로 더듬거리던 손이 내 손을 꼬옥 잡는다. 나는 그 손길이 무엇을 의미하는 줄 알고 있었다.

그러나 그 손과 임근실의 3소대로의 전출은 내 모진 운명의 시작이었다.

28

내가 임근실을 처음 본 건 2소대에서 기독교 예배를 본 날이었다. 그의 첫 얼굴은 퉁퉁 부어 있었다. 무슨 일인지는 몰라도 그가 구타를 많이 당하고 있다는 것을 짐작만 할 뿐이었다. 말씨는 어눌했고 허스키했다. 또한 큰 소리를 내지 않았다.

그런데 사격장 노역이 한 달 정도 지났을 무렵인 1980년 2월 초순, 그가 우리 소대로 전출을 온 것이다. 그는 더플백을 메고 김양호 옆자리에 앉았다. 그가 자리에 앉자 권형동이 허리에 두 손을 얹고 짧은 훈시를 한다.

"오늘 우리 소대에 2소대에서 새 식구가 전출되어 왔다. 우리 소대로 전출되어온 이유는 2소대에서의 부적응이다. 1, 2, 4소대에서의 부적응자는 중대장님의 특별 지시로 우리 3소대에서 교육을 전담하도록 내부 규정화되어 있다. 쉽게 말하자면 우리 소대는 특수교육대 입교하기 전 단계의 교육소대다. 고로, 2소대에서 적응을 못한 임근실은 우리 소대로 재배치받은 것이다. 앞으로 임근실은 2소대에서처럼 규정을 계속 어긴다면 특수교육대로 보내지게 될 것이다. 알다시피 우리 소대는 현재 최영길, 김양호, 황덕봉이 특수교육대 훈련을 받고 있다. 다른 소대 소대원은 한 명도 없는 이유를 이제 알 것이다. 더 이상 특수교육대에서 나와 조우하는 일이 없길 바란다."

임근실이 3소대 감방으로 전출을 오자 분위기는 더더욱 살벌해졌다. 3선에서 부동자세로 앉아 있는 시간이 더 늘어난 것이다. 보통 석식 이후 군가 부르는 두 시간 정도만 부동자세의 시간이다. 그런데 취침 시간까지 부동자세로 앉아 있어야 하는 것이다.

임근실로 인하여 징역이 곱징역으로 늘어났다고 소대원들의 눈길이 곱상하지가 않다. 자연히 임근실에 대한 증오심이 수용자들의 눈길에서 불타고 있음이 감지된다. 임근실이 3소대 감방에 와서도 돌연변이가 된 것이다.

하지만 임근실의 내부 규정 위반이라는 건 기껏해야 보행군기가 빠졌다는 것이고 행군 시 발이 잘 맞지 않고 급식 시 땅바닥에 떨어진 밥알 따위를 주워 먹는 것과 옆자리 사람과 말다툼을 자주 한다는 것이었다.

그가 전출 온 지 얼마 지나지 않아 결국 3소대 동료들과도 임근실은 물과 기름이 되어가고 있었다. 단체생활의 부적응자인 것이다. 하지만 조교들이 조금만 봐주면 큰 문제가 되지 않을 사람이었다. 그것으로 수용자들 간에 위화감을 조성시키고 도리어 조교들이 일을 더 키우려 만든다.

김양호 사건이라든가 황덕봉의 편지사건도 1, 2, 4소대 같으면 크게 시비를 걸지 않고 넘어갈 사안이었다는 것이다. 그것이 3소대 감방에서 터졌기 때문에 문제가 된 것이라는 것이다. 암담하다. 아무리 참고 견디려 해도 소대 조교들의 비인간적인 처사에 적응하고 살기에는 참으로 막막하다. 수용소를 탈출하는 것도 아니고 칼싸움이 나는 것도 아닌 사소한 것들을 대응하기 위하여 특수교육대를 만들었다는 것도 이해가 잘 안 되는 것이다. 하지만, 하지만 나는 내 자신과의 약속에 거듭 충실하겠다는 다짐은 변함이 없었다.

하지만 3소대에서의 임근실과의 조우, 그 조우는 비켜갈 수 없는 운명으로 서서히 나에게 다가오고 있었다.

그즈음 나는 김양호에게 몇 번 더 위험을 감수하고 모자밥을 제공하고 있었다. 이것으로 끝이다 하면서도 밤만 되면 나를 바라보는 양호의 눈길 때문에 그 심약한 유혹을 뿌리치지 못하고 있었던 것이다.

하지만 내가 모자밥을 타고 있다는 사실을 아는 사람은 여럿으로 불어났다. 그중에 이해한다는 눈길도 있었고 규정을 어긴다며 불만을 갖는 눈길도 있었다. 그렇지만 이 밥을 어디에 쓰고 있다는 사실을 알려줄 수는 없다. 그걸 알면 더 큰 문제가 불거질 것이었다. 특수교육대 입교자에게 몰래 밥을 먹인다는 것은 어쩌면 최고의 체벌 규정을 어기는지도 모를 일이었다. 설명을 하면 동료들이 이해해줄지 아니면 더 두려운 얼굴을 하게 될지는 모를 일이었다.

그랬다. 운명에 맡길 수밖에 없었다. 목울대 너머까지 차 있는 울분을 꾹꾹 참고 내게 모아지는 눈길이 늘어나도 꿀꺽꿀꺽 참으며 운명에 맡길 수밖에 없었다. 그런데 그 운명이란 것이 그리 오래가지는 않을 것 같았다. 마지막 다섯 번째 모자밥을 탔을 때 나를 노려보던 최동국의 눈길이 심상치가 않았던 것이다. 어쩌면 그가 눈치를 챘을지도 모른다는 느낌이 와 닿았다. 만약 그가 눈치라도 챘다면 이건 들켰다고 단정해야 할 것이었다. 왜냐하면 최동국은 정도형의 따까리였고 소대감방 잡무를 맡아보고 있는 자였기 때문이다.

그는 키가 작달막하고 눈치가 매우 빠른 녀석이며 정도형을 등에 업고 조교들보다 한수 더 높게 동료들을 괴롭히는 자였다. 나는 평소 그가 미군정 때 무분별하게 등용된 친일 정보순사 같다는 느낌을 떠올리곤 했다. 하지만 그가 설마 눈치를 챘으리라고는 단정할 수가 없었다. 만약 그가 눈치를 챘다면, 챘다면, 그 뒤에 펼쳐질 상황은 상상도 하기 싫었다.

29

"어이, 6.25 때문에 좆된 사나이 어딨어?"

그날따라 정도형 반장이 술이 얼큰하게 되어 가지고 감방 내무반에 들어서자마자 던진 첫마디였다. 침상 3선에서 청동인간들처럼 앉아 있는 우리는 정도형의 기분 좋은 모습을 처음 보았다.

"야야, 다 어깨 풀어. 편히 쉬어!"

우리는 눈을 비벼야 했다. 정도형이 저런 날도 있다는 게 이해가 될 수 없었다. 저 친구 정말 술 취했나 아니면 미쳤나, 하며 아무도 그의 말을 믿으려 하지 않았다.

"어이 어이, 편히 쉬어. 진짜야 진짜라구. 어이 조교, 편히 쉬게 해줘."

그때서야 그가 진심으로 말하고 있다는 것을 알 수 있었지만 근무조교의 "푹 쉬어"라는 말이 떨어지고 나서야 "푹 쉬어" 복창을 외치고는 허리를 풀었다. 여기서의 "쉬어"라는 표현은 꼿꼿하게 앉아 있던 것을 해제한다는 단순

함이지 마음대로 다리를 뻗는다거나 눕는다는 등 편히 쉰다는 뜻이 아니다.

다시 정도형 반장이 능글능글 웃으며 말했다.

"어이, 6.25 때문에 좆된 사나이 일어서봐."

"넷! 6.25 때문에 좆된 사나이, 강재근!"

"너, 왜 6.25 때문에 좆된 사나이인지 오늘 밤 그 이유나 좀 들어보자. 어이 어이, 모두 편히 쉬어. 다리도 좀 뻗구. 빨리!"

그는 계속 우리에게 기분 좋은 요구를 해댔다. 하지만 갑자기 다리를 뻗는다는 건 상상도 할 수 없었고 어색하기조차 하여 아무도 함부로 다리를 뻗지를 못하였다. 또 최고의 악질이 하는 말이라 그 말을 액면 그대로 믿기도 힘들었다. 강재근이 일어섰다. 다리에 쥐가 내렸는지 한동안 쥐 내린 다리를 만지작거렸다.

그는 흑인 혼혈아인데 골초로 소문이 나 있는 사람이다. 수용소에서는 흡연을 엄격히 통제하고 있었는데 매일이다시피 담배꽁초를 주워 피우는 인물이라 소대 수용자들에게도 공동 책임을 물어 수를 알 수 없을 정도로 두들겨 맞아만 했다. 그 덕분에 소대 수용자들은 강재근 하면 지긋지긋해하는 인물이다. 그런데 알고 보니 그가 사회 때 대마초 중독자였던 것이 알려져 수용자들은 그의 흡연 포기를 거의 포기하고 있는 중이다. 그리고 특수교육대에서 지옥훈련을 받고 있는 중이고 밤에만 김양호 등과 같이 내무반 감방으로 잠만 자러 오는 사람이다.

그가 조용히 입을 열기 시작했다. 그의 검은 피부엔 고생으로 얼룩진 과거가 덕지덕지 묻어 있었다.

"저는 55년생인데 6.25 때 한국에 온 미군 병사와 한국인 어머니 사이에 태어난 혼혈아입니다. 아버진 누군지도 모르고 지금 제겐 어머니도 없습니다. 어린 시절 어머닌 절 고아원에 데려다 놓고 떠나버렸죠. 어머니가 떠날 때 제가 눈치를 채고 치맛자락을 잡고 떨어지지 않으려 했으나 어머닌 매정하게 날 떼어놓고 떠났습니다. 차갑게 날 버리고 간 그때의 어머니를 지금도 기억합니다. 그때 너무 많이 울어 원장에게 엄청 매질을 당한 것도 기억에 남아 있구요. 그런데 열세 살 무렵엔가 아름다운 부잣집 중년 부인이 날 찾아왔었어요. 흐릿하게 기억에 떠올랐던 건 날 버린 어머니와 너무 닮아 있었다는 것이었는데…. 그분이 정말 어머니가 맞았어요. 어머니가 날 안고 펑펑 울었습니다. 하지만 전 많이 낯설었습니다. 어머니와 전 평생 처음으로 바깥 외출을 했었지요. 좋은 것들을 많이 사주고 맛있는 것도 사주었습니다. 어머니는 무척 돈이 많은 사람으로 보였는데 실제로 어머니가 사는 곳으로 절 데려갔을 땐 으리으리한 대궐 같은 집이었지요. 그때 집 안으로 들어가기 전 어머니가 제게 단단히 일렀습니다. '재근아, 이 집 안에 들어갔을 때는 나를 아주머니라 불러야 한다. 알겠지?' 무슨 뜻인지 몰라 어머니께 좀 섭섭했지만 저는 고개를 끄떡였습니다. 근데 잔디밭이 펼쳐진 마당으로 들어서는데 그때 수돗가에서 물장난을 하고 있던 꼬마 둘이 '엄마아' 하고 뛰어왔습니다. 어리둥절해하고 있는 제게 꼬마가 '엄마, 저 껌둥이 누구야아?' 하고 물었습니다. 그러자 어머닌 제 얼굴을 흘끗 한번 보더니 '으응, 고아원에 있는 아이란다.' 아이들이 또 물었습니다. '엄마, 고아원이 뭐 하는 곳인데?' '그건, 엄마 아빠가 없는 아이들이 모여 사는 곳이란다' 하고 친절히 일러주는데, 전 그때서야 어머니가 절보고 아주머니라 부르라는 이유를 알게 되었지요. 그걸 안 순간 문득 내겐 어머니는 없다는 생각이 떠올랐습니다. 그리고 '아주머니, 저 갈래요' 하고 그 집을 뛰쳐나왔습니다. 뒤에서 어머니가 '재근아…' 하고 애타게 부르는 소리를 들었으나 뒤도 돌아보지 않았습니다. 그 일이 있은 뒤에도 어머니가 몇 번 고아원을 찾아왔지만 전 어머닐 피해 버리고 만나주지 않았습니다."

그때 가만히 듣고 있던 정도형이 질문을 했다.

"어이, 너희 엄마, 엄청 부자 같은데 왜 피했어? 한 밑천 챙기지. 왜 그랬어?"

"엄마에 대한 증오심이 더 컸습니다. 괜히 날 낳았다는 증오감 말입니다. 낳았으면 키워주든지, 아니면 깜둥이로 낳지 말든지….""

"그래, 그래 알았어. 계속해봐"

정도형이 못마땅하다는 듯이 이죽거리며 채근했다.

"어머니를 어머니라 부르지 못한 어릴 적 상처가 무척 컸습니다. 그 뒤 고아원을 뛰쳐나왔는데 사회는 내가 깜둥이라고 일자리조차 주지 않았습니다. 그래서 손댄 게 미군 PX 물건 빼돌리는 범죄 조직에 들어가 똘마니로 일한 것인데 그때부터 대마초도 피우고 범죄도 배우게 되었습니다. 변명 같지만 그때 그런 일이라도 하지 않았으면 저는 굶어 죽었을 겁니다. 혼혈아에 대한 차별과 냉대는 안 당해본 사람은 모릅니다. 한국은 나 같은 혼혈아는 짐승 취급하듯 합니다. 차라리 태어나지 않았더라면 그게 더 행복했었겠지요. 내 본인의 의사와 관계없이 6.25전쟁 때문에 내가 태어난 것 아니겠습니까. 6.25만 없었더라면 한국인 어머니와 미군 흑인이 만나지도 않았을 것이고 나도 태어나지 않았을 겁니다. 그래서 제 주변에서 절더러 6.25 때문에 좆된 사나이라고 불렀습니다. 앞으로 여기서 나가도 살아갈 일이 여전히 막막하고 여전히 좆된 깜둥이로 살 수밖에 없습니다."

정도형이 "그럼, 네 꿈이 뭐야?" 하고 물었다.

그는 잠시 눈을 깜빡이더니 "가수요…, 가수…" 하고 힘없이 답했다.

그때 정도형이 정말 놀랍다는 듯이 "어이 증말이여? 너 노래 잘혀?" 하고 반복해서 물었다. 그러자 그는 수줍은 듯이 "쪠끔요…" 하고 답한다.

"좋아 좋아. 오늘 기분 좋은 날인데 강재근 카수 노래 한번 들어보자. 어이 한 곡 뽑아!"

누구 명령인데 정도형의 명령을 거부할 수 있으랴. 하지만 노래도 노래를 부르고 싶은 분위기에 불러야 잘 불러지는 법인데 잘될까 싶었다. 나는 은근히 강재근의 노래솜씨에 정도형이 감격하여 우리를 괴롭히는 것을 중단하는 기회가 되었으면 얼마나 좋을까 싶었다. 하지만 특수교육대에서 밤낮으로 뻘뻘 기며 사는 강재근의 입에서 아름다운 노래가 나올 수 있을까 싶었다.

그런데 그건 기우였다. 강재근은 혼혈 가수인 윤수일이 70년대 말에 불렀던 '사랑만은 않겠어요'를 불렀는데 노래를 얼마나 구슬프게 잘 부르는지 조교고 수용자고 모두 넋이 빠진 표정으로 듣고 있었다.

이렇게도 사랑이 괴로운 줄 알았다면
차라리 당신만을 만나지나 말 것을
이제 와서 후회해도 소용없는 일이지만
그 시절 그 추억이 또다시 온다 해도
사랑만은 않겠어요

노래를 다 듣고 난 정도형이 거의 외치다시피 말했다.

"햐아, 강재근. 너 그 길로 갔다면 틀림없이 카수로 크게 출세했을 텐데. 햐아, 아깝다 아까워."

우리는 그가 감격해하자 우리도 덩달아 감격하여 힘껏 박수를 쳐주었다. 그리고 그 시간만큼은 끾연하여 우리에게 고통 주던 강재근이 아니라 어느새 자랑스런 강재근으로 변하여 있었다. 그것도 냉혈한 정도형의 칭찬까지 듣다니 우리는 정도형의 칭찬을 듣는 강재근을 은근히 부러워하고 있었다. 그리고 오늘 밤만은 정도형에게 괴롭힘을 안 당하고 잠잘 수 있을 거라는 기대에도 들떠 있었다. 왜냐하면 정도형은 매일 밤마다 어떤 구실을 붙이든 한 번은 괴롭히고 잠을 재우든지 아니면 자고 있는 사람을 깨워 한 번은 고통을 주는 그런 사람이었기 때문이다. 하지만 강재근의 노래에 이토록 감격해하는데 적어도 오늘만은 괴롭히지 않겠지 하고 순진한 요행심을 기대하고 있었던 것이다.

하지만 그날 밤, 고단함에 파김치가 된 수용자들이 곤히 잠들어 있던 시간, 새벽 2시나 되었을 것이다. 그 시간에 불침번을 서던 수용자가 깜빡 잠이 들어 빼치카 불을 꺼트려 버렸던 모양이다. 당번 조교가 순찰을 돌다가 빼치카 불은 꺼져 있고 불침번 근무 수용자는 세상모르게 졸고 있는 현장을 소대장에게 일러 바쳤다. 당직을 서던 염근석 소대장은 분노로 몸을 떨었다.

"어이 정 반장, 특수대 연병장으로 0.5초 내 빤빠라 집합시켜."

그 시간, 바깥에는 눈보라가 세상을 집어 삼킬 듯이 으르렁거리고 있었다. 그해 겨울 최고의 폭설이라고 했다. 바람까지 가세한 바깥은 사람이 나갈 곳이 아니었다. 하지만 정도형은 바깥 날씨는 내 알 바 아니라는 듯 외쳤다.

"지금부터 팬티만 입고 연병장에 0.5초 내 집합!"

그때부터 수용자들이 울부짖기 시작했다. 그것은 공포감으로부터 나오는 절박한 외침이었다.

"우우 우우우 우우우우."

"뭐야, 이 새끼들. 안 벗어? 옷 안 벗을 거야?"

그때 채왕지가 뛰어들었다. 그의 굵은 팔뚝에는 그의 전용 곡괭이 빠따가 들려 있었다. 그는 군홧발을 신은 채로 모포를 질근질근 짓밟으며 침상 위로 훌쩍 뛰어 올랐다. 그리고 빠따를 무작위로 휘두르기 시작했다. 누군가가 등짝을 한 방 맞고는 혼비백산이 되어 "아악" 외마디 비명을 지르며 나자빠졌다.

채왕지가 휘두르는 빠따에는 공포가 묻어 있었다. 실성한 듯한 채왕지의 모습을 본 수용자들은 너나할 것 없이 맞아 죽으나 바깥에서 얼어 죽으나 마찬가지라고 판단한 듯 황급히 옷들을 벗기 시작했다. 옷을 벗은 수용자들 중 제일 첫 번째 사람이 뛰쳐나가려고 내무반 문을 '활꽉' 열었다.

그때였다. 그가 문 앞에서 잠시 멈칫했다. 바깥 차가운 공기와 감방 공기가 서로 충돌을 일으키자 갑자기 하얀 안개 같은 김이 감방 안으로 '쏴아' 하고 밀려들었기 때문이다. 그것은 미혹한 세상으로 나가는 죽음의 문이었다. 옷을 다 벗은 수용자들이 채왕지의 빠따와 정도형의 군홧발을 피하여 하얀 김이 안개처럼 몰려드는 입구 쪽으로 우르르 몰려들었다. 좁은 입구는 한꺼번에 몰려든 사람들로 인하여 넘어지고 자빠지고 아수라장을 이루었다.

하늘에는 솜덩이 같은 백설의 군마가 한꺼번에 들판을 향하여 몰려들고 있었다. 바람은 '윙윙' 소리를 내며 전선줄을 물어뜯었다. 감시 전망대 위에는 눈이 층계 층계 쌓여 금방이라도 넘어질 듯 위태로웠다. 순간, 칼바람이 우르르 몰려 나가는 수용자들을 덮쳤다. 수용자들은 양 가슴을 감싸안은 채 특교대 연병장으로 뛰며 "우아아악" 비명을 내질렀다. 그 뒤로 곤봉을 든 조교들이 달려 나갔다.

앞서 벌거벗은 육신들은 광란에 가까운 비명을 토해내고 조교들이 "좌우로 정렬! 좌우로 정렬!"을 외쳤지만 살아남겠다는 본능으로 그 질서는 만들어지지 않았다. 수용자들은 조교들의 명령은 귀에 담지도, 들으려 하지도 않고 오직 자신의 체온을 유지시키기 위하여 연병장을 전 속도로 질주하기 시작했다. 둘레가 2백미터가량의 연병장은 수용자들이 꼬리를 물고 뛰자 커다란 원으로 변하였다.

조교들은 명령이 먹혀들지 않자 염근석 중사가 "엎드려 쏴, 엎드려 쏴"를 외치고 조교들은 곡괭이 빠따를 휘두르기 시작했다. 빠따에 맞은 사람들은 '퍼벅' 소리와 외마디 비명을 내지르며 눈바닥으로 나뒹굴었다.

얼마나 뛰었을까. 연병장은 눈과 바람과 조교들과의 전쟁으로 아수라장이 되어 있었다. 30센티 이상 쌓인 눈밭에는 눈골이 파져 있고 여기저기서 흘린 핏방울들이 어지럽게 흩뿌려져 있었다. 조교도 수용자도 지쳐갈 무렵 마지막으로 염근석 중사는 수용자들에게 낮은 포복으로 눈바닥을 길 것을 명령하였다. 일부 수용자는 여전히 낮은 포복을 거부하고 계속 달리고만 있었지만 사람들은 눈바닥을 기기 시작했다.

그때였다. 순간, 어디에선가 살갗을 찢는 듯한 물방울이 온몸에 날아들었다. 눈보라가 몰아치는 하늘에서 빗방울이 떨어질 리는 없을 테고 급히 물방울이 날아오는 방향 뒤쪽을 바라보니 조교들이 빠께스 물을 흩뿌리고 있는 것이 아닌가. 얼어붙은 몸으로 전해져 오는 죽음의 분노, 그 분노가 들불처럼 치솟아 올랐지만 그래도 '참아야 한다'를 수없이 되뇌며 칼바람을 피하려 온몸을 눈바닥으로 처박았다.

광란의 밤은 깊어가다 저 혼자 지쳐 날이 밝아왔다.

30

그해 겨울은 처절했다. 밤에는 매일이다시피 '빠빠라' 잔치였고 낮에는 야간 사격장 방벽 노역으로 인간 한계상황의 끝을 달려가고 있었다. 세상 사람들은 무고한 민간인들이 산속에서 죽어가고 있음을 아무도 몰랐고 또 알려고 들지도 않았다.

피로 물들었던 광주 금남로의 진실은 땅속에 묻혀 버렸으며 독재자는 권력의 단맛에 취하여 세상을 호령하고 있었다. 세상을 변화시켜 보겠다고 권력에 맞선 사람들은 전부 감옥으로 끌려갔고 차기 정치 지도자로 부상한 김대중은 사형 언도를 받고 차가운 감옥 바닥에 앉아 있었다. 또 야당이라는 정치 결사체가 결성되었어도 독재정권이 만들어낸 관제야당이라 권력에 눈조차 부딪치지 못하고 있었다. 모두 입을 닫았고 귀가 있어도 듣지 못하는 귀머거리 천지, 세상은 그렇게 변해 있었다.

억울해도 하소연할 곳도 없었던 시대, 암흑의 시대에 국민의 주권은 상실되었고 모든 권력은 신군부 정권으로 집중되어 있던 시절, 저항은 오직 죽음만 부를 뿐이었다. 여기서 민간인이 인권유린을 당하며 유폐되어 있다고 하소연 한다면 도리어 그 하소연하던 사람이 종적을 감춰 버리는 무서운 시대에 우리는 쌍 칼날을 마주 잡고 선 초라한 정치포로였다.

우리가 임진강에서 죽음의 사격장 방벽 쌓기를 하고 있을 때 타 부대에서는 생존을 위한 폭동이 몇 차례나 발발되었다. 또 9X대대에서는 도망치는 수용자를 무차별 사격하여 개 죽이듯 죽여버린 사건이 발발했다. 새벽녘에 그 사건을 목격한 모 장교는 그 후 양심선언을 하기도 했으나 그 사건은 시간 속에 파묻혀 가고 있었다.

또 이웃 부대 수용소에서 전출 온 수용자의 말을 빌리자면 근로봉사대 입소 첫날 지프차로 수용자를 끌어 죽인 사건을 직접 목도하기도 했다는 끔찍한 소식도 전해졌다.

또한 그는 자신의 아내가 소대장에게 강간을 당한 기막힌 이야기도 들려주었다. 그와 그의 아내는 연애결혼을 하여 금슬 좋기로 유명한 부부였다. 하지만 그가 삼청교육대로 끌려오면서 그의 가정엔 운명의 균열이 생기기 시작했다. 누군가의 모함으로 끌려 들어온 순화교육대에서 그는 집으로 돌아가지 못하고 죽음의 근로봉사대에서 아내를 만나게 된다. 아내가 물어물어 남편의 소재지를 찾아낸 것이다. 그러나 그것이 부부가 헤어지게 될 첫 신호탄이 될 줄은 꿈에도 몰랐다. 아내의 남편에 대한 집착은 남편에 대한 구출 운동으로 시작되었고 노역장으로 나가는 남편을 한 번이라도 더 바라보기 위하여 수용소 부대 근처에 방을 얻어 생활하였다.

그녀는 남편이 군가를 부르며 노역장으로 출발할 땐 어김없이 부대 정문에 나와 남편을 바라보았다. 동료들은 그들 부부를 일러 견우와 직녀라고 표현할 정도였다. 아내는 친정의 도움을 받아 부대 수용소 관계 장교들과 만나기 시작했다. 그리고 남편을 만나게 해주는 조건으로 술도 사고 뇌물도 썼다. 덕분에 그는 노역장에서 아내를 만나보는 특혜를 누리곤 하였다. 아내는 이제 부대 내에서는 모르는 장교가 없었고 수용자들은 아내의 충심에 감복하고 누구나 부러워했다.

그러나 운명은 가혹했다. 수용소 내 소대장이 젊은 미녀인 아내에게 눈독을 들이기 시작한 것이다. 소대장은 아내를 만나 술 접대를 받으며 출소를 장담했고 그 말에 현혹된 아내는 계획된 소대장의 흉계에 넘어갔다. 본의 아니게 육신을 강탈당한 아내는 그때부터 부대 정문에서는 찾아볼 수 없었다. 그는 면회 온 가족으로부터 아내가 가출을 했다는 소식을 듣고 진상규명을 요구하며 자해를 했다고 한다. 그런데 그는 살아났고 후송되어 병원에 있다가 우리 부대 수용소로 전출을 왔다는 것이다.

언젠가 노역장에 휴식시간에 그와 한자리에서 같이 오줌을 싼 적이 있었다. 그때 나와 동년배기였던 그에게 아내가 강간당한 내용을 어떻게 그리 자세히 알 수 있었냐고 넌지시 물어보았다.

그는 잠시 뜸을 들이다가 한숨을 포옥 쉬며 대답했다.

"아내가 내게 행복을 빌며 떠나는 편지를 남겼지. 거기에 출소를 위해 최선을 다했지만 자신의 방심으로 몸을 망쳤다고…. 또 소대장에게 강간당한 내용을 세세하게 기록해 놓았던 거야. 나는 가족 면회 때 그 편지를 읽었고…."

그는 그 외에도 자신의 부대에서 실제 있었던 기막힌 이야기도 많이 들려주었다. 아내가 가출하고 난 후 자신이 있던 부대에서는 가족 면회가 실시되었는데 그 때문에 부대에 부작용도 많이 생기고 옷을 벗거나 전출 간 장교들도 여럿 있었다는 것이다. 심지어 면회 온 가족에게 돈을 받고 창고 같은 으슥한 곳에서 면회 온 아내와 섹스를 시켜준 경우도 있었는데 기가 막힌 것은 돈을 받은 소대장이나 조교가 일이 끝날 때까지 창고 앞에서 보초를 서주기도 했다는 것이다. 그러다 들킨 경우도 있었고 다행히 들키지 않은 사람은 아직까지도 조교로 근무하고 있다고 했다. 부패가 만연한 것이다.

그는 언제나 버릇처럼 중얼거렸다. 언젠가는 나가게 되면 가해 소대장에게 꼭 복수를 하고 아내를 꼭 찾고야 말겠다는 말도 덧붙였다.

31

김양호가 돌아왔다. 특교대에서 해방된 그는 별로 말이 없었다. 전처럼 지독한 전라도 사투리를 쓰며 떠들어대야 할 놈이 입도 뻥긋하지 않는 것이었다. 아마 특교대에서 인간 이하의 취급을 받은 충격 때문이려니 짐작하고 나 역시 그에게 필요 이상의 말은 하지 않았다. 조교들은 시간이 좀 흐르자 옆 사람과의 대화는 허용해주는 분위기다. 그렇다고 노역의 강도나 구타, 폭력은 여전히 존재하고 있었고 비안간적 대우도 여전했다.

"각 소대 전다알!"

행정반에서의 전달 사령이 걸렸다.

"각 소대는 지금 즉시 세탁 준비!"

소대 전달병이 전달을 하기 전에 나는 세탁 준비를 했다. 또 양호를 바라보며 말했다.

"세탁해야지. 세탁물 꺼내."

그래도 그는 무슨 생각에 잠겨 있는지 꿈쩍을 하지 않았다. 그런 그를 흘 끗 한번 쳐다보고는 세탁물을 들고 자리에서 일어서려 하는데 그가 심각한 얼굴을 해보이며 말한다.

"같이… 가, 세탁장에서 할 말이 있응께."

나는 임근실을 바라보면서도 "안 갈 거요?" 하고 심드렁하게 물었다.

"귀찮아. 귀찮아 죽겠어."

"그래도 나가야 할 거요. 아마 세탁물 검사할 걸요."

"씨팔, 하라면 하라지. 특수교육대 가는 것밖에 더 하겠어?"

나는 더 이상 대꾸하지 않았다.

세탁은 1소대부터 시작되었다. 말이 세탁이지 소대당 세탁 시간은 무조 건 10분이다. 비누칠 한 번 하고 물에 헹구는 둥 마는 둥하며 일어서 와야 하는 것이다. 나는 가능하면 일주일분 양말만 가지고 나간다. 속옷 따위를 빨래한다는 건 꿈도 못 꾼다. 속옷 갈아입은 지가 한 달은 족히 될 성싶지 만 갈아입을 빤스도 없었다.

"지미 씨펄, 그것도 빨래 시간이라고…."

임근실 씨는 어쩔 수 없다는 듯 더플백에서 냄새 나는 빨랫감을 꺼내면 서 알 수 없는 욕설을 계속 해댄다.

빨래장을 나가니 바늘처럼 따가운 햇살이 눈이 부시다. 임진강 너머 얕 은 언덕배기는 여전히 눈을 이불처럼 떠받치고 누워 있고 임진강 강바람은 햇살을 무너뜨리며 빨래장으로 차갑게 이동하고 있다.

양호가 다리를 쩔뚝이며 내 옆에 쭈그려 앉는다.

"춥지? 내 옆으로 와! 왜 무슨 말인데…."

그는 아예 빨래할 생각은 없다는 듯 자꾸 무슨 말인가를 하려다 쭈뼛거 린다. 그러다가 슬며시 낮은 소리로 입을 연다.

"실은 말여, 네게 꼭 해야 할 말이 있어."

"……."

나는 조교의 눈을 피하여 빨래를 하는 척하며 그의 말에만 신경을 썼다.

"실은 말야, 어저께 권형동 조교가 불러서 조교 내무반으로 갔어."

"왜 불렀는데…."

"글쎄 그게 말이여, 너에 대한 정보를 묻는 거여."

나는 순간 간이 철렁했다.

"그래서…?"

나는 낮게 부르짖듯 반문했다.

"너에 대한 최근 정보만 다 갈쳐주먼 다시 사역자 시켜불고 자기 따까리 시켜 주겠다능구만이라."

"그래? 그래서 뭐라 그랬는데…."

"암말도 안 했지라. 근디 니가 모자밥 탕 걸 누가 꼬나바쳤다는 눈치가 보였지라."

"……."

나는 드디어 올 것이 왔다는 운명을 감지했다. 조만간 조교반장의 호출이 있으리라는 느낌이 전해졌다. 나중에 알게 된 것이지만 그때까지도 나는 특별 감시대상으로 분류되어 있었으므로 조교들의 눈길은 항상 내게 꽂혀 있었다고 봐야 될 것이었다.

비가 부슬부슬 내리고 있었다. 그날은 노역이 없던 날이었다. 대신 내무반 감방에서 하루 종일 찬송가와 군가를 번갈아 가며 불러야 했다. 찬송가를 체벌용으로 부르라고 하니 찬송가에는 은혜가 있을 리 없었다. 그냥 삼류 대중가요 부르듯 무미건조한 잡음에 불과했다.

한참 동안 찬송가를 부르고 앉았는데 조교 내무반에서 권형동이 찾아왔다. 조교실로 오라는 전갈이다. 순간 김양호의 얼굴에 불안이 스치고 지나갔다. 모자밥이 김양호 입속으로 들어갔다 하면 김양호 역시 같은 공범이 되는 까닭이다.

후다닥 영내화를 신고 권형동을 따라갔다. 권형동은 아무 말이 없었다. 출구 문이 두 개 열리고 조교실이 나타났다. 그 방은 낯이 익은 방이다. 최영길과 군견 사료를 절취한 방이다. 거기엔 정도형이 앉아 있다. 굳은 표정이다. 나는 이미 얼이 빠져 그를 바로 바라볼 엄두도 내질 못했다. 청동인간처럼 차렷 자세로 서 있을 뿐이다. 정도형이 입을 열었다.

"이상적 씨."

그는 갑자기 존대어를 쓰고 있었다. 그는 볼펜을 손등 위로 뱅글뱅글 돌리며 나를 빤히 바라보았다.

"내가 왜 불렀는지 알지요? 왜 불렀겠어요?"

"……."

나는 아무 대답을 할 수 없었다. 그의 눈이 나를 째려본다. 한참 동안 말이 없던 그가 조용히 입을 열었다.

"우린 이상적 씨의 사상을 알고 있어요. 세상을 바꾸려 하는 이상적인 꿈을 갖고 있는 이상적 씨…, 과연 이상적 세상이 올까요. 우리가 왜 이 산골에서 고생해야 되지요? 우리가 왜 사회에서 데모하면 완전군장하고 군홧발로 잠을 자야 하지요? 바로 당신 같은 사람들, 빨갱이 새끼들…, 꿀꺽."

그는 침을 한번 삼키더니 고성을 내질렀다.

"바로 빨갱이 새끼들 때문에 이 고생을 한다 이거야!"

"그래, 빨갱이들은 군인정량을 착취해도 되는 거요? 그 밥 혼자 먹은 거요?"

나는 이쯤에서 대답을 해야 한다고 생각했다. 그리고 정면돌파해야 양호를 감싸줄 것 같았다.

"배가 워낙 고파 혼자 먹었습니다."

"호호, 그 말을 내가 믿어줄 것 같은가? 똑똑하신 분이 상황 판단을 못하는구먼. 그래 정말 혼자 먹었습니까? 혼자?"

다시 그가 나를 빤히 올려다본다. 그가 군화를 신는다. 군화끈을 잡아당기며 다시 말한다.

"내가 군화를 다 신기 전에 대답하는 게 좋을 걸. 때늦은 후회하지 말고."

"증말입니다. 혼자 먹었습니다."

"그럼 내가 말해 볼까요? 그 밥, 빨치산 전투식량으로 사용한 것 같던데…. 선량한 사람들 밥으로 꼬드겨서 폭동을 일으키기 위한 수용소 점령용으로…."

나는 순간 숨을 한번 흐드득 몰아쉬었다.

"왜? 내 말이 너무 들어맞아 감동 먹었습니까?"

나는 기가 막혔다. 여기서 또 한번 본인의 의도와는 전혀 관련이 없는 색깔타령으로 사람을 옭아매려 하는데 어안이 벙벙할 따름이었다.

그때였다. 그가 군화끈을 묶은 다음 스프링처럼 몸을 팅기며 주먹을 날렸다. 그의 주먹은 정확히 나의 명치 끝을 강타했다.

"으윽…."

나는 숨을 쉴 수가 없었다.

그때 한번 더 기역자로 구부러져 신음소리를 뱉어내는 등짝 위로 군홧발이 날아들었다.

"바른 대로 말햇! 바른 대로 불면 특교대는 면제한닷!"

"으윽, 그런 일 없습니다, 없어요. 으윽윽."

"안 되겠군. 내무반으로 끌고 가. 빨치산 대장의 체면을 꾸겨주지."

내가 고꾸라진 모습으로 내무반으로 끌려가자 내무반의 분위기는 이미 차갑게 얼어붙어 있었다.

"벗어!"

그는 단음으로 명령했다. 옆의 권형동이 옷을 다 벗으라고 곁들였다. 얼른 시키는 대로 팬티까지 빨가벗었다. 수치심이 밀려왔다. 소대 동료들은 차렷 자세로 앞만 바라보고 눈동자조차 고정시켜 놓고 있었다.

"침상으로 올라가 섯!"

침상끝 선에 차렷 자세로 자세를 바로잡았다. 그는 복도에 의자를 갖다 놓고

앉는다. 장기전으로 갈 모양이다.

"자, 그럼 지금부터 시작이다. 여러분 모자그릇으로 밥을 타서 동료 배를 따뜻하게 해주며 폭동준비를 하는 빨치산의 최후가 어떤지 한번 봅시다아. 모자밥 먹은 사람 자진해서 손들길 바랍니다."

그는 음흉하게 얼굴을 찡그리며 한번 웃었다. 그다음 그는 허벅지를 집게손가락으로 잡아 뜯기 시작했다.

"아아아악."

나는 단말마적 신음 소리를 뱉어내고 있었다. 아무리 입술을 깨물어도 비명소리는 이빨을 뚫고 입 밖으로 튀어 나왔다. 양쪽 허벅지는 살이 연하여 살짝 꼬집혀도 피멍이 드는 곳이다. 그는 지금 그곳을 공략하고 있는 것이다.

"차렷, 차렷. 두 손 앞으로 뻗어!"

그의 집게는 정확하고도 연한 곳의 살점만 계속 물어뜯었다. 하지만 더욱 못 견디고 속이 쓰리고 아려 오는 것은 모멸감과 인간 자존심의 한계가 바닥까지 다가갔다는 것이었다.

"불지…, 누구야? 누굴 밥으로 포섭한 게야? 불어, 불면 멈추지. 아니면 자발적으로 손들고 나와. 누구지?"

"아악…."

"누구야? 불란 말이야!"

그때 고통 가운데 양호가 멈칫거리고 있는 것이 눈에 들어왔다. 나는 그

에게 최대한 두 주먹을 쥐어 보이며 나와서는 안 된다는 신호를 보냈다.

"몇 놈 먹였어? 몇 놈 먹였느냐구?"

"아아아아아악, 악, 아악."

"한 놈이 아니야? 안 나와? 이래두 안 나와?"

　나중에 안 사실이지만 최동국이가 내가 모자밥을 타갈 때 현장에서 먹지 않고 호주머니에 넣고 갔기 때문에 누군가를 먹이러 가져갔다고 추론적 고발을 했던 모양이다. 그리고 타 부대에서 생존 항쟁이 터지고 있었던 때라 우리 수용소에서도 폭동 가능성이 있다고 보고 선동 주모 가능자를 나 외 몇 사람을 찍어놓고 집중 감시를 하고 있었던 모양이다. 그리고 그 밥사건이 터지자 모자밥을 동지 포섭용으로 몰아붙이고 있었다.

　하지만 나는 그 사실을 모르고 있었다. 이들이 왜 이런 소릴 하는지, 빨치산은 무엇이고 포섭은 무엇을 의미하는지 도무지 이해가 가질 않는 소리만 지껄인다고 생각했다. 나는 사실 당시만 해도 역사와 민족문제에 대하여는 백지에 가까운 사람이었다. 다만 아름다움을 대상으로 하는 문학을 즐겨 읽고 쓸 뿐이었지 더 이상도 더 이하도 깊은 사고의 틀을 갖추고 있던 인간은 아니었던 것이다. 그런 내게 빨치산, 포섭 따위의 말들은 너무도 생경한 말일 수밖에 없었던 것이다.

　정도형은 절대 포기하지 않을 듯했다. 오늘 아니면 내일, 내일 아니면 모레, 아니 한 달이 걸리든 두 달이 걸리든 끝까지 이 사건을 이슈화하려는 분위기였다. 정도형은 식사 후에도 쉬어가면서 허벅지 고문을 집착하는 만행을 보였다. 인간이 이렇게 독할 수 있고 끈질길 수 있다는 사실 앞에 치를 떨 뿐이었다. 서너 시간 동안 고문을 당하자 허벅지는 새빨갛게 핏물이 배어나오며 파랗게 변하다가 나중엔 시꺼먼 흑갈색으로 색깔이 바뀌었다. 나중에는 울부짖음이 신음소리로 바뀌었다.

"좋아, 오늘이 끝이 아니야. 내가 여기 조교반장으로 있는 한, 널 갈구어 줄 거야. 끝까지 불 때까지….”

그런데 사건이 또 하나 터지고 말았다. 임근실의 취사장 항명 사건, 나는 드디어 '모자밥 사건'과 '임근실 항명 사건'으로 사회와 영원히 격리되는 장기수의 길로 진입하기 시작했다.

제3부

저항의 끝

32

그날 임근실은 취사장 사역을 지시받고 급식 사역자로 취사장에 나가게 된다. 누구나 마찬가지이듯 임근실 역시 굶주림의 한가운데 서 있어 한 끼의 허기를 메꾸기 위하여 취사장 사병에게 먹을 것을 구걸한다. 취사장 사병은 이를 거절하고 마침 배식하다 바닥에 떨어져 있는 밥알 한 주먹을 발견한 임근실은 그것을 주워 먹는다. 그때 이를 발견한 조교는 임근실을 구타한다.

이때 임근실은 배고픈 사람이 허기를 채우는 것은 당연한 것 아니냐며 수용자 최초로 조교에게 저항한다. 이에 놀란 조교는 임근실의 저항을 행정반으로 연락하고 행정반에서는 10여 명의 조교를 보내 임근실을 무차별 폭행하며 특교대로 연행, 이때 고통을 건디다 못한 임근실이 외친다.

"못 살겠어. 내가 죄가 있다면 교도소에서 10년을 살 테니 나를 차라리 교도소로 보내라. 죄 없는 사람을 죄인으로 만들어 고통 주는 대통령은 필요 없다. 전두관은 타도되야 한다. 그리고 그 졸개, 조교 새끼들 너희들도 언젠가는 응당 그 대가를 지불받게 될 것이다."

그는 무차별 폭행을 당하면서도 이를 또렷하게 말했다고 한다. 이 몇 마디에 부대 수용소는 벌집이 되어버렸다.

한편으로는 "대통령 타도"라는 말 때문에 부대는 쉬쉬하는 분위기였지만 이 소문은 옆에 있던 수용자들의 증언으로 부대 전체로 날개 돋친 듯 퍼져나갔다.

나는 그날도 모자밥 사건으로 정도형으로부터 진실 없는 진실을 추궁당하고 있었으며 진실을 거짓으로 호도하려는 공권력에 진저리를 치며 고문을 당하고 있던 날이었다. 그런데 내게 들려오는 임근실의 저항은 내게는 실로 엄청난 충격으로 다가왔다. 그의 저항은 내가 사유(思惟)해야 할 새로운 혁명이었다.

그날 밤 나는 잠자리에 들기 전 늘 검열을 받아야 하는 수양록에 '임근실의 저항은 정당하고 나는 초라한 딸깍발이'임을 고백하는 고백서를 한 페이지 가량 기록하는 것으로 임근실 저항의 정당성과 정도형의 폭력적 고문에 저항했다. 그것은 임근실 씨가 내게 준 힘이었다.

'나는 비겁했다. 나만의 안위를 위해서 해야 할 말을 감추고 살았다. 열 가지를 많이 갖추면 무엇 하나. 한 가지도 제대로 갖추지 못한 사람이 해야 할 말, 해야 할 일을 실천한다면 그 사람이야말로 갖춘 사람 아닌가. 정말 비겁하다. 나는 겁쟁이이며 비열한 인간이다. 지성인이란 진실을 호도하려는 거짓에 대항해야 지성인의 명분을 얻는다. 그렇지 않으면 나약하고 비열한 겁쟁이일 뿐이다. 그러면 너는 무엇인가. 그렇게 하여 얻을 것이 얼마나 될 것이라고…. 바보다.'

나는 그 글을 쓰면서 생각했다.

'이제야말로 꿈을 깨어야 한다. 깨어 있는 사람은 실천하는 일을 생명으로 삼는 것. 이제는 지금까지 취해왔던 모든 것을 버려야 한다.'

나는 결심에 결심을 거듭하며 뜬눈으로 밤을 지새웠다. 곧 날이 새면 또 정도형을 만나야 한다. 내가 싫든 좋든 그와 나는 만날 수 밖에 없다. 그러나 이제 그의 마수에서 벗어나야 한다. 그에게 저항해야 한다. 할 말은 해야 한다. 비겁한 굴종보다 정직한 저항이 내 삶을 더 값지게 만들 것이다. 또한 이곳의 포식자들의 범죄를 가슴에 기록해두어야 한다. 침묵을 파괴하고 이들의 죄악상을 바깥에 폭로해야 한다.

죽기를 각오하면 여러 명이 살 것이고 침묵하면 모두가 죽게 될 것이다. 싸워야 한다. 감옥에서도, 감옥 바깥에 나가서도 싸워야 한다. 침묵하면 독재자의 백성으로 살 것이고, 싸우면 독재자의 백성에서 벗어난다. 언제나 최고의 피해자는 독재자의 백성일 뿐이다.

이 평범한 진리를 나는 잊고 살았다. 지금까지 이 땅의 백성들은 싸우지 않았다. 그랬기에 백성들 스스로가 독재자를 불러들인 것이다. 원망하지 말자. 내 주권과 내 권리를 지키지 못한 죄, 그 죄가 오늘을 있게 한 것이다.

나는 그렇게 하여 하루가 10년 같은 땅에서 스스로의 동토(凍土)길을 재촉하는 꿈을 꾸고 있었다. 하지만 마음만은 열려 있었다. 불안과 초조감, 공포심으로 도배되었던 밑바닥에 알 수 없는 희망이 안개처럼 몽실몽실 피어올랐다. 그것은 힘이었다.

33

임근실 씨는 노역장에 있었다. 특수교육대에 있어야 할 임근실 씨가 왜 노역장에 나왔는지는 나는 모른다. 하지만 그는 어유지리 도로 평탄 작업장에서 붓고 피멍 든 얼굴로 삽질을 해대고 있었다. 나는 그를 뜨악한 얼굴로 바라보았다. 그도 나를 한번 바라본다. 마치 서로가 너 있을 자리가 아닌데 여기 왜 있냐고 묻는 얼굴 모습이다. 나를 발견한 그는 허리를 한번 퍼며 특유의 독설을 퍼붓는다. 그는 늘 그 특유의 그 독설 때문에 옆 사람과 싸움이 붙곤 했다.

"씨팔꺼, 도로 메꿔봐야 금방 파일 걸 좆빨려 메꿔. 힘들어 죽겠구마."

그런데 그 소릴 들은 내가 습관적으로 소스라치게 놀라며 옆에 들은 사람이 없나 뒤를 돌아보는데 거기에 권형동 조교가 서 있다. 나는 머리끝이 쭈뼛해짐을 느끼며 금방 허리를 굽혀 일하는 모양새를 취했다. 그런데 세상에, 권형동이 분명히 임근실 씨의 악담을 들었을 텐데 그는 먼 산을 바라보고 서 있다. 이상하다. 이런 일이 있을 수 없는데. 그가 악담을 못 들었나? 나는 내가 도리어 이상한 사람이 되어가는 느낌이었다.

그때였다. 권영동 조교가 내 곁으로 천천히 걸어온 것은.

"이상적 씨, 중대본부에서 호출이요. 부대로 복귀하라는 명령이오."

그는 내게 깍듯이 존대어를 쓰고 있었다. 나는 속으로 참으로 괴이한 일이라는 생각을 떨쳐낼 수가 없었다. 그리고 허리를 굽혀 흙을 퍼 담고 있는 임근실 씨에게도 다가가더니 "임근실 씨, 중대본부 호출이요, 부대복귀 명령이오" 하고 내게 했던 말과 똑같은 반복어를 들려준다.

그런데 임근실 씨의 대응이 놀랍다 못해 까무라칠 지경이다.

"좆빨려 불러. 여기서 총살시키지."

나는 그때서야 대강 짐작이 갔다.

임근실 씨가 죽을 각오로 뻗대고 있다는 사실을. 그리고 그 뻗댐을 눈감고 있는 것은 그가 "전두관 타도"를 외쳤기 때문이 아닌가 싶었다. 상명하복이 목숨인 군인동네에서 대통령 타도가 나왔다면 이건 일개 중대장 계급인 대위가 이 사건을 수습할 수는 없었을 터였다. 이제 임근실 씨에 대한 처리는 이미 특수교육대의 조교들 손에서는 떠나 있음을 짐작할 뿐이었다. 그런데 나를 부르는 것은…. 나는 순간적으로 짐짓 짐작을 할 수가 없었다. 하지만 금방 나는 그 미망에서 자유로울 수 있었다. 드디어 올 것이 왔다는 느낌도 다가왔다.

'수양록이다….'

나는 그들이 어제 내가 썼던 수양록을 읽었다는 생각을 했다.

그때, 소대 동료들은 작업 도중 권형동의 말을 전부 들었을 터이므로 그들의 시선은 자연히 임근실 씨와 나를 향하고 있었다.

분위기에 민감한 그들은 또 사건이 터졌다는 얼굴들이다. 그러나 이제는 불안한 쪽보다는 타인들의 사건에 대하여는 무덤덤한 표정이다. 그 얼굴들은 어지간한 사건에는 충분히 단련이 되어 있다는 표정이기도 하다.

둘은 오와 열을 맞추어 나란히 뛰기 시작했다. 수용소 막사까지는 자그마치 4킬로 거리는 된다. 하지만 20킬로나 40킬로를 주파한 경험이 있는 나로서는 4킬로 뛰는 것은 문제가 안 된다. 하지만 임근실 씨가 걱정이 되었다. 나는 임근실 씨를 흘끗 바라보았다. 그는 초조한 기색이 있었지만 예상보다는 표정이 침착해 보였다. 나는 뛰어가면서 온갖 상상을 다 해보았다. 이제 이들은 우릴 어떻게 할까. 임근실 씨와 나는 형태는 달랐지만 그들의 권위에 항명을 한 것은 똑같다. 한 사람은 입으로, 또 한 사람은 글로써 저항을 한 것이다.

또 한 사람은 대통령을 타도해야 한다고 했고 또 한 사람은 임근실의 주장은 정당한 것이라고 주장했기 때문에 똑같은 주장을 한 것이다. 계엄령 아래 계엄법을 어기고 잡혀와 수감되어 있는 입장에서 또 어떤 처벌을 내려야 하는가 재판을 열어 추가 징역을 줄 것인가.

나는 순간 군감방으로 나를 보내주면 정말 좋겠다는 생각을 했다. 여기보다 더 고된 감옥은 세상에 없을 거라는 생각을 했기 때문이다. 이들은 지금 온갖 묘안을 다 짜내고 있을 터였다. 그들의 권위에 정면 도전한 수용인들을 처리하는 방법에 대하여…. 어쩌면 그들의 결론은 지금쯤 이미 내려졌는가도 모를 일이었다.

그때였다. 열심히 구보를 하던 임근실 씨가 "할 말이 있어….." 하고 내게 말을 걸어왔다. 근실 씨의 목소리를 듣는 순간 또다시 습관적으로 흘끗 뒤를 돌아다보았다.

권영동이가 4, 5미터 뒤처져 뛰어오고 있었다.

"너무 겁내지 마. 죽기 아니면 까무라치기지 뭐….."

"무슨 말을….."

나는 앞으로 그와 내가 당할 험난한 길을 계산하기도 힘든데 그는 쉽게 말을 뱉어내고 있었다.

"어쩌면 이 길을 뛰는 것도 오늘이 마지막일지도 몰라….."

그는 뛰는 것이 약간 버거운지 숨을 약간 헉헉거리며 낮게 말했다.

"왜요?"

"몰라. 오늘이 꼭 마지막 길이 될 거라는 느낌이 들어."

나는 그때 그가 한 말의 뜻이 남한산성 감옥살이로 떠날 거라는 말뜻이겠거니 했다.

"그쪽이 더 편할 거니 별 걱정하지 마세요."

"부탁이 있어, 부탁."

"부탁요?"

"그래, 부탁 말인데 혹 내게 무슨 일이 있으면 날 잘 기억 좀 해주시오. 난 천애 고아나 마찬가지여, 나를 거둬줄 사람이 없어, 부모가 있긴 해도 날 버린 계모고, 초등학교 중퇴 후 공장살이 떠난 누난 어디서 동거를 한다고 했는데 어디에 사는지조차 몰라. 혹 내가 죽어도 내게 관심을 가질 집안 형편이 못 돼."

나는 그의 숨찬 말에 화들짝 놀라며 말했다.

"왜 그런 말을 하세요? 꼭 죽으러 가는 사람처럼….."

"왠지 이런 말을 꼭 해줘야 할 것 같아서. 당신이 김양호를 모자밥으로 먹여 살리는 걸 난 알았어."

"어떻게…?"

나는 깜짝 놀라며 그에게 숨을 할딱이며 "어떻게, 알았냐"고 두 마디를 나누어서 물어야 했다.

"조교들에게 얼음 고문 당하면서 기절을 했는데 내가 깨어난 줄 모르는 조교들이 지껄이는 소릴 들었지. 그들은 당신을 거울 들여다보듯이 다 살 펴보고 있었어. 밀정이 있었더군."

나는 그때서야 김양호 말이 기억에 떠올랐다. 누군가가 모자밥 타는 것을 꼬나바친 것 같다고 말한 것이 필름처럼 머릿속으로 펼쳐졌다. 정도형의 밀정 최동국, 그 친구였다.

임근실 씨는 구보 중 계속 말을 이었다.

"그때 김양호에게 밥을 먹이는 당신이 참 고맙고 존경스러웠어. 3소대로 전출 와 우연히도 당신 옆에 앉게 된 것이 참 든든했어. 어쨌든 나는 밥 먹여 달라는 소린 안 할 거야. 대신 내 모습을 잘 지켜봐. 저놈들이 이번엔 나를 그냥 두지 않을 거야. 몇 번이나 대들었거덩. 근데 이번엔 강도가 너무 셌어."

"후회하세요?"

"아냐. 근데 좀 힘은 들어."

"잘 지켜볼 테니 용기 잃지 마세요…."

그런데 그는 내게 정작 해야 할 말은 미루고 있는 것 같았다. 그는 무슨 말인가를 더 하려고 하다가 입을 다물었다.

우리가 구보로 수용소에 도착했을 때는 보안대 지프차 한 대가 연병장에서 있었다. 권형동은 우리를 행정반으로 데리고 들어갔다. 그곳엔 오기택 대위와 보안대 연대 지대장이 함께 자리에 앉아 있었다. 오 대위는 우리를 보자마자 소리쳤다.

"저 새끼들, 옷 입을 자격도 없는 빨갱이 새끼들이야. 나라에서 주는 옷 다 벗겨."

그의 말은 단호하고 앙칼졌다.

그는 행정병들에게 3초 내로 팬티만 남기고 옷을 전부 다 벗어 내리라고 명령했다.

나는 금방 옷을 벗었다. 하지만 임근실은 옷 벗는 게 아주 느렸다. 일부러 그러는 것인지 아니면 몸이 부자유스러워서 그러는 것인지는 몰랐다. 옷 벗는 것을 매서운 눈으로 바라보던 중대장이 "근실이 저 새끼 끌고 나가. 저 새끼는 국방부에서 먹이는 밥도 아까운 놈이야. 끌고 나가서 임진강 샤워나 시켜. 정신이 번쩍 들도록."

임근실 씨가 입을 꽉 다문 채 끌려 나가고 있었다.

그때 보안대 지대장이 나를 뚫어지도록 바라보았다. 그는 나를 바라보며 천천히, 아주 천천히 입을 열었다.

"당신은 정체가 뭐야? 당신, 모자밥 타서 수감자들 환심 사는 일에 앞장섰다고 했는데 그렇게 한 이유가 뭐야?"

"……."

"어라? 대답이 없어?"

그는 내게 가까이 다가오더니 한 손으로 턱을 들어 올리며 말했다.

"불어, 다 불면 용서가 가능하다."

그는 뭘 불라고 하는지 불면 다 용서해 주겠다고 했다.

그때 나는 임근실 씨를 떠올렸다. 어젯밤 당당해지기로 다짐한 결심을 머리에 떠올리며 말했다.

"뭘 말씀하시는지 전 모릅니다. 불 게 있어야 불 것인데 제가 불 게 없습니다."

순간 지대장의 얼굴이 붉으락푸르락했다. 하지만 그는 최대한 인내하는 것 같았다. 왕년에 이런 사건을 제법 많이 다뤄본 사람처럼 그는 말을 거칠게 하지는 않았다. 그는 그가 앉은 옆자리에서 내가 쓴 수양록을 꺼내 흔들며 "그럼 임근실이가 대통령 타도를 외쳤는데 당신이 임근실의 주장이 정당하다라고 쓴 이 노트 속의 이 주장은 무슨 뜻이냐."

"……."

나는 갑자기 보안지대장이 묻는 질문에 말문이 막혔다. 거기에 대한 답을 미리 준비해놓지 않았던 것이다.

"말해봐. 무슨 뜻이야?"

"……."

나는 정말 할 말이 없었다. 하지만 무슨 말인가를 해야 했다. 내가 대답하지 않으면 수사관은 더 거칠어질 것이었다. 나는 우선 생각나는 대로 궁색하게 대답했다.

"그건…, 그건 임근실 씨가 배고픈 것을 하소연한 것과 이곳의 생활이 반인권적인 것에 항의한 임근실 씨의 주장에 동의한 것입니다."

그때 중대장이 의자에서 벌떡 일어서며

"뭐라? 반인권적? 저 새끼 벌린 입이라고 말은 잘하네. 지대장님 저 새끼 취조 필요 없습니다. 바로 임진강 샤워나…."

그때 지대장이 손을 들어 중대장을 제지하자 그는 말을 멈추었다. 하지만 그의 얼굴은 분노로 가득 차 있었다. 만약 지대장이 없었다면 벌써 어떤 행동이든 저질렀을 것이다. 그는 이제 당신에서 너라고 주어를 바꾸어서 말하기 시작했다.

"다시 말하지. 너는 누군가의 지시를 받고 있어. 너가 죄수들을 선동하기 위하여 약자의 편에 서고 너가 받아간 모자밥도 그 용도로 써먹었어. 분명히 너를 배후 조종하는 놈이 있고 너는 그 어떤 목적을 가지고 여기에 침투한 거야. 또 있어…. 하지만 너 스스로 말해. 그래야만 정상이 참작이 될 수 있어."

참으로 어처구니가 없었다. 나는 더 이상 할 말이 없었다.

"할 말 없어? 좋아, 그럼 기회를 주겠어. 너도 바로 얘기하기엔 힘이 들겠지…. 잘 생각해봐. 네가 바른 말만 하면 너의 출소도 최대한 앞당겨줄 수 있어. 그건 너 말하기에 따라 결정될 수 있어. 오늘 밤 생각해보고 내일 만나자."

수사관은 나를 창고방에 따로 가두어 두라고 지시했다.

그는 다시 한번 더 나를 흘끗 바라보며 자리에서 일어서더니 말했다.

"이 친구 손대지 마시오. 우리가 조사를 마칠 때까지는."

그리고 나를 한번 흘끗 쳐다보고는 말했다.

"우리 피차 좋은 말로 해결하자구. 누이 좋고 매부 좋고."

그는 중대장에게 손을 한번 들어 보이고는 문을 꽝 닫고 나가버렸다.

나는 대대 본관 구석방 창고에 갇혔다. 창고는 철문으로 되어 있었고 창고 안엔 훈련용 비품들이 가득 쌓여 있었다. 곰팡이 냄새와 쥐새끼 소리도 들려왔다. 천장엔 희미한 백촉짜리 전구 하나만 달랑 매달려 있었다.

나는 그 와중에도 임근실 씨를 떠올렸다. 그는 어디로 끌려갔을까. 이 차가운 바람 속에 어디에서 린치와 구타, 물고문을 당하고 있을까. 그가 몸부림치며 외친 분노는 혼자만의 분노로 부글거리다가 차갑게 식어가고 있을까.

그때였다. 그가 구보할 때 한 말이 갑자기 떠올랐다. 나는 비스듬히 기대여 있던 몸을 후다닥 일으켰다.

"이 길이 마지막 길이 될지 몰라…."

나는 그 말의 뜻이 자살을 의미하는 것이 아닌가 하는 생각이 물밀듯 밀려와 머릿속이 혼란스러워졌다.

마지막 길이라…. 마지막 길…. 나는 그때서야 문제의 심각성을 깨달았다. 분명히 자살을 말한 것이리라 생각되었다. 분명히 고통을 못 이겨 세상을 등질 수 있다라는 말로 각인되기 시작했다.

'가만…, 이대로 있어선 안 된다…. 알려야 한다…. 그의 죽음을 막아야 한다.'

나는 그때서야 철문을 꽝꽝 차기 시작했다.

"문 좀 여시오. 문 좀 열어요!"

그러나 좀체 문은 열리지 않았다. 하지만 포기하지 않고 악을 써댔다.

"문 좀 열어요. 문 좀 열어 봐요. 중대장님께 할 말이 있어요."

문을 한 10분쯤 두들겼을 때쯤 그때서야 경비병의 문 따는 소리를 들을 수 있었다. 문이 열린 그곳엔 채왕지 조교와 경비병 둘이 서 있었다.

채왕지가 껌을 짝짝 씹으며 말했다.

"빨갱이 아자씨, 중대장님은 왜요? 죄상을 고백이라도 하려구?"

그는 조소가 가득 담긴 눈길로 나를 바라다보았다.

"고백이여 아니여? 고것만 짤막하게 말혀."

그는 여전히 내 말 따위는 들으려 하지 않았다.

"그게 아니고 임근실 씨 신상 건입니다."

"이 냥반이 자기 발등 불이나 걱정할 일이지, 임근실은…."

그러면서 그는 다시 문을 닫으려 했다.

"잠깐, 잠깐만요…."

"죄상 고백 아니면 당신의 면담은 안 돼, 상부 지시야."

나는 안 되겠다 싶었다. 채왕지에게라도 말을 해서 이 말이 중대장 귀에 들어가도록 해야겠다고 생각했다.

"채 조교님, 임근실 씨가 자살을 생각하고 있어요."

그때 채왕지가 이맛살을 찡그리며 말했다.

"뭐? 자살?"

그는 조금 생각에 잠기는 듯하더니 "헤이, 이상적 씨 당신이나 자살하지 마. 알겠어?" 하며 엄지손가락으로 나의 이마를 힘껏 밀었다.

녀석은 평소 때 같으면 옆구리에 찬 방망이로 나를 힘껏 내려쳤을 것이다. 하지만 보안대 지대장의 명령 때문에 내게 손을 대지 못하는 것 같았다. 그의 얼굴엔 사람 참 귀찮게 한다는 식의 악의 띤 표정이 가득 서려 있었지만 핏발 선 눈으로 문을 꽝 닫고 사라졌다.

다시 어두침침한 어둠이 몰려왔다.

34

강원도 XX 사단. 산골짝 깊숙이 숨겨진 부대는 비밀의 요새처럼 웅크리고 있었다. 가끔씩 하늘 위로 비켜가는 구름만 세상일에 관심 없다는 듯 부대 위 하늘로 유유자적 날았지만 새떼들은 부대를 피하여 날았다.

사람들은 그곳에 부대가 있다는 것만 알 뿐 한 번도 가본 적도 없고 그 부대가 어떤 임무를 수행하는지 아무도 몰랐다. 가끔씩 나무꾼들이 산에 올라 부대 안을 내려다보면 사람들이 빠르게 움직이고 있고 사람들 사이로 빨간 모자를 쓴 군인들이 헤집고 뛰어다니는 모습만 보일 뿐이다.

나무꾼들은 그냥 무심코 지나쳤다. 그들은 신병들의 훈련받는 모습이겠거니 했다. 그러나 사람들이 내지르는 고함소리가 훈련받는 군인들의 목소리치고는 거의 비명에 가까운 소리라 이상하다 여겼을 뿐이다.

김상용 씨는 매일 산을 오른다. 광주항쟁 때에 총을 들었던 사람이다. 그는 강원도로 시집 온 누나 집에 피신 와 있는 지가 1년이 넘었다. 수배를 당했기 때문이다. 그리고 그는 자신의 밥값이라도 하기 위하여 지게를 지고 매일 산을 오른다.

김상용 씨 외에도 누나가 시집 온 산골짝 마을에는 서너 사람이 더 산을 오른다. 땔감 자체가 돈이 되기 때문이다. 집에서 끼니용으로 사용하는 나무 외에는 전부 시장에서 팔 수도 있고 하루에 몇 짐만 져다 나르면 아이들 학비 마련도 할 수 있기 때문이다. 읍내나 면소재지만 가도 연탄을 때는 집들이 많았지만 산골짝 마을은 그럴 형편이 못 된다. 그래서 나무꾼들은 하루에 몇 번씩이나 산을 오른다.

그런데 요즘 산을 오르면 전에 없이 부대의 경비가 삼엄함을 느낀다. 부대에서 훈련받는 모습도 일주, 이주가 아니라 몇 달씩 계속되는 것을 보고 특수훈련을 받겠거니 했다. 김상용 씨도 그렇게 생각했다. 그러던 어느 날 그날도 부대에서의 비명에 가까운 함성소리를 귓전으로 흘리며 상용 씨가 열심히 땔감을 낫으로 베고 있는데 갑자기 "와" 하는 함성소리가 들리고 갑자기 '탕' 하는 총소리가 고막을 찢을 듯 들려왔다. 상용 씨는 깜짝 놀라 급히 허리를 펴고 부대를 바라보았다.

거기엔 빠르게 설치고 다니던 빨간모자들을 인질로 잡은 듯한 무리가 보이고 또 그 무리들을 삥 둘러싼 군인들이 '엎드려 쏴' 한 자세로 엎드려 있는 모습이 보였다. 나무꾼은 심상찮았다. 아마 훈련받던 군인들이 훈련을 거부 하고 폭동을 일으켰나 보다 하고 손에 땀을 쥔 채 부대 안을 유심히 관찰하기 시작했다.

그때 지프차 한 대가 정문에서 먼지를 일으키며 '부앙' 하고 달려오더니 연병장에서 급정거를 했다. 그리고 지프차에서 지휘관인 듯한 사람이 급히 내렸다. 그가 내리고 난 뒤 확성기 소리가 들려왔다. 그 소리는 나무꾼들 쪽으로 바람이 불어와 옆에서 듣는 것처럼 생생하게 들렸다.

"무기를 버려라. 그리고 인질을 풀어라. 여러분은 몸과 마음을 닦으러 들어온 수련생이고 여러분이 인질로 잡고 있는 사람들은 여러분이 새 사람으로 태어나도록 여러분을 돕는 조교다. 여러분은 현재 국가를 상대로 폭동을 일으키는 반란죄를 범하고 있는 것이다. 지금 당장 인질을 풀고 모두 투항한다면 주모자 몇 명만 가벼운 처벌을 받도록 하고 나머지는 훈방할 것이다. 그리고 여러분이 요구하는 급식문제를 확대할 것이고 천막 막사 내무반을 철거한 후 난방 장치가 잘된 건물 내무반을 사용하도록 해줄 것이다. 또한 구타 근절은 물론 출소 문제도 상부에 건의하겠다. 인질을 풀어라."

지휘관이 빠르게 잇던 말을 잠시 멈추었는지 마이크 잡음만이 삑삑거리며 들려왔다. 이어 대치자들 가운데를 빠르게 뛰어다니던 사병이 다시 타격조 쪽으로 뛰어오자 인질자 한 명이 핸드 마이크를 건네받았는지 반대 방향 쪽에서 마이크 키가 낮은 목소리가 이어서 들려왔다.

"연대장님 말은 믿을 수 없습니다. 사단장님을 모시고 오십시오. 연대장님은 우리에게 너무 많은 거짓말을 했습니다. 근로봉사대 노역장 근무 잘하면 3개월 만에 출소시켜 준다고 했습니다. 그런데 지금 6개월이 넘었습니다. 그리고 배식도 배가 고프지 않게 해준다고 했습니다. 하지만 배가 고파 견딜 수가 없습니다. 물론 구타는 절대 없다고 했습니다. 그런데 밤마다 구타를 당합니다. 악질 조교도 바꿔 준다고 했습니다. 조교 16명 가운데 3명만 바뀌었습니다. 가족 면회도 약속했습니다. 가족면회는커녕 편지한 장 못 쓰고 있습니다. 가족들은 우리가 죽었는지 살았는지 아무것도 모르고 있습니다. 추워서 밤마다 잠을 못 자고 뒷날 아침 노역장으로 끌려갑니다. 노역은 밤낮이 없습니다. 사단장이 와서 계엄령 해제는 언제 되는지 우리가 왜 여기에 갇혀서 개 취급을 받아야 하는지를 설명하고 또 출소 보장을 약속해줘야 합니다. 죄 없이 끌려온 우리는 지금 폭동이 아니라 민주주의를 표방한 사회에서 짓밟히고 있는 우리 인권을 되찾자는 생존 항쟁을 하고 있는 것입니다. 사단장 면담 전에는 이 항쟁을 절대 풀 수 없습니다."

그 소리는 명확하고 똑똑했다. 상용 씨는 그때서야 사태 전말을 이해할 수 있었다. 지금 저기서 훈련받던 사람들은 군인이 아니고 그 유명한 삼청교육대 사람들이 아닌가. 그런데 삼청교육대는 이미 작년(1980년) 11월에 끝났다고 발표했는데 아직도 진행 중이란 말인가. 그것도 민간인 출입이 통제된 산골짝 부대에 민간인을 끌고 와 강제노역을 시키고 있고 굶주림과 구타 속에 살아가고 있다…. 상용 씨는 식은땀을 흘리기 시작했다. 마치 자신이 잡혀서 저 은밀한 부대에서 노역을 당하고 있는 듯했다. 이것은 인권 학살이다. 만약 이 사실이 국제사회로 알려진다면 전두관 정권은 치명적인 상처를 입게 될 것이다. 이 사실을 외부로 알려야 한다…. 그런데 자신도 수배되어 있는 마당에 어떻게 이 사실을 알리나…. 그는 잠시 고민했다. 그때 또 지휘관인 듯한 사람의 목소리가 다시 들려왔다.

"사단장님은 지금 출장 중이시다. 면담이 불가능하다. 하지만 지금 여러분이 요구하고 있는 상황은 연대장이 충분히 들어줄 수 있는 문제다. 여러분이 배식문제에 불만을 갖고 있지만 전번 약속대로 하루에 보리쌀을 40킬로를 더 늘려 배식하고 있다. 여러분이 인지를 못하고 있을 뿐이다. 가족면회는 상부 지시가 있어야 한다. 이 부분은 사단장 권한이 아니다. 더 윗선의 지시 사항이다. 지금 기다리고 있을 뿐이다. 조교는 대체 인력이 없어서다. 지금 교육 중이니 곧 교대시켜 주겠다. 내무반 건물은 예산 신청 중이다. 기관요원 내무반을 비워야 하는데 갈 곳이 없다. 조금만 기다려라. 건물 증축이 될 것이다. 그리고 출소 부분은 사단장 권한 밖의 문제다. 우리 부대에서 해결할 수 있는 문제가 아니다. 출소 부분만 빼면 우리가 전부 해결할 수 있다. 지금 석식을 보내겠으니 석식을 먹은 후 조교를 석방하고 농성을 풀어라. 한 시간, 한 시간을 주겠다. 그때 다시 이야기하자."

스피커가 꺼졌다.

상용 씨는 살이 부들부들 떨렸다. 80년 5월 광주사태 이후 전두관이 쿠데타로 정권을 잡은 후 첫 번째로 시작한 사업이 삼청교육대 사업이었다. 정통성과 지지 기반이 없는 신군부가 국민으로부터 지지 기반을 굳히기 위하여 죄 없는 사람들을 죄인으로 만들어 시작한 사업이 삼청교육대. 동네에서 놀고 있던 일부 불량배를 잡아들이고 깡패 숫자가 턱없이 모자라니까 죄 없는 양민들까지 끌어들여 깡패로 위장시켜 국민에게 대대적인 불량배 소탕 작업을 완수하고 있다고 선전해댔던 사업. 그 선전 사기 놀음이 이 산속에서 아직도 은밀히 진행되고 있다니…. 기가 막힐 노릇이다.

그렇다면 지금 저기 잡혀 있는 사람들은 어떤 사람들인가. 추론해보면 작년 삼청교육대가 끝날 당시 체제에 방해되지 않을 사람들은 풀어주고 군부에 유리하지 못할 인사들만 골라 체제가 안정될 때까지 잡아두고 있는 상황으로밖에 볼 수 없다. 그는 아래 부대 상황을 좀 더 지켜보기로 했다.

그런데 이웃집 나무꾼들은 벌써 한 짐 꾸렸는지 하산할 준비를 보인다. 그 사람들은 이웃 부대에 일어난 일, 내 알 바 아니다 하는 눈치다. 그중 한 사람이 "김 형, 해지기 전에 내려가요. 한 짐 안 됐어?" 하고 묻는다. 상용 씨가 잠시 멈칫한다. 그는 지금 내려갈 상황이 아니라고 판단했다. 급박하게 돌아가는 부대 상황을 자세히 관찰해야 하는데…. 가만…, 저들이 의심할 수 있다…. 그는 짐짓 아직 나뭇짐이 다 꾸려지지 않은 것을 내세워야겠다고 생각했다.

"어? 부대 데모 쳐다보다가 아직 한 짐이 안 채워졌네. 먼저들 내려가세요. 내 곧 한 짐 채워 뒤따라 내려갈 테니."

"그럼 우리 먼저 내려가네. 빨리 내려와. 마을에서 같이 탁배기 한잔 걸치자고."

그들이 내려갔다.

상용 씨는 부대에서 저녁을 먹는 시간을 이용하여 부지런히 낫질을 해댔다. 한 시간 뒤 상황을 더 보려면 나뭇짐은 미리 채워 놓아야 했던 것이다. 해는 아직 남아 있었다.

그런데 과연 한 시간 뒤에 저들이 인질을 풀어주고 농성을 풀까. 그는 그 생각만 부지런히 하며 나머지 나뭇단을 채워나가기 시작했다.

35

나는 임근실 씨를 지켜야 한다고 생각했다. 그러기 위해서는 임근실 씨 옆으로 가야 한다는 생각을 했다. '가만….' 그러려면 이 부대를 벗어나서는 안 된다. 만약 저놈들이 나를 공안사범으로 몬다면 어쩔 수 없이 수사기관으로 끌려가게 된다. 나는 갑자기 놈들이 나를 그곳으로 끌고 가 고문으로 공안사범을 만들어버릴지도 모른다는 생각이 엄습했다.

인혁당 사건이 떠오른다. 민주화운동 세력들을 고문으로 간첩 조작을 해놓고 재판을 받은 지 채 하루도 안 되어 형장의 이슬로 사라지게 한 사건. 박정희 정권은 그런 유의 공안사건을 조작하여 북으로부터 나라를 지켜야 한다는 명목으로 장기 집권을 획책했고 공안기관에서는 끊임없이 죄 없는 사람들을 끌고 가 간첩단 사건을 생산해냈다. 바깥에 있을 때 어느 시인의 문학강연에서 들었던 그 말이 지금 바로 내 머리에 떠오르는데 삼청교육대를 깡패집단으로 조작하는 현장에 와 보고서야 비로소 그 말을 인정할 수 있었다.

나는 당시 그 시인이 좌파적 성격을 많이 띠고 있는 사람이라 그런 논리를 편다고 생각했고 인정할 수 없다고 생각했던 사람이다. 그러나 당장 지금 내가 조작된 역사 현장에 서 있는 사람이고 보면 박정희 정권의 법통을 고스란히 이어받은 신군부 정권 역시 인혁당 같은 사건을 비일비재하게 만들 수 있다고 생각했다. 나는 몸서리를 쳤다. 내가 지금 바로 그런 사건의 입구에 서 있는 것이다.

말 한마디 잘못 했다간 쥐도 새도 모르게 간첩으로 몰려 죽는다. 정신 차려야 한다. 내일은 죽는 한이 있더라도 배고파서 저지른 단순한 소행으로 사건을 마무리 짓도록 하고 임근실 옆으로 가야 한다. 또 그것이 사실이니까.

36

상용 씨가 나뭇짐 한 단을 꾸릴 동안 적어도 외형상 부대는 조용했다. 대 치자들은 빠르게 밥을 먹는 듯했고 지휘관도 그 자리에는 없었다. 그러나 지프차가 그 자리에 있는 걸 보면 지휘관은 식사 시간 동안 건물 속에서 대기 하고 있는 듯했다.

그때 까마귀 몇 마리가 푸다닥 '까악' 하며 창공을 힘차게 날아올랐다. 까 마귀는 부대 위를 몇 바퀴 돌더니 부대 위쪽에 있는 버드나무에 가볍게 내 려앉았다. 상용 씨는 까마귀를 바라보다 다시 연병장 쪽을 응시하기 시작 했다. 해는 이미 서산마루에 자리를 잡고 있었다. 곧 해가 질 것 같았다. 그 는 해가 지기 전에 결말이 났으면 싶었다.

그때였다. 다시 스피커 소리가 울려 퍼졌다.

"식사는 잘하셨습니까?"

대장의 목소리는 태연했지만 한껏 달아 있었다. 만약 이 사건을 해결하 지 못하면 그는 장성 진급에 애로가 있을 것이었다. 듣기에 따라서는 목소 리가 매우 불안하다고도 느낄 수 있었다.

"여러분의 애로사항은 방금 사단장님께도 보고했습니다. 사단장님은 여러분의 건의는 100% 반영하라고 했습니다. 거리가 먼 곳에 있어 오시지는 못하지만 연대장을 통하여 모든 것을 위임한다고 하셨습니다. 이제 그만 인질들을 풀도록 하세요."

그는 수용자 1백여 명의 목숨보다 조교 몇 명의 목숨을 더 중요하게 여기는 것 같았다. 그깟 수용자들 백여 명쯤 죽어 쓰려져도 쓰레기들이 폭동을 일으켜 사살했다고 보고하면 그만이지만 현역 군인 한 명이 희생된다면 지휘책임을 저야 할 것이었다.

"자 여러분, 다시 마지막으로 10분간의 시간을 주겠습니다."

그의 마지막 목소리는 매우 격앙되기 시작했다. 그 목소리는 모종의 결단을 내렸고 이미 그 준비를 마쳤다는 증거이기도 했다.

다시 인질 측의 목소리가 들려왔다.

"10분이든 한 시간이든 필요 없습니다. 사단장님이 오지 않는 한 시간 벌기 협상은 필요 없습니다. 우리는 사단장님의 확인 음성이 필요합니다. 우리는 연대장님의 어떤 말도 신뢰할 수 없습니다. 사단장님이 과연 이 사실을 알고 있는지 연대장 선에서 덮으려고 하는 것은 아닌지…. 사단장님과 통화를 했다는 사실조차도 신뢰할 수 없습니다. 밤을 지새우는 한이 있더라도 우리는 사단장님을 기다릴 겁니다. 연락하십시오. 내일 오셔도 좋습니다. 연락하셔야 됩니다. 꼭, 꼭, 연락해야만 서로가 살 수 있는 겁니다. 꼭."

사단장을 찾는 그 목소리는 애절했다.

그리고 긴 침묵이 흘렀다. 더 이상의 방송도 없었다. 이제 해는 서산마루에 걸터앉았다. 아마 지루한 줄다리기가 시작될 모양이었다. 상용 씨는 시간을 측정하기 시작했다.

10분이 지나려면 5분여의 시간이 남아 있었다. 그 시간, 까마귀가 '까악 까악' 하고 울기 시작했다.

해 지는 시간에 듣는 까마귀의 울음소리는 음산했다. 산에는 솔바람 소리가 저녁시간을 보채고 있었고 어디에선가 부엉이 울음소리도 들려왔다. 10분이 지났다. 그리고 20여 분이 더 지났다. 그래도 부대는 쥐죽은 듯 고요했다. 이미 해는 서산 너머로 몸을 던졌다. 해가 몸을 던진 서녘 하늘엔 저녁노을만 물감처럼 하늘을 곱게 물들이고 있었다.

상용 씨는 어둠이 밀려오는 그 시간에서야 지게 줄을 어깨에 걸쳤다. 더 이상 산속에서 지체할 수 없었다. 그는 지게 작대기를 힘껏 누르며 일어섰다. 나뭇짐이 제법 무겁다고 느끼며 오솔길을 찾아 동네로 내려가기 시작했다. 솔숲은 이미 어둠이 내려앉아 있었고 그 길을 걷기는 수월치가 않았다. 얼마나 걸었을까. 20여 분쯤 걸어 내려왔다고 판단했을 그 시간.

그때였다. 까마귀가 하늘을 박차고 오르는 소리가 "푸다닥 까악 까악 푸다닥" 하고 들려오더니 이어서 '탕, 탕, 탕' 하는 세 발의 총소리가 저녁 하늘에 빠르게 울려 퍼졌다. 이어서 '따다다다다다다', '따따따다다다다다다' 하는 연발 총소리가 산골짜기를 가득 메웠다. 그 소리는 긴박하게 길게 한 번, 또 한 번, 서너 번 반복되었다.

'후두둑' 산비둘기 떼가 총소리에 놀라 밤 둥지를 떠나 마구마구 하늘로 높이 날아올랐다.

어디에선가 인간의 비명소리가 총소리에 묻혀 따라왔다. 상용 씨가 지게를 진 채 못 박히듯 그 자리에서 굳어 버렸다.

몇 번 이어지던 총소리가 멈췄다. 이어서 사람들의 함성 소리가 뒤이어서 "와아" 하고 들려오며 그 소리는 골짜기를 흔들기 시작했다.

그때였다. 미라처럼 굳어 버린 채 서 있던 상용 씨가 빠르게 지겟짐을 벗어던졌다. 그는 오던 길로 몸을 되돌렸다. 그리고 쏜살같이 산을 향하여 뛰기 시작했다. 그의 작은 몸이 금방 산속에 파묻혀 버렸다.

조금 뒤 상용 씨는 부대 뒷담에서 조금 떨어진 소나무가 듬성듬성 서 있는 비탈길에 모습을 드러냈다. 연병장 뒷담과는 불과 1백여 미터 떨어진 곳이다 그는 가쁜 숨을 몰아쉬며 연병장 안을 들여다볼 수 있는 나무를 찾았다.

그는 연병장에서 들려오는 아우성 소리와 신음소리를 귓전으로 담으며 나무에 몸을 밀착시켰다. 그리고 괭이부리를 이용하여 발을 위로 조금씩 옮겨 놓기 시작했다. 연병장은 나무의 높은 데로 올라갈수록 조금씩 조금씩 그 모습을 드러냈다.

그때였다. 상용 씨의 눈이 연병장에 바로 꽂혔을 때 그는 '허억' 하고 자신의 눈을 의심했다. 연병장에는 수십 구의 시체가 널브러져 있고 그 가운데 피투성이가 된 허름한 빡빡머리 사내 하나가 군인의 목에 총구를 갖다 대고 있었다. 그때 방송이 들려왔다. 요란한 총격전 뒤에 들려오는 마지막 결전을 앞둔 푹 가라앉은 목소리였다. 방송은 인근 벙커 뒤에 숨은 지프차에서 들려왔다.

"자, 마지막 경고다. 인질을 풀어라. 풀 거야 말 거야? 5초간 시간을 준다. 자, 하나, 둘, 셋, 넷."

그때였다. 인질로 잡혀 있는 군인이 애절하게 소리쳤다.

"쏘지 마! 쏘지 마!"

하지만 그의 애절한 하소연은 방송음에 파묻혀 버렸다.

"따섯!"

"따땅-피웅, 따당-피웅."

두발의 총성이 울리고 빡빡머리 사내가 쓰러졌다. 이어 인질로 잡힌 사내도 인질이 쏜 총에 맞아 ㄱ자로 흐느적거리다 연병장에 머리를 박으며 푹 꼬꾸라졌다.

항쟁이다…. 그는 금남로의 핏빛 항쟁을 머리에 떠올리고 있었다. 자신이 쥐었던 칼빈총에서 불이 쏟아져 나가는 환상에 사로잡혔다.

군인들이 도청 앞에서 쓰려지기 시작했다. 그는 반대방향으로 총을 쏘기 시작했다. 하지만 환청에 사로잡혀 있던 그는 금방 정신을 차렸다. 나무에 납작 붙어 부대 안을 염탐하고 있던 자신을 발견한 일단의 군인 무리가 담장 쪽으로 고함을 지르며 달려왔기 때문이다.

그는 나무에서 뛰어내렸다. 살아야 한다는 생각으로. 다시 올라왔던 비탈길로 쏜살같이 뛰어 내려가기 시작했다.

37

바깥이 부산했다. 아직 기상나팔소리는 불지 않았다. 새벽녘은 족히 될 시간이었다. 어제 채왕지가 다녀간 뒤로 밤사이 문을 여는 이는 아무도 없었다.

나는 밤새도록 잠을 이룰 수가 없었다. 초저녁에 잠깐 눈을 붙인 뒤론 줄곧 눈을 뜨고 있었다. 두고 온 고향 생각, 친구들 생각, 홀어머니 생각으로 깡그리 밤을 뒤척이며 보냈다.

조식(朝食) 나팔이 울렸다. 놈들은 내게 아침을 굶기려는 심산인 모양이었다. 놈들은 끝내 문을 따지 않았다. 배껍데기가 등창에 붙어 버릴 것 같은 허기가 몰려왔다. 그나마 병아리 눈물만큼 주는 배식마저도 압수해버리는 것도 포식자들의 목적을 채우기 위한 수법이라는 것을 나는 충분히 인지하고 있었다. 아무리 배가 고파도 참아야 했다. 놈들의 안테나에 걸려들었다는 것을 안 이상 더는 놈들의 재물로 희생될 수 없다고 생각했기 때문이다.

생각했던 대로 수사관은 만나자마자 밥 이야기부터 했다.

"배고프지? 배고플 텐데…. 오늘은 사실대로 얘기하고 밥부터 먹지? 먹어야 살 것 아녀? 저녁부터 두 끼를 굶었을 텐데, 쯧."

지대장은 나를 걱정부터 해주는 것처럼 마구 혀를 차댔다.

"자, 그럼 어제 하던 얘기 다시 하지. 모자밥은 몇 사람에게 나눠 줬지? 누굴 포섭하려고 한 거야? 그리고 배후 조종자가 있지? 그게 누구야? 배후 조종자만 대. 그럼 돼. 그리구 당신은 여기 올 사람이 아닌데…. 그게 수상해."

그는 고개를 좌우로 흔들며 말했다.

"당신은 건달이 아니잖아. 여기 왜 왔어? 여기는 인간쓰레기들만 오는 곳이야. 당신은 먹물이야. 이곳 수용소에서는 당신 학력이 최고 학력이야. 그런 당신이 돼지죽통이나 뒤지고 모자밥이나 타먹으려고 여기 왔다? 말이 안 돼. 다시 말하자면 여기는 사회 쓰레기들만 오는 곳이거든? 정의로운 사회를 구현하겠다는 의지가 강한 각하께서 쓰레기들을 새 사람으로 만들기 위해 이 수용소를 만든 거란 말이야. 근데 당신은 전과도 하나 없고 학력도 좋아. 또 미등단이지만 싯줄깨나 쓸 줄 아는 문학을 하는 사람, 소위 인텔리라 칭할 만하지. 그런 당신이 여길 왜 왔냔 말야. 경찰서나 수사관들에게 의심 살 만한 짓을 일부러 만들어서 위장해서 들어온 거 아니냔 말이다. 군에 들어온 목적이 뭐야?"

나는 이제부터 이 자에게 좀 더 애절하게 나의 진심을 호소해야 한다고 생각했다. 아니, 진정성이 느껴지도록 이 자를 설득해내야 한다고 느껴졌다. 그렇다면 김양호가 증인이 되어줘야만 가능할 것 같았다. 폭동을 주모하는 간첩으로 누명을 쓰는 것보다 특수교육대에서 뺄뺄 기는 방향이 더 나을 것이었다. 하지만 양호 카드는 마지막으로 써야 할 것이었다. 조교들도 이미 김양호 한 사람에게만 모자밥이 갔다는 것쯤은 알고 있을 터. 나를 엮어 넣기 위하여 모르는 척하고 있을 것이었다.

"지대장님, 전 모자밥으로 허기를 채웠을 뿐입니다. 조교들이 말하는 빨치산 투쟁이 무엇인지, 폭동이 무엇인지 전 모릅니다. 그건 조교들이 저를 모함하는 것입니다. 임근실 씨의 저항에 대한 평가도 어제 말한 그대로 내가 하지 못한 말을 조교들에게 한 것을 두고 정당성을 둔 것이지 대통령 타도에 근거하지는 않습니다. 제 전력을 보면 아시겠지만 전 사회에서도 반체제 활동을 한 적도 없고 그런 서클에 들어가본 적도 없습니다. 내가 여기에 온 것도 잠입한 것이 아니라 내가 왜 여기에 와 있어야 하는지 내 스스로도 아직 답을 찾지 못한 상탭니다. 수사관님 말씀대로 범죄를 해본 적도 없고 전과라는 기록도 제겐 없습니다. 그런 내가 왜 여기에 있어야 하는지…, 왜 여기에 강제로 끌려와야 했는지…, 그 생각만 하면 어떤 땐 미쳐서 돌아버릴 것 같은 때가 한두 번이 아닙니다. 다만 미치지 않고 살아 나가기 위하여 지나간 과거를 억지로 잊어버리자고 하루에 열두 번도 더 입술을 깨뭅니다…. 전 억울합니다. 폭동을 계획해본 적도 없고 누가 나를 배후 조종한다는 것도 있을 수 없습니다. 정도형 조교가 한 말은 소설입니다. 제발 저를 있는 그대로 순수하게 봐주십시오…."

그는 눈을 감고 내 말을 듣고 있었다.

그때 중대장이 다시 끼어들었다.

"지대장님, 여기 새끼들은 말로는 안 통해요."

그는 그렇게 말해놓고 보안대 지대장의 눈치를 살피고 있었다. 지대장은 약간 뜸을 들여 생각하는 것 같더니 말했다.

"좋아요. 저 친구 끌고 나가세요."

그때 나는 확실히 느꼈다. 수사관의 표정이 내 말에 흔들리고 있다는 것을. 공안사범 의심 신고를 한 정도형과 중대장의 판단력에 균열이 생기고 있다는 것을. 그는 내가 만약 확신범이라고 인정을 했다면 수사기관으로 끌고 갔을 것이었다. 그런데 그가 나를 중대장에게 넘기는 것은 확신이 서지 않는다는 증거였다. 나는 행정반 조교들에 의하여 날갯죽지가 꺾인 채 끌려 나갔다.

'어디로 가나….'

가만…, 끌고 가는 방향을 판단해보니 본부 막사 뒤로 가는 것 같았다. 거기엔 식수 물탱크가 있는 곳이다. 겨울 제설작업 때 많이 가본 곳이다. 그러나 인적이 없는 곳이다. 나는 끌려가면서 안도의 한숨을 내쉬었다.

'어쨌든 다행이다. 수사기관으로 끌려가지 않았다는 것이.'

그것은 보안대 지대장이 아직은 확신이 서지 않았다는 완벽한 증거이기도 했다. 그런데 건물 모퉁이를 돌자 물탱크가 있는 세면장엔 누군가가 있었다. 나는 끌려가면서 다시 한번 더 눈을 크게 떠야만 했다. 분명 조교들이긴 한데…, 가만, 정도형 아닌가. 거기에선 3소대 특교대 조교들과 보안사의 하사급 수사관의 지시에 의하여 누군가를 물고문을 하고 있었다.

그때 행정반 조교들이 지껄였다.

"허, 열심인데. 이쯤 되면 총 결산일 날이 다 된 모양이야."

"정 하사와 채 하사, 저 친구들은 하여간 알아줘야 돼. 증말 열심히야, 열심."

"저러니 중대장 신임을 받는 거 아니겠어? 다른 사람 하기 싫은 일은 도맡아 청소해주니."

행정반 조교 두 녀석은 내 겨드랑이를 힘껏 잡고 있으면서도 뜻 모를 소리를 마구 지껄여댔다. 그 신임이라는 것은 특교대 조교로서 딴사람들이 꺼리는 고문 따위를 잘하는 사람을 일컫는 말 같았다.

나는 다시 한번 벌어진 조교들의 틈바구니로 벌거벗은 사내를 훔쳐보았다. 그런데 다시 두 조교 녀석이 쫑알거렸다.

"임근실, 저 친군 살아 나가긴 틀렸어."

"적당히 있다 나가지, 지가 뭐라고 대통령을 쥐어뜯어. 물고문을 당하면서도 조교들보고 '전두관 새끼개'라고 했대."

"맞는 거 아냐?"

"흐흐, 임근실이 말대로 생각하면 조교들이 새끼개 아닌 사람이 없군. 정부 시책 마지막 전달자들 아녀? 맞어! 계엄 끝나면 감사장이라도 받아야지, 우리가 얼마나 고생하는데."

그런데 그중 병장조교가 말한다.

"어이, 이상적 씨, 당신 보아하니 먹물깨나 먹은 모양인데 적당히 하소. 여기선 쥐 죽은 듯이 가만히 있는 게 살아 나가는 게요. 개죽음 당하지 말고."

참, 웃기는 일도 다 있다. 조교 녀석들이 죄수 걱정을 다 해주고. 나는 그들의 말이 어색했다. 난 '악어가 악어새 걱정하는 꼴이라니' 하고 속으로 중얼거렸다.

임근실 씨가 맞았다. 임근실 씨도 나를 얼핏 쳐다보곤 다시 고개를 숙여 버렸다. 그 얼굴을 바라본 나는 소스라치게 놀라움을 감추지 못했다. 그 얼굴은 하룻밤 사이 얼마나 구타를 당했는지 얼굴 형체마저 뒤틀려 있었다. 정도형이 능글능글 웃으며 내게 다가왔다.

"허, 빨치산 대장님 오셨군. 용케 보안대로 안 가셨구먼. 허지만 보안지대장은 따돌렸어도 내 손은 못 빠져나가지. 어이 옷 벗겨."

나는 그를 똑바로 노려보았다. 그리고 스스로 팬티만 남기고 옷을 전부 벗어 버렸다. 그런 나를 채왕지가 바라보며 말한다.

"저 새끼 반항하는 것 같은 눈초리야. 허, 간이 배 밖으로 나왔군."

이어서 정도형이 눈에 핏발을 세우고 명한다.

"결박하고 꿇어 앉혀. 빠께스 물 떠 와."

144

행정반 병장이 내 두 팔을 뒤로 하여 두 손을 묶기 시작했다.

그때 내가 낮게 중얼거렸다.

"헐렁하니 더 단단히 묶으세요."

그러고는 허공을 뚫어져라 바라보았다. 그리고 "잊지 않겠다. 그리고 언젠가는 되를 말로 갚아주겠다…" 하고 입속으로 중얼거리며 입술을 깨물었다.

"어쭈, 제법 독하게 나오시겠다? 그 말씀이로군."

채왕지가 내 표정을 흘끗 한번 바라보더니 계속 좋알거렸다.

그리고 내 스스로 묶인 것이 끝났음을 확인한 뒤 나는 임근실 씨 옆으로 두어 걸음 걸어가 스스로 꿇어앉았다.

갑자기 '히이윙' 하고 살갗을 할퀴는 듯한 영하의 찬바람이 식수탱크를 흔들었다. 수용소 뒤편으로 서 있는 전봇대가 지독한 울음을 토해내기 시작했다.

그런데 옆에서 바라본 임근실 씨는 입술이 새파랗게 질려 있었고 온몸을 사시나무 떨듯이 떨고 있었다. 얼굴은 이미 제 얼굴이 아니었으며 눈은 눈꺼풀이 부어 눈자위를 반쯤 뒤덮고 있었다. 나는 순간적으로 더 이상 방치하면 이 사람을 죽음으로 내몰겠다는 생각이 들었다. 아니면 이 사람들이 이미 임근실 씨를 죽음으로 몰아가고 있다는 느낌을 갖게 했다. 또한 지금 이들과 대립각을 세울 때가 아니라는 판단이 머릿속으로 퍼뜩 스쳐 지나갔다. 먹혀들지는 모르지만 우선 임근실 씨부터 구하고 봐야겠다는 판단이 머릿속을 헤집어놓는다.

나는 두 무릎을 꿇어앉아 금방까지 가졌던 자존심을 내팽개친 채 내 스스로도 제어하지 못할 낮은 목소리로 슬프게 부르짖기 시작했다.

"부탁합니다. 임근실 씨 이대로 두면 죽습니다. 임근실 씨의 모든 허물을 제가 대신 받겠습니다. 반성하라면 반성도 하겠습니다. 무엇이든 시키는 대로 하겠습니다. 이 사람 살려주세요."

난 그렇게 말하고는 머리를 푹 수그렸다. 그러자 두 눈에서 폭포수 같은 눈물이 쏟아지기 시작했다. 그리고 소리를 죽여 흐느꼈다. 그들에게 눈물을 보이고 싶지 않았지만 한 생명이 모질고 처참하게 쓰러져가는 모습에 참아왔던 비통함이 그대로 폭발해 버린 것이다.

나의 이 같은 행동에 보안대 수사관과 조교들이 잠시 멈칫하는 것 같았다. 중대 행정병 조교들도 침묵하며 나를 내려다보고 있었다. 그런데 뜻밖의 상황이 벌어졌다. 그때 임근실 씨가 꺼져 가는 듯한 낮은 목소리로 내게 말을 걸어왔다. 그는 여전히 고개를 숙이고 있었고 허리마저도 구부리고 있었다. 험상궂게 변해버린 얼굴을 보이지 않으려 하는 것 같았다.

"쓸데없는 짓이야. 당신이나 살아서 나가. 난 틀렸어. 저놈들이 날 죽이려 들어. 예전에 한 말, 그거나 기억해줘. 흡, 쿨럭, 하지만 억울해. 이렇게 죽는다는 것이…, 꼭 살아…나가…, 쿨럭, 흡, 쿨럭."

하지만 그의 말은 길게 이어지지 못했다. 정도형이 그의 말을 가로막아 버렸기 때문이다.

"역시 빨치산 대장답군. 임근실이한테 유언까지 다 듣고. 소원대로 해주지. 임근실 대신 한 빠께스 퍼부어."

그때였다. 정도형의 말이 끝나는 순간, 영하의 얼음물이 폭포수처럼 머리 위로 쏟아져 내렸다. "흡" 하는 신음소리가 터져 나오면서 당장 심장이 정지될 것만 같이 온몸이 뻣뻣하게 얼어붙기 시작한다. 물은 빠르게 정수리에서 부터 가랑이 사이로 온몸을 철저히 핥으며 흘러내리기 시작한다. 온몸이 분해되는 악몽을 꾸는 것만 같다. 살점들이 해체되어 가는 것 같다. 숨이 막혀 온다. 그때, 정도형의 군홧발이 등짝을 후려친다. 옆으로 픽 쓰러진다. 누군가가 이어서 각목으로 등짝을 내리친다. "욱욱" 하며 신음소리를 내뱉는다.

또다시 한 빠께스의 물이 머리를 강타한다. 더 이상 견디기가 힘들 것 같다. 정신의 끈이 가물가물하며 눈앞에서 사라지려 한다. 이를 앙다물었지만 더 이상 인내를 할 수가 없다. 지금 이 고문을 멈출 수만 있다면 당장 개처럼 기어서라도 멈춰 달라고 애걸하고 싶어진다.

이어서 세 번째의 빠께스 물이 등짝 위에서 명멸한다. 더는 몸을 지탱할 수가 없다. 물로 흥건하게 젖어 있는 땅바닥에 배를 깔고 등을 하늘로 한 채 엉금엉금 기기 시작한다. 살고 싶은 욕구가 뭉실뭉실 피어오른다.

"아 그만, 그만….”

낮게 부르짖었지만 그 말은 입술 안에서만 맴돌았다.

그 사이 다시 정도형의 핏발 선 언어가 귓구멍을 후벼 판다.

"다음! 근실이 샤워시켜!"

순간, 정도형의 언어가 파편이 되어 조각조각 사방으로 떨어져 내리자 임근실의 괴기한 행동이 시작되었다.

그는 "우우우우" 알지 못할 괴성을 지르며 묶여 있던 몸을 마구 흔들기 시작했다. 이미 지칠 대로 지친 그의 육신이 공포감으로 떨고 있는 모습이다. 행정반 조교들이 그의 목과 두 어깨를 짓누르기 시작했다. 그의 몸부림은 더욱 격렬해진다. 누군가가 또 한 빠께스의 물을 퍼 온다. 그걸 포착한 임근실이 사지를 뒤틀며 마지막 힘으로 행정반 조교를 몸으로 밀쳐버린다. 이어 벌떡 일어선다. 마치 사지를 벗어나려는 초능력의 힘이 그로부터 쏟아져 나오는 것 같다.

그가 잠시 행정반 조교들의 완력으로부터 자유로워진 순간, 갑자기 후다닥 뛰기 시작한다. 그 모습은 마치 광견병 걸린 개가 무차별 날뛰는 모습이다. 그가 대여섯 걸음 빠르게 뛰더니 군견집 속으로 재빠르게 몸을 감춘다. 갑자기 집을 앗긴 군견이 '컹컹컹' 마구 짖어댄다.

"허어, 개가 되겠다? 그래 좋아."

정도형의 얼굴이 일그러진다.

정도형이 행정병 조교들에게 뭐라고 낮게 속삭인다. 행정병 조교들이 부산하게 움직인다. 채왕지와 권형동이 빠께스 물을 퍼 나른다.

그때 행정반 조교와 정도형이 눈 깜짝할 사이에 군견집으로 찰싹 붙더니 군견집 출구가 하늘로 향하도록 방향을 바꾼다. 눈 깜짝할 사이의 일이다. 이어 정도형의 목소리가 하늘을 찢어 놓는다.

"쳐 부어!"

그동안 퍼 날랐던 빠께스 물이 개집 구멍으로 쏟아진다. 한 빠께스, 두 빠께스, 세 빠께스…. 셀 수 없을 만큼의 빠께스 물을 다 쏟아부은 다음 개집 출구를 판자로 봉해버린다. 이어서 봉해진 판자를 조교 두 명이 꽉 내려누른다.

개집 안의 임근실이 격렬하게 몸부림을 친다.

'철벅, 우당탕탕! 철벅, 철벅.'

물을 헤집는 소리와 개집 벽을 두들기는 소리가 심장을 가른다. 가끔 임근실의 머리가 봉해진 판자를 디밀고 치솟아 올랐지만 조교들은 사력을 다하여 그 머리를 다시 구멍 안으로 꾸겨 박는다.

박살 나버린 안경, 어디론가 사라져버린 안경, 안경 없이 바라보는 그 죽음의 현장은 저승사자들의 움직임 하나하나가 실루엣처럼 눈앞에서 흐물거렸다.

그러나 추악한 탐욕과 살육의 현장은 청산치 못할 역사로 가슴에 각인된다. 하지만 똑똑히 바라본다.

'정도형…, 만약 살아 나간다면 지옥까지 너를 찾아 죽은 시체라도 부관참시해주마….'

분노와 증오의 살의가 개집 속에서 몸부림치는 임근실의 원한으로 부글거린다. 끝까지 바라보아야 한다. 참고 바라봐야 한다. 하지만, 하지만 더 이상 견딜 수가 없다. 우선 살아야 한다는 생에 대한 미련이 물밀듯 밀려온다. 그러나 극한에 다다른 듯하다.

"아아, 견디기가 힘들어…. 제발 그만, 그만, 그만해…."

차오르는 한기, 급격히 떨어져 내리는 체온, 정신이 가물거린다. 자꾸만 눈을 떴다 감았다를 수없이 반복한다.

흐물거리는 의식은 결국 정신의 끈을 놓아버린다.

38

"정신이 드냐? 살았으면 됐어. 일어나. 의자에 앉혀!"

다시 오기택 대위와 정도형의 핏발 선 눈이 행정반 난로가에서 이글거리며 타고 있다.

눈으로 보안대 지대장을 찾았다. 그는 보이지 않는다.

오기택이 말했다.

"다시 하자. 오늘은 지금까지 너가 말하지 않은 부분을 내가 말해보지. 너는 남한 체제를 전복하기 위해 군에 잠입한 놈이 틀림없어. 간첩의 지령을 받아 정부에서 시행하는 정화사업에 잠입해서 그 약점을 캐내고 죄수들을 배후 조종하여 소요를 일으키고 그 내용을 북에 전달하기 위한 스파이 임무를 띠고 있어. 왜? 너는 잡혀올 때부터 체제를 부정하는 글 때문에 여길 온 걸로 되어 있어. 외상값이니 하는 것은 잡혀 오는 구실에 불과했고. 일부러 너는 네 정보를 정보기관에 흘린 뒤 타의에 의하여 잡혀오도록 해놓고 너 스스로가 걸어 들어온 거야. 너의 첫 번째 사업은 동지규합이야. 네 한 몸 건사하기도 힘든 판에 특교대 들어가서 힘겨워하는 놈들에게 위험을 불사하면서까지 밥을 타 먹여 환심을 사는 방식으로 한 놈 두 놈 포섭해나갈 계획을 세운 거야. 또 임근실이가 체제를 부정하는 항명을 하니까 재빨리 임근실을 두둔하는 글로 임근실의 환심을 사고 있고 또 그놈을 포섭하기 위해 지금 너는 온몸으로 임근실을 보호하고 있어. 도대체 그러는 이유가 뭐냐? 너가 임근실의 행동을 지지하고 편을 들 이유가 없어. 그게 이해가 안 돼. 여기 수용소에 갇혀 있는 놈들 모두 공통된 속성이 있어. 한결같이 혼자 살아 나가기 위해 몸부림치고 있다는 거야. 자기가 살기 위해서는 동료를 팔아먹는 것도 마다하지 않아. 우린 그걸 나쁘다고 보지 않는다. 왜? 그건 인간이 최밑바닥에 떨어졌을 때 인간에게서 나타나는 첫 번째 본능으로 보기 때문이지. 근데 너는 그 본능을 부인하며 살고 있어. 그건 치밀하게 계획된 모종의 결단이 없으면 하기 어려운 행동이야. 너는 타 부대에서 간첩들의 조종으로 소요가 일어나고 총을 탈취하여 장병들을 쏴죽이는 사실들을 다 알고 있지. 지금 전방부대 몇 곳은 쑥대밭이 되어 있어. 쉽게 말하자면 너 같은 스파이 놈들이 만들어낸 폭동이야. 그로 인해서 평생을 조국에 몸을 던지려고 작정한 장교들이 줄줄이 희생되고 있어. 우리 부대에도 폭동을 준비하는 놈들이 있어. 바로 너와 임근실이가 그 일을 하려 한 거야. 우리가 너희 두 놈을 미리 적발하지 않았다면 분명히 폭동을 주모했을 거야. 내 추론이 틀렸나? 아마 너는 마음속으로 내가 족집게 무당이라고 인정할 거야. 우리가 봤을 땐 너는 북에서 남파된 놈은 아닌 것은 확실하나 너는 어떤 노선이든 북과 연결 끈을 잇고 있는 놈이야. 즉 비선활동을 한다는 말이지. 보안대 수사관은 속여도 우리 눈은 속일 수 없어. 너가 설사 부인한다 해도 우린 너를 군 기강을 문란케 할 목적으로 잠입한 스파이로 규정하고 거기에 대비할 수밖에 없어. 설사 너 정체가 드러나지 않는다손 치더라도 너 같은 놈은 사회와 영원히 격리시켜 놓는 게 나의 임무야. 왜? 국가와 국민을 안전하게 보호해야 하는 임무가 군인의 사명이니까."

오기택, 정도형, 그들은 집요하게 나를 물고 늘어졌다.

나는 그날에서야 그들이 나를 괴롭히는 이유를 희미하게나마 짐작할 수 있게 되었다. 오기택 중대장과 정도형 조교 등이 그토록 나와 임근실을 집요하게 괴롭히는 것은 당시 타 부대 수용소에서 인권 항쟁이 터져 나오자 자신들의 안위를 위한 사전 방어 차원이었음을 짐작할 수 있었다. 즉 임근실과 나를 희생자로 삼아 혹 일어날지 모르는 폭동을 사전에 막겠다는 공갈용 포석인 것으로 짐작이 되었다.

저항자는 어떻게 되는가를 수용자들에게 본보기로 보여주려는 치밀한 흉계, 그 흉계의 장막 속에 임근실과 내가 갇히고 만 것이다.

나는 그 사실을 감지하고 흐드득 숨을 몰아쉬었다.

나는 저들의 눈이 충혈되어 있는 이유, 그 이유를 알고 난 이후부터 이 사건의 팩트만 주장하며 억울하다를 되뇌기에는 너무 멀리 와 있음을 깨달았다. 보호색을 띠려는 동물의 본능에 충실한다면 칼자루를 쥐고 있는 그들이 나와 임근실 씨를 희생타로 삼는 것은 시간문제이고 내가 그것을 막아내기에는 역부족이라는 사실, 그것은 특수교육대의 육체적 고통보다도 더, 몸과 정신을 옭죄어오는 공포였다.

이제 임근실도, 나도 저들의 손아귀를 벗어나기 전에는 절대 안전하지 못할 것이었다. 오기택의 말은 공갈로 보기에는 너무 질서정연하게 논리를 세워 놓고 있었다.

그것은 불행의 서막이었다.

39

한탄강변의 XX부대.

"소대장님, 무전입니다."

유종석 소위는 방금 통신병으로부터 무전기를 건네받았다.

"소대장님 지금 긴급 보고 사항이 있습니다. 통신상으로 보고할 사항이 아닌 긴급 사항입니다."

"본부로 들어와서 보고해."

유 소위는 간단하게 통화를 끊고는 분대장을 기다렸다. 얼마나 긴급을 요구하기에 직접 보고한다는 말인가. 그는 적이 긴장이 되기 시작했다. 그는 볼일을 잠시 미루고 분대장을 기다리기 시작했다.

신군부 정권이 들어선 지 얼마 안 된 상황이라 시국은 걷잡을 수 없이 안갯속을 헤매고 있는 상황이었다. 요즘 들어 군화끈 한번 풀 여유가 없을 정도로 군은 편안할 날이 없었다. 하루하루 보고 상황이 들어오면 간부터 쪼그라든다. 특히 신군부가 민간인들을 잡아들여 그 교육과 노역을 군이 책임을 지고 있는 상황이라 탈옥 방지를 위해서 매일이다시피 비상근무다.

그때 분대장이 허겁지겁 뛰어들었다. 그는 들어서자마자 급히 보고사항을 쏟아 놓는다.

"소대장님, 북쪽 1초소에서 보고된 내용입니다. 약 1킬로 전방에 있는 건물에서 정체불명의 화염이 쏟아져 나오고 있다고 합니다!"

유 소위는 보고내용이 심상찮음을 느끼며 물었다.

"화염이 쏟아진 총 시간은?"

"넷, 20시부터 현재 시간 23시까지 3시간 동안 계속 진행 중이라고 합니다."

"알았어, 지금 당장 1초소로 가보지."

유 소위는 1분대장과 함께 북쪽 1초소로 급히 발걸음을 옮기기 시작했다. 그는 걸음을 빠르게 재촉하면서도 분대장에게 질문을 퍼부었다.

"어이, 1분대장, 내가 알기론 1킬로 전방 강가에는 건물이 없는 것으로 알고 있는데 근무자가 잘못 본 거 아냐?"

"저희도 그렇게 알고 있습니다만, 확인해본 바로는 사실이라고 합니다."

"자네도 알지? 그곳에 건물이 없다는 거."

"넷, 그렇습니다. 제가 이등병 근무 때부터 근무를 섰지만 그곳에는 건물이 없었던 것으로 기억하고 있습니다만."

"그래 맞어, 한탄강변에 건물 들어섰다는 말은 못 들었는데…."

그는 부하 병사들이 아마 헛것을 봤거나, 봐도 잘못 봤을 거라는 추측을 했다.

"낚시꾼들이 불을 피우고 있는 건 아닐까?"

"소대장님, 그곳은 낚시 금지구역입니다."

"어 참, 그렇지."

그는 부하와 대화를 나누면서 빠른 걸음으로 1초소로 들어섰다.

"필승! 근무 중 이상 무."

"이 친구, 근무 중 이상무라니? 이상이 있잖아. 보고해."

"넷, 약 세 시간 전부터 이상한 불빛을 발견했습니다. 일시적인 현상일 거라 여기고 계속 관찰했습니다만, 시간이 갈수록 불빛 규모가 가열되면서 검은 연기를 내뿜기 시작했습니다."

"검은 연기는 언제부터 뿜기 시작했나?"

"점화된 지 30분 후부터 진행되었습니다."

"특이사항은?"

"어둠 속이라 확인 불가능했지만 굴뚝이 있는 것 같았습니다."

"낮엔 왜 발견 못했나?"

"낮엔 나무 같은 물체들에 가려 건물 확인이 잘 안 됩니다. 그리고 낮엔 분명히 인적이 없었습니다. 그나마 밤이라서 불빛이 보이기에 발견이 된 겁니다."

"알았어. 망원경 이리 줘봐."

유 소위는 야간 망원경을 눈에 갖다 붙였다. 이 망원경은 야간에 육안으로 보이지 않는 것도 대낮처럼 훤히 보이는 망원경이다. 작은 별빛 하나만 있어도 빛이 작동되며 시야를 자세하게 관찰하게 해준다.

유 소위는 불빛이 나온다는 건물 쪽에 서서히 초점을 모았다.

"아니! 언제 저런 게 생겼지? 저건 공장도… 아니고, 큰 나무가 하나 있군. 저 나무는 기억이 나. 근데 나무 하나만 달랑 서 있었던 곳인데, 그 참 귀신이 곡할 노릇이군. 언제 건물이 지어졌느냐 말이야."

유 소위는 혼잣말을 중얼거리며 더욱 건물 가까이로 접근해보았다. 근무병의 말대로 요란한 화염이 굴뚝으로 솟구치고 있었다.

'이 밤중에 공장을 가동한다? 낮엔 쉬고 밤에만 가동한다? 밤에 가동하는 공장은 어떤 공장이지…. 더구나 저긴 군사보호구역인데 군 승인이 떨어져야만 건물 증개축을 할 수 있는 지역인데…. 가만, 그렇다면 군에서 승인을 했다는 말인데 내일 바로 확인을 해보면 알겠군.'

유 소위는 저렇게 은밀한 곳에 건물을 세워 공장으로 가동되고 있다는 것은 군 고위층에서의 압력이 있었거나 군에서 눈을 감아줘야 건축이 가능하다는 것을 알고 있다. 아니면 군에서 사용하는 건물이라면 허가를 생략할 수 있고 공병대를 이용해 하루면 저런 조잡한 건물은 지을 수 있다. 그러면 혹, 군에서 쓰는 건물인가, 산업 폐기물을 비밀리에 태우는 군부대 소각장? 그럴 수 있겠다. 그게 정답에 제일 가까이 접근되는 해답 같다.

그는 어둠 속에서 은밀히 진행되는 저 건물의 정체를 꼭 밝혀야겠다는 생각을 했다. 이 야밤중에 불을 내뿜고 있는 건물, 낮엔 인적조차 없는 건물, 밤만 되면 가동되는 공장, 어쨌든 떳떳하지 못한 일을 하는 곳임은 사실일 것으로 판단된다. 하지만 거기엔 알지 못할 두려움과 어둠 속에 비밀이 고여 있다는 기분 나쁜 느낌이 온몸으로 전해진다.

그는 더 이상 말을 하지 않았다. 근무병들이 겁을 낼 수도 있겠다는 판단에서다. 그는 일부러 쾌활하게 말했다.

"됐어, 아마 쓰레기를 불태우는 것 같다. 하지만 내일 낮에도 수시로 확인을 해보도록! 인적이 있는지를 실시간으로 체크한다. 특히 안내간판 같은 게 있는가 자세히 살펴보도록. 그리고 건물에 대한 자료 조사도 해보자. 어이, 1분대장, 건물 승인 내용을 한번 알아봐, 중식 후 1시 30분경에 저 건물 확인하러 간다."

그는 일단 중대장에게 상황보고를 해야겠다고 생각하고 무전기를 들었다.

40

나는 일단 풀려났다. 중대장이 뭘 생각했는지 노역장으로 내보내라고 지시를 한 것이다. 폭력 현장에서 풀려난 것은 다행이지만 그들의 꼼수를 알 수 없기에 불안함은 여전히 가시질 않는다. 뒤따라오던 정도형도 "풀려났다고 좋아하지 마라" 하고 빈정거리는 것이 무슨 음모가 도사리고 있다는 느낌이다.

나는 작업장으로 끌려가기 전에 내무반에 옷을 갈아입으러 갔다. 걸어가는 도중 고문당한 후유증으로 다리가 후들거리고 현기증이 인다.

그래도 살아났다는 데에 긴 안도의 한숨이 절로 나온다. 나는 다시 돌아온 내무반 감방에서 친정집 안방 같은 정겨움을 느낀다.

하지만 곧 임근실을 잊고 있었다는 생각이 엄습한다.

'그가 오늘까지 견딜 수 있을까…'

나는 풀어주면서 임근실은 왜 풀어주지 않는 것일까에 의문의 부호를 찍었다. 그를 끝내 희생타로 처리할 것인가. 하지만 살아서 돌아오기를 간절히 기도 올릴 수밖에 없다.

그때 특수교육대에는 끽연으로 목진산과 강상문 씨가 다시 끌려 들어가 있었다. 아마도 그들이 임근실의 상황을 목격하고 있을 것이었다. 그들이 소대로 돌아오는 밤에 근황을 물어볼 마음의 작정을 했다.

나는 다시 노역장으로 끌려가기 시작했다. 휘청거리는 걸음을 추슬렀지 만 걷기가 쉽지가 않다. 권형동이가 내 걸음을 보고 짜증을 낸다.

"에이 씨팔…, 다 뒈져 가는 환자를 왜 내게 맡겨…. 성질나게…."

'그래도 네놈에게 의탁은 안 한다. 죽어도 내 힘으로 걷는다' 하고 속으로 뇌까리는 나를 흘끗 바라보며 "에이 씨팔…, 꼴통…" 하고 종알거린다.

못 들은 척하고 천천히 아주 천천히 다리를 끌며 노역장이 있는 산으로 오르기 시작했다.

어디에선가 군가 소리가 바람을 타고 들려온다. 동료들의 목소리다.

41

김철환은 요즘 재수가 참으로 좋다. 나이가 어리다고 빼치카 당번을 맡 게 된 것이다. 그는 18세다.

빼치카 당번을 맡게 되면 노역을 나가지 않아도 된다. 그리고 하루 종일 따뜻한 난로 옆에서 불만 꺼지지 않게 지켜보면 된다. 혼자 있으니 취사장 에서 밥도 많이 타 먹을 수 있다. 그는 마냥 행복하다. 조교들도 어리다고 많이 봐준다. 그래서 그는 조교들에게 목숨을 다하여 충성한다. 하지만 담 배가 생기면 숨어서 피운다. 어리고 착한 척하지만 숨어서 할 수 있는 짓은 다 한다. 그것이 영악한 것인지 수완이 좋은 것인지 판단을 할 수 없다.

최근에는 쓰레기장에서 화랑 담배 한 보루를 통으로 주워 숨겨놓고 참으로 맛있게 끽연을 한다. 동료들이 노역을 나간 텅빈 내무반 감방에서 혼자서 끽연하는 맛은 말로 표현을 할 수가 없다. 거기다가 현역 군인들로부터 어린 녀석이라 하여 건빵 몇 봉지도 얻을 수 있었다. 그것 역시 숨겨 놓고 혼자서 야금야금 먹는다.

녀석은 오후에는 점심 먹고 똥간에 가서 한 개비, 동료들 귀대 무렵에 한 개비, 총 두 개비를 피우겠다는 계산을 한다. 그 생각을 하면 살맛이 난다. 어른들은 얼굴에 저승꽃이 피었지만 녀석은 견딜 만하다고 여긴다. 고아로 태어나서 제 끼에 밥 먹어본 적 없고 집이라고 한 군데서 고정 기거를 해본 적도 없다. 비록 지옥이지만 그렇게 사는 것보다는 차라리 이곳이 더 맘 편하다고 생각하는 녀석이다.

오늘도 세상 좋은 날이다. 조교는 특수교육대와 노역 현장에 전부 나가고 아무도 없다. 아무 곳이나 누워서 잠도 자보고 자위도 하며 눈을 지그시 감으며 쾌락을 느끼기도 한다.

그는 오늘도 시간을 봐서 적당한 시간에 끽연도 하고 자위도 한번 더 하리라 마음을 먹었다. 그러나 상황은 김철환의 생각과는 정반대 방향으로 흘렀다.

바로 그때, 3소대 내무반 문이 갑자기 '쾅' 하고 열리며 특수교육대 조교들이 우르르 몰려들었다. 정도형, 채왕지, 권형동, 김남주 조교였다. 그중에 채왕지 조교 등 몇 사람이 살기등등한 표정으로 임근실의 손과 팔다리 등 사지를 질질 끌며 문을 발로 걷어차며 들어왔다. 임근실 씨는 노끈으로 포박된 상태였으며 이미 눈꺼풀이 풀려 살아 있는 사람의 모습이 아님을 느꼈다. 그런 살기등등한 모습을 본 김철환은 "어쿠…" 하며 몸을 도사렸다.

그나저나 임근실 저 사람 살아 있는 걸까? 그는 내무반 구석 자리로 가서 어깨를 잔뜩 웅크리며 쪼그려 앉았다. 이럴 때는 쥐 죽은 듯이 쳐 박혀 있는 것이 최고의 보신이다.

김철환은 눈만 그쪽으로 향했다. 그때 채왕지 조교가 빼치카 탄갈이 할 때 쓰는 철근을 집어 들었다. 그리고 "오늘은 마지막 결산 날이다"라고 말하며 철근을 들어 엎드려 있는 임근실을 향해 힘껏 내려쳤다. 그런데 놀랍게도 임근실은 한번 꿈틀할 뿐 반응이 없다. 그때 엎드려져 있는 임근실의 몸에서 아주 약한 말소리가 들려왔다. 그건 꺼져 가는 듯한 말소리였다.

"그만…, 그만해…, 살려줘…."

분명히 살려달라는 말이었다. 그런데 채왕지는 "이 새끼 엄살 피우고 있어! 안 일어나?" 하며 철근으로 무자비하게 임근실의 등짝을 서너 번 더 내려쳤다.

이제 그나마 꿈틀하는 모습도 보이지 않는다.

'아…, 죽어가는구나….'

김철환은 두 눈을 감아 버렸다. 하지만 채왕지는 그 반응을 못 느끼고 있는 것 같았다.

"이 새끼 지독한 놈이야. 끝까지 엄살이로군. 야, 이거 바로 눕혀."

다시 조교들이 포박을 풀고 임근실을 반듯하게 바로 눕혔다. 그가 바로 눕혀지자 채왕지는 낭심을 향하여 세차게 철근을 내려쳤다.

하지만 임근실은 이젠 다시는 돌아오지 않을 사람처럼 한마디의 신음도, 꿈틀거림도 없이 사지가 늘어짐을 확인할 수 있었다. 김철환은 마음속으로 '저 사람 죽는데…, 죽어가고 있는데…' 하고 뇌까렸지만 채왕지는 핏발 선 눈으로 미친 광인처럼 임근실을 계속 내려쳤다. 역시 반응이 없다.

그때였다. 채왕지가 명령이 먹혀들지 않는 임근실에게 분을 삭이지 못하는 듯 "어이, 김철환, 여기 와서 이 새끼 바로 앉혀봐" 하고 김철환을 부른다.

이어 김철환이 "넷, 김철환!" 하고 복창을 한 후 스프링처럼 일어서서 임근실 쪽으로 빠르게 다가갔다. 그는 임근실의 등 사이로 팔을 집어넣고 그를 일으켜 앉혔다.

'아뿔사….'

김철환이 속으로 낮게 부르짖었다.

"죽었다…."

이미 생명의 불꽃이 꺼져 가는지 그의 몸은 휘청하더니 바로 자빠져 버린다. 다시 한번 더 세워본다. 그래도 바로 자빠져 버린다.

그때 조교 중 누군가가 외쳤다.

"주, 중대장님을 불러."

그때서야 그들은 임근실의 상태를 감지한 모양이었다.

보고를 접한 중대장이 행정반에서 빠르게 뛰어왔다. 중대장은 "이 새끼 엄살 아냐?" 하며 군홧발로 임근실의 복부를 짓밟아 본다.

그래도 임근실은 반응이 없다. 그때서야 그는 임근실의 눈꺼풀을 까뒤집어 본다.

"어이, 임근실, 임근실…" 하며 양 뺨을 때려보기도 한다. 반응이 없다.

중대장이 갑자기 김철환을 쏘아본다. 이어 "야, 행정반으로 옮겨. 그리고 의무지대장 불러. 빨리" 하고 행정반으로 사라진다.

조교들이 임근실의 어깻죽지에 팔을 끼우고 임근실을 옮기기 시작한다. 김철환은 그때 임근실을 마지막으로 바라본다.

'죽었다….'

그는 임근실의 두 다리가 바닥에서 질질 끌리고 있음을 분명히 바라보았다. 김철환의 두 얼굴에 두려움과 공포심이 어린다.

군의관이 행정반에 빠르게 들어왔다. 그는 몸 부위 몇 군데만 관찰하고는 긴장된 표정으로 "늦었습니다." 하고 조교들을 날카로운 시선으로 바라본다.

서녘 하늘이 물감으로 물들어갈 시간, 어디에선가 슬픈 군가 소리가 아스라이 들려오고 있었다. 노역장에서 돌아오는 사람들의 목소리였다.

42

유종성 소위는 1분대장의 보고가 참으로 어처구니가 없다. '이 친구야 무슨 일을 이따위로 하느냐'고 고함을 지르고 싶은 걸 가까스로 참고 있다.

"소대장님, 확실히 알아봤습니다. 그곳엔 건물이 없는 것으로 말했습니다. 우리 군에서 승인을 해준 일도 없고 승인 신청을 한 민간인도 없다고 했습니다."

"아니? 허가 없는 건물이 어디 있어? 원, 말이 되는 소리를 해야지…. 더구나 저기는 군사보호구역이야 이 사람아. 저기 번듯하게 신축 건물이 눈앞에 있는데…."

가볍게 화가 난 소대장이 다시 힐난성 지시를 내렸다.

"이 사람아 다시 알아봐. 제대 말년이 되니까 제정신이 아닌 거 아냐?"

그런데 소대장의 지시를 듣고 있던 1분대장이 자꾸만 고개를 갸우뚱거린다.

뭔가 할 말이 있다는 눈치다.

그때 소대장은 다른 근무자의 보고를 받기 시작했다.

"2분대장, 오늘 낮 상황 보고해봐."

"네, 새벽 03시부터 현재까지 계속 확인을 했습니다만 인적은 없었습니다. 그리고 낮 시간에 간판을 찾았으나 보이지 않았습니다."

"그럼, 화염은 끝까지 지켜봤나? 몇 시까지 공장 불이 가동됐나?"

"저희들이 근무 인계받던 새벽 3시까지 불타고 있었습니다."

그때 다시 1분대장이 나섰다.

"소대장님, 아무래도 이상한 점이 있습니다. 승인 담당 박 병장은 분명히 승인신청이 없었다고 했는데 책임 부서장인 김 준위님은 '그건 알아서 뭘 해' 하시면서 '그런 시간에 근무나 똑바로 서라'고 했습니다. 아무래도 준위님은 뭔가를 알고 있지 않나 싶습니다. 그래서 소대장님이 직접 알아보시든지 아니면 중대장님께 보고해서 김 준위님께 상황 파악을 직접 해보시는 게 어떨까 합니다만⋯."

"그렇다면 승인 기록은 없지만 김 준위가 상황을 어느 정도 알고 있을 것 같다? 그런 말인가?"

"네, 확실치는 않지만 분명 그런 느낌이 옵니다."

"그럼 승인 부서 박 병장에게 전화 연결해봐."

소대장은 1분대장이 전화 거는 모습을 바라보고 있다가 곧이어 송수화기를 건네받았다.

"응, 나 1대대 1중대 1소대장인데, 한탄강 건물 허가 승인 건 말야, 혹 번지수를 잘못 짚은 거 아냐? 군사보호지역 안에 분명히 공장건물 하나가 서 있단 말이야. 밤에는 화염이 쏟아지고 낮엔 쥐새끼도 하나 안 보이는 수상한 건물이야. 자세히 좀 알아봐."

유 소위의 바람과는 달리 전화기 속에는 상대방의 확신에 찬 목소리가 흘러 나왔다.

"소대장님, 저 이 업무만 졸병 때부터 지금까지 3년이 다 돼갑니다. 거기엔 그 번지뿐만 아니라 그 지역 전체 번지에 건물 증축 승인 요청이 단 한 건도 없습니다."

"이상해. 분명히 건물이 있는 걸 확인했어. 군사보호지역에 군 승인 없는 건물이 무허가로 들어섰을 리 없어. 그럼 말이야, 혹 김 준위님이 그 상황을 좀 알고 있을까?"

"……."

박 병장은 잠시 동안 답을 못하고 있었다.

"말하기가 곤란한가?"

그 순간 박 병장의 어색한 침묵이 유 소위에게 뭔가를 말해주는 느낌이다. 하지만 박 병장은 다시 아무것도 모른다는 듯 말한다.

"네 소대장님, 그것보다는 김 준위님께 직접 물어보심이 어떠실는지요…."

순간 유 소위는 분명 무엇인가 있다고 판단했다. 그리고 직접 김 준위를 찾아가보기로 마음을 굳히고 송수화기를 내려놓았다.

"알았어. 모두 위치로!"

"넷, 위치로."

분대장들이 나가고 나자 유 소위는 김 준위를 찾아 나섰다. 김 준위를 직접 만나야만 속 시원한 확인이 가능할 것 같았다. 그는 본부사단을 향하여 지프차를 몰았다. 사단까지는 약 4킬로, 그가 이 부대에 배치된 지는 벌써 1년이 넘었다. 생소했던 거리, 황막한 비포장도로, 도회지에 태어나서 도회지에서 자란 그에게는 그 거리에 적응하기란 쉽지가 않았다. 하지만 1년이란 긴 세월을 넘기고서야 그는 이 거리에 정이 붙기 시작했다.

저 멀리 대형 국기 게양대가 보인다. 사단본부 건물이다. 그는 부대에 도착하자마자 잠깐 아는 동기를 만나 안부를 전하고 바로 김 준위를 찾았다. 김 준위는 자기 자리에 있었다.

"안녕하십니까, 김 준위님."

그는 아버지 같은 김 준위에게 먼저 인사말을 건넸다. 김 준위도 잠깐 자리에서 일어나 거수경례로 예의를 표시했다. 그러나 그다음 순간부터 김 준위의 표정은 차갑게 굳어 있었다. 유 소위가 자기 방을 찾아온 이유를 벌써 알고 있는 듯했다. 유 소위도 망설임 없이 찾아온 용건부터 말하기 시작했다.

"바쁘신데 죄송합니다. 부하들이 근무 중 어제 작전구역 안에 의문의 건물 한 채를 발견했습니다. 밤에는 화염을 뿜어내는 아주 이상한 공장형 건물입니다. 낮엔 인적조차 없습니다. 제가 추론해보기는 불법 소각장 같은데 혹시 우리 사단에서 운영하는 건지 아니면 민간인들이 불법으로 건물을 증축한 건지 확인을 좀 했으면 합니다. 물론 승인 부서인 박 병장에게 승인 여부도 확인했습니다만, 그 주위엔 아예 건물 증축 승인이 단 한 건도 없다고 했습니다."

유소위의 설명을 침착하게 듣고 있던 김 준위는 얼굴에 알 듯 모를 듯한 희미한 미소만 머금고 있었다. 그의 30년 군대생활이 그 얼굴에 침범할 수 없는 영역으로 고착되어 있었다. 유 소위의 짧은 브리핑이 끝나고 나자 김 준위는 한쪽 손으로 호두알을 굴리기 시작했다. 잠시 침묵이 흘렀다 그 침묵은 송수화기 너머의 박 병장의 침묵과 같은 분위기를 풍기고 있었다.

"……"

그 얼굴에는 확실히 뭔가의 해답이 있음을 확신할 수 있었다.

그는 천천히 입을 열었다.

"소대장님, 전방 지키시느라 고생하십니다…."

그의 서론은 느닷없이 전방 타령으로 이어졌다.

그리고 말을 할 듯 말 듯 한참 동안 망설이다가 말을 꺼냈다.

"소대장님, 그만 그 건물에 대해선 모르는 척해주실 수 없습니까? 군은 정부시책을 충실히 따라야 하고 그 시책에 따라 원칙을 무시하고 일을 진행할 때가 가끔은 있을 수 있죠."

"그럼, 사단에서는 알고 있는 일이군요."

"네, 건물의 용도에 대해서는 알려고 하지 마십시오."

젊은 소위는 김 준위의 그 말이 참으로 못마땅했다. 아무리 비원칙으로

163

일을 진행했다손치더라도 작전구역 안에 있는 책임자에게는 세부적인 내용을 말해주는 게 원칙 아닌가. 설사 기밀적인 일을 하고 있더라도. 유 소위는 군 생활을 30년을 한 아버지 같은 대선배지만 따지듯이 말했다.

"아니, 나중에 그 구역에서 알 수 없는 사건이 터지면 그건 누가 책임을 져야 합니까? 거기는 제가 책임을 지고 있는 관할입니다. 또 이런 일은 대대장님에게도 보고를 해야 하는 게 제 임무이기도 하고요."

"글쎄, 소대장님의 입장은 잘 압니다만, 우리가 대대장님께도 충분한 설명을 해놓겠습니다. 그 건에 대하여는 소대장님은 모르는 척해 주시는 것이 피차에 도움이 되는 일입니다. 이것도 작전 수행이기 때문에 함부로 공개를 할 수 있는 성질의 것이 못 됩니다. 또 그 건물은 작전 수행 후 없어져야 할 건물이기도 하고요. 신경 꺼버리는 게 마음이 편할 겁니다."

김 준위는 그렇게 말해놓고 더 이상 알 것 없다는 투로 유 소위를 외면했다. 젊은 유 소위는 준위로부터 무시당하는 것 같아 매우 불쾌한 표정으로 일어섰다. 그리고 뼈 있는 한마디만 더 보탰다.

"내가 아무리 외면해도 작전 수행하면서 자연히 그 건물의 용도와 정체를 알게 될 것입니다."

이어 준위가 말했다.

"피하시는 게 신상에 좋을 겁니다."

준위의 마지막 말 "신상에 좋을 것이다"라는 말은 거의 공갈 협박 수준이었다. 자연히 알게 되는데 어떻게 피할 수 있겠는가. 참으로 괴상한 논리속에 갇힌 사람이라고 여기며 사단을 빠져나왔다.

유 소위는 준위의 말대로 당분간 무시해주기로 했다. 하지만 그의 생각대로 그쪽으로 순찰 작전을 나갈 때가 있을 것이고 그때는 내가 알기 싫어도 알게 될 때가 있을 거라고 생각했다. 유 소위는 보고 체계에 의하여 오늘 있었던 모든 일을 일단 직속상관인 중대장에게 보고하기로 했다.

43

노역장에서 우리가 막 부대 수용소에 도착했을 때였다. 삽과 괭이 등 노역장 도구 정리를 다 마쳤다. 그리고 인원점검 보고 후 소대로 들어가는 도중 병원 들것에 실려 나가는 사람 하나를 바라본다. 그 들것은 앰뷸런스 안으로 사라졌다.

그때 양호가 내 옆으로 바짝 다가섰다.

"움머, 저거 임근실이랑께. 근실이 아저씨 대갈빡 터져 죽은 거 같당께…."

나는 그 자리에 못 박히듯 얼어붙었다. 양호 말이 추측일지라도 사실에 가까웠기 때문이다.

십자가가 그려진 군 앰뷸런스는 지체할 것 없다는 듯 바쁘게 대대 수용소를 빠져나갔다. 나는 그쪽을 향하여 한참 동안 눈길을 주고 있다가 양호의 말이 제발 사실이 아니기를 염원했다.

소대에 들어서니 김철환이 넋이 빠진 채 앉아 있다. 그러나 그는 아무 말도 없었다. 밤이 되니 목진산과 강상문이 돌아왔다. 그들 역시 아무 말이 없었다. 하지만 눈으로 읽어내는 수용자들은 임근실이 갔다는 것을 확신했다.

함께 특교대 유린을 당하던 목진산과 강상문, 부대에 남아 있던 김철환, 이들은 이미 강제로 입을 봉했다손치더라도 겁에 질려 있는 표정까지는 봉할 수 없었을 것이다. 나도 그들의 표정을 유심히 읽었다. 육감적으로 전해져오는 수용자끼리의 말 없음 속의 공포감, 그것은 그들의 이마와 눈자위 말소리에도 스며 있었다.

누군가가 "임근실 죽었지?" 하고 물었다. 하지만 질문을 당한 사람은 "제발 묻지 마. 난 아무것도 못 봤단 말야" 하고 답한다. 또 다음 사람에게도 물었다. "제발 묻지 마, 난 아무것도 못 봤어" 하고 공통된 답변을 쏟아 내고 있었다. 저녁밥을 먹고 난 후 권형동 조교가 들어왔다. 자칭 예수쟁 이인 그는 찬송가를 갖고 오더니 543장 '저 높은 곳을 향하여'를 부르자고 한다. 그의 얼굴엔 그동안의 폭압은 온데간데없고 가장된 종교가 일렁이 고 있었다.

저 높은 곳을 향하여
날마다 나아갑니다
괴롬과 정성 모두어
날마다 나아갑니다

찬송가를 부르면서 권형동이 훌쩍거리기 시작했다. 그것은 임근실의 죽음을 더욱 확신시켜주는 눈물이었고 크리스천으로서 자신의 죄를 덮어 버리려고 하는 자기방어용 눈물이었다. 또 자기의 이미지를 수용자들에게 순하게 보이려 하는 작전임도 읽어낼 수 있었다. 혹 조사단에게 유리하게 말해주기를 바라는 일시적 제스처일 수도 있었다.

찬송가를 부르던 이들 중엔 권형동과 함께 눈물을 쏟아내는 순진한 사람들도 있었다. 나는 눈물을 흘리지 않았다. 나는 그의 유언대로 그가 죽은 날을 가슴에 기록했다. 또한 부대의 분위기와 상황 모든 것을 스케치하기 시작했다. 하지만 조교들은 은연중 반항하면 임근실처럼 된다는 것을 암시하기도 했다.

그들 역시 임근실이 죽었다는 말은 공식적으로 뱉어내지는 않았다. 하지만 표정으로는 말하고 있었다. 그것은 그다음 날 확실히 드러났다.

다음 날 아침. 정도형이 예의 모자챙을 10도가량 옆으로 돌린 채 바닥을 내려다보며 말했다.

"캬악."

그는 가래침을 한번 뱉어내더니 말했다.

"오늘은 조사단이 온다. 여러분은 입조심한 것만큼 대우를 받게 될 것이다. 이상."

그는 간단한 공갈 협박을 가하고는 행정반으로 사라졌다.

'아, 갔구나….'

나는 그때서야 임근실 씨가 갔음을 다시 한번 확인했다.

그날은 하루 종일 노역이 없었고 강상문, 목진산, 김철환이 조사단에 불려갔다. 그들이 무슨 말을 진술했는지는 모른다. 하지만 나도 함께 물고문을 당했기에 조사단이 나 역시 부를 수 있을 거라 생각했다.

그러나 나는 끝내 부르지 않았다. 아니, 나와의 물고문을 축소 은폐했을 것이고 신군부 정권이 실시한 정책에 반기를 들 성격을 가질 조사단이 아니었기에 조사 역시 형식에 그쳤을 것이다.

나 역시 그런 조사단에 나를 노출시켜 임근실의 죽음을 은폐시키는 데 동조할 수는 없다고 생각했다. 이것은 전략상 여기서 폭로할 성질의 것이 아니라고 판단했다. 반드시 이 죽음은 사법적, 정치적 책임과 처벌이 동시에 이루어져야 한다고 생각했다.

대신 임근실의 부탁과 유언대로 반드시 살아 나가 임근실의 죽음을 폭로하고 인권학살의 책임을 신군부와 전두관에게 물어야 한다고 생각했다. 그리고 오기택과 정도형, 채왕지를 대표적인 책임 범법자로 낙인찍어야 한다고 생각 했다. 그것은 이 정권이 무너진 뒤에야 가능할 것이었다.

권불십년(權不十年). 반드시 피로 세운 저 정권은 무너질 날이 올 것이라 생각했고 그렇게 믿었다. 또한 나는 반드시 살아 있어야 했다. 이제부터 마음대로 죽을 권리조차 박탈당했다고 스스로 다짐하고 또 다짐했다.

조사를 당했던 강상문과 목진산, 김철환이 조사 서너 시간 만에 돌아왔다.

"조사단이 떠났어."

강상문이 오전 10시부터 조사를 다 마치고 내무반 문을 밀치고 들어서면서 뱉은 말이다. 그는 이어 자랑스럽게 한마디를 더 보탰다.

"중대장님이 우리가 말(진술)을 아주 잘했다고 오늘 점심밥은 곱빼기로 준다고 했어."

강상문의 자랑스런 말대로 그날 점심은 곱빼기로 나왔다. 취사병들의 주걱이 식기 위를 넘치도록 듬뿍듬뿍 퍼준다. 먹고 또 먹고 계속 밥은 리필된다. 수용소에 끌려온 후 처음으로 맛보는 포만감이었고 수용자들의 얼굴엔 완벽한 포식의 행복감이 흘러넘쳤다. 동료의 죽음과 한 끼 밥을 바꾸고 있다고 생각한 사람들은 몇 명일까. 나는 밥숟갈을 들었다가 주린 배를 안고 수저를 내려놓았다.

그날 밤, 수용자들은 설사를 만나 교대로 똥간을 들락거려야 했다. 그런 수용자들을 향하여 음흉하게 미소 짓는 조교들은 단 한 번의 불만도 없이 화장실 인솔을 친절히 수행했다.

임근실이 떠난 후 수용소는 얼어붙어 있었다. 모든 것이 오기택 중대장의 바람대로 진행이 되었다. 어느 누가 감히 저항의 꿈을 단잠에서라도 꾸겠는가. 조사단마저 억울한 죽음을 흘리고 가는 세상에. 수용소 24시간의 시계는 철저한 순응과 복종, 충성심이 흘러넘치는 아날로그 자동형 고급 시계로 바뀌어 있었다.

하지만 오기택 대위의 눈길은 여전히 내게 꽂혀 있었다.

44

성긴 눈발이 구성지게 쏟아져 내렸다. 겨울 내내 끈질기게도 내렸던 눈, 이제는 그만 왔으면 했지만 그건 우리의 바람일 뿐 눈은 하늘에 구멍이 뚫린 듯 끊임없이 쏟아져 내렸다. 이어 제설 노역도 하루에 서너 번씩 실시되었다. 오전에 눈이 쏟아져 그 눈을 다 치우고 나면 오후에 눈이 또다시 내려 그 눈을 다시 치워야만 했다. 이런 식으로 제설작업을 하다 보니 모두가 눈이라면 지긋지긋해한다.

우리는 한 해 겨울을 눈 제설과 사격장 만들기, 벙커 보수작업 등으로 시간을 다 보냈다. 곧 봄이 올 것이었다. 봄이 오면 우리는 생활환경이 좀 나아지리라 여겼다. 왜냐하면 날씨가 풀려 찬물에 목욕을 마음껏 할 수 있기 때문이다. 우리는 봄과 여름을 기다렸지만 그 안에 출소할 수 있기를 학수고대했다. 아니, 계엄령이 해제되면 출소가 가능할 거라고 했기에 계엄령이 해제될 날만 학수고대하는 것이었다.

사단장도 그랬고 연대장도, 대대장도 그랬다. 내년 봄 안에 계엄령도 해제 되고 여러분도 그 시간에 맞추어 출소할 수 있을 거라고 그들은 장담했다. 이제 출소의 날이 가까워지고 있다고. 고생을 죽자고 해도 국방부 시곗바늘은 지금도 돌아가고 있다며 우리는 거기에 희망을 걸고 살았다. 하지만 나의 운명은 그것이 아니었다. 임근실이 가고 난 후 특별한 일은 없었지만 포식자들의 감시의 눈길은 여전히 내게서 번득거렸고 특히 정도형의 눈길은 제1호 감시자의 눈길이었다.

언제였을까. 눈이 쏟아지는 어느 날 우리는 대대 연병장 제설작업을 하고 있었다. 그때 대대본부 옥상에 설치된 스피커에서는 뉴스가 방송되고 있었다. 우리는 일체의 신문방송 보도를 못 듣고 못 보기 때문에 뉴스라고 하면 촉각을 곤두세웠다. 아마 그날도 당번병이 깜빡 잊고 방송을 켜놓았을 것이다. 그 일 때문에 그 당번병은 뒷날 쫓겨났을지도 모른다.

우리는 제설작업을 하며 귀는 전부 방송 뉴스에 갖다 놓고 있었다. 방송의 절반은 전두관 대통령이 정의로운 세상을 만들고 있다는, 위대한 영도자를 선전하는 뉴스였고 나머지는 국회 소식 등이었다. 그런데 그때 우리는 우리의 귀를 의심하는 아나운서의 목소리를 듣는다. 순간 까무러칠 듯한 충격파가 머리를 때린다. 그것은 뉴스 후반부에 계엄령이 오늘부터 해제된다는 소식이었다.

나는 그 뉴스를 혹 잘못 들은 게 아닌가 싶어 함께 삽질을 하던 김양호를 바라보았다. 김양호 역시 나를 바라본다. 동시에 눈을 치우고 있던 사람들이 허리를 펴고는 서로가 서로에게 확인을 하기 시작했다.

"들었지? 너도 방금 계엄령 해제 뉴스 들었지?" 하고 귀를 의심했다.

양호는 나를 바라보며 대꾸했다.

"움머, 참말이여? 자네 들었는가? 계엄령이 해제된다는 것이… 참말이랑께?"

"확실히 들었어, 나도…."

순간 수용자들이 삽과 빗자루를 내던지고 만세를 부르기 시작했다.

바닥에 퍼질러 앉아 눈물을 쏟아내는 사람도 있었다. 중대를 통솔하던 조교들은 수용자들이 반 미친 듯이 떠드는 것을 통제하지 못하고 쳐다만 보고 있었다. 왜냐하면 계엄령 해제는 곧 출소와 연결된다는 것을 자신들도 알고 있었기 때문이다. 그것은 중대장도 그렇게 말했고 연대장, 사단장조차 계엄령이 해제되면 자네들은 집으로 돌아간다는 말을 입에 달고 살았기 때문이다. 그래서였을까, 제설 작업은 중단되었다. 우리는 대대 내 수용소로 바로 입감되었다. 분위기는 들떠 있었고 조교들조차 그동안 고생 많았다며 축하를 해줄 정도였다. 그런데 그날은 별다른 소식은 들려오지 않았다. 다만 저녁 무렵에 사회정화위원회 깃발을 단 차량 몇 대가 수용소에 머물렀다.

　그들은 밤이 깊도록 수용소를 떠나지 않았다. 조교들은 엄지손가락을 입에 대며 쉬쉬 했다. 우리는 그것이 무엇을 의미하는지 왜 조용해야 하는지를 몰랐다. 이제 우리는 내일이나 모레쯤은 출소를 할 몸이다. 해방될 사람들에게까지 왜 입을 다물게 하는지 그 이유를 알 수가 없었다. 그것은 쓸데없는 통제라고 생각했다. 하지만 밤은 깊었고 행정반은 밀폐된 채 오랫동안 불이 꺼지지 않았다. 그들의 비밀스런 침묵이 무엇을 의미하는지 그것은 누구도 알 수가 없었다.

　날이 밝았다. 그날 역시 노역은 생략되었다. 우리는 출소의 날이라고 생각했고 그렇기에 노역이 없다고 생각했다. 그런데…, 그런데, 상황은 우리가 생각하던 방향과는 정반대 방향으로 흐르고 있음을 우리는 아무도 모르고 있었다. 아니, 상상조차 하지 못하고 있었다.

　오후였다. 행정반으로부터 전달이 왔다.

　"각 소대 지금 즉시 더블백에 자신의 사물을 챙겨 넣고 연병장에 집합한다. 이상 전달 끝."

　우리는 이 "전달 끝"도 이것으로 끝이라 생각했다. 우리는 기쁜 마음으로 짐을 챙겼다. 그런데 나는 분위기가 좀 이상하게 흐른다고 생각했다. 출소를 시킬 거라면 이 더블백이 어디에 쓰일 거라고 이걸 메고 집합하라는 것인가. 나는 양말이며 속옷 따위를 더플백에 대충 말아서 집어넣고 연병장으로 뛰어 나갔다. 연병장엔 중대 병력 모두가 뛰쳐나와 손에 손을 잡고 작별 인사를 나누고 있었다. 어떤 이는 눈물을 흘리며 그동안의 일을 사과하는 사람도 있었고 조교들에게 미리 작별 인사를 건네는 사람도 있었다. 조교들은 그저 사람 좋은 웃음을 질질 흘리며 우리가 하는 대로 내버려두고 있었다. 평소 같았으면 방망이가 날아다닐 군기 빠진 행동들이었다.

　그때였다. 중대장이 나타났다. 중대장이 나타나자 조교들이 부산하게 움직였다. 모두 오와 열을 맞추기 시작했다.

"각 소대 좌우로 정렬, 좌우로 정렬!"

열이 정리되자 중대장이 입을 열었다.

"지금부터 명단을 부르는 사람은 왼쪽으로 빠진다!"

중대장은 좌중을 둘러보다가 명단을 부르기 시작한다.

우리는 어리둥절하며 그의 입만 바라보고 있다.

"유성기, 고길남, 최길용, 김양호, 이상적, 명경일, 김철환…."

나를 포함한 20여 명이 왼쪽 줄로 빠진다. 그때부터 수군거리는 소리가 들려온다. 눈치 빠른 사람들은 적어도 왼쪽으로 빠지는 사람들은 출소자는 아닐 거라는 의심을 한다.

"호명된 사람들은 다시 더블빽을 메고 3소대 내무반으로 입실한다."

중대장의 명령이 떨어졌다. 우리는 다시 이별을 고했던 내무반으로 되돌아온다. 이상하다. 지금 하는 이 행동은 무엇을 의미하는가. 연병장에 서 있는 저들은 또 누구인가. 출소자인가, 아니면 더 먼 길로 가는 사람들인가. 하지만 해답은 눈 깜짝할 사이에 터져 나왔다. 군용트럭 서너 대가 수용소로 진입했고 그들은 전부 그 차에 태워졌다. 그들을 태운 차량은 수용소를 유유히 빠져나간다. 나는 지금까지의 모습을 바라보며 알지 못할 또다른 음모가 진행되고 있다고 생각했다. 그 생각이 들어맞았는지 그날 오후 80여 명이 떠나고 난 자리에 타 부대에 수용되어 있던 수용자들이 우리 쪽으로 이감을 해왔다.

일은 빠르게 진행되었다. 그들이 도착하자마자 우리는 또다시 집결되었고 그 자리엔 군법무관이 연단에 올라선다. 대령이다.

"지금부터 통지서를 배포하겠다. 통지서를 받은 사람은 내가 지시할 때까지 개봉을 하면 안 된다. 알았나?"

통지서는 빠르게 배포된다. 황색깔 똥빛 봉투는 비밀을 간직한 채 내 무릎 위에 놓여진다. 사람들의 표정도 갖가지다. 가슴이 설레는 사람도 있고 불안에 떠는 사람도 있다.

"자, 봉투 못 받은 사람 손을 든다. 실시! 모두 다 받았지?"

대령은 좌중을 둘러보다가 드디어 입을 뗀다.

"자, 지금부터 봉투를 개봉한다. 실시!"

나는 빠르게 봉투를 뜯는다. 하얀 비밀의 종이가 모습을 드러낸다. 인쇄 기름냄새를 풍기는 검은 글씨가 후각과 눈 속 깊이 흡입된다.

통지서

이상적

위 사람은 사회보호법 부칙에 의거 사회보호위원회에서 보호감호 3년의 결정이 있으므로 이를 고지한다. - 사회보호위원회

나는 눈앞에 현기증을 느낀다. 갑자기 머릿속이 캄캄해져온다.

어디에선가 들려오는 말.

"이게 무슨 말이야. 사회보호법 부칙이 뭐야. 3년이란 말은 뭔데…. 이게 징역이야? 무슨 재판이 이래? 종이쪽지 한 장으로 징역을 때릴 수 있어? 아니야, 집행유예라는 거야. 아니야, 아니야 집으로 가면 3년 동안 보호관찰 한다는 거야. 그건 남파 간첩들에게 적용하는 법인데. 미친 소리 3년 동안 부대에서 보호하겠다는 말이야. 어쨌든 징역이네. 우우, 어떻게 이런 개좆 같은 법이 있어. 이건 나라도 아니야. 좆같은 나라에서 더 이상 살 수가 없어. 그럼 우릴 가둬 놓고 법을 만들었다는 거 아냐? 이런 법은 우리가 받을 필요가 없어. 차라리 죽여버리지, 개새끼들, 이런 씨팔…."

그 사이 군법무관은 슬그머니 빠져나간다. 조교들의 표정이 심상찮다. 수용자들의 눈에 붉은 핏발이 서린다. 아직도 하얀 종이의 여백에 촘촘히

박혀 있는 글자를 이해하지 못한 사람도 있다. 아니 믿으려 들지 않는다. 믿을 수가 없다⋯. 무슨 죄를 지었다고 3년 징역을 살아야 되는데⋯. 내가 무슨 죄를 지었는데? 강도질을 해도 3년 징역 받으면 중죄인이다. 내가 강도범인가? 절도범인가? 살인범인가? 왜, 왜, 내게 이런 형벌을 주나⋯. 사람들은 제각기의 상념과 분노로 눈이 이글거린다.

그때였다. 눈 깜짝할 사이였다. 최길용이 대열에서 빠르게 이탈한다.

"타타타타타타타타." 그의 뜀박질에 가속도가 붙는다. 그는 수용소 담벼락을 향하여 뛰어가고 있다.

"정지, 동작 그만! 최길용 정지!"

조교들의 악쓰는 소리가 메아리로 돌아온다.

순간, 최길용이 담벼락에 빠른 속도로 자신의 머리를 박는다. 그가 쓰러진다. 넘어지는 그의 얼굴 위로 붉은 선혈이 흐른다.

조교들이 뛰어간다. 동시에 5분대기조 완전무장조가 앞에총 자세로 수용소를 포위한다. 하늘 위로 헬기 프로펠러 소리가 요란하게 들려온다. 요란한 함성이 수용소 막사 위로 명멸한다.

조교들이 무기를 든다.

어디선가 "죽여라아" 하는 마지막 발악이 고막을 찢는다. 엎드려 있던 병사들의 손에 땀이 베인다. 기다렸다는 듯 방아쇠 안전장치 풀리는 소리가 무리 지어 들려온다.

한 달여의 시간이 흘렀다. 3년이라는 보호감호를 통지받은 사람들의 얼굴에는 표정이 없다. 몸이 움직이니 그냥 따라 움직이는 것 같다. 그들의 얼굴에는 여차하면 자폭해서라도 죽어버리겠다는 자살 심리가 얼굴 표정으로 여실히 드러나 있다.

인내의 한계점. 그 한계점에서 사람들의 심리는 극도로 예민해 있었고 무슨 일이든 저지를 수 있는 알 수 없는 포탄 같은 것을 가슴에 품고 사는 어느 날, 그날은 임진강변의 벙커 보수를 하는 날이었다.

이홍태 씨가 내 곁으로 다가왔다. 별로 말이 없던 과묵한 사람이다. 나보다는 나이가 대여섯 살 많은 사람으로서 서른 살 정도 되어 보이는 사람이다. 그가 내 옆으로 다가올 때 조교는 20여 미터 전방쯤에 떨어져 있었다. 5분대기조들이 강변을 지켰지만 엎드려서 대화를 하면 엿들을 수 있는 그런 거리는 아니었다.

이홍태 씨가 삽질을 하는 척 엎드리며 말했다.

"아우님, 이대론 안 되겠어. 임근실이 죽고 또 누가 죽을지 몰라. 이래도 저래도 개죽음인데 스트라이크 한번 하려고 그래. 좀 도와줬으면 해. 많이도 필요 없고 네댓 명이면 되겠는데…."

누군가에게 들었는데 그가 대졸 특전사 출신이라는 기억이 떠올랐다.

"글쎄, 방위 출신인 내가…."

나는 조금 자신이 없다는 투로 말끝을 흐렸다.

"이 동지는 머리가 있으니까 협상만 하면 돼. 싸움은 우리가 할 테니까. 이 일을 아무에게나 맡길 수가 없어서 그래. 이래도 죽고 저래도 죽을 거 몸부림이라도 쳐봐야 되는 거 아녀? 이런 식으로 있다간 평생 동안 못 나가고 여기 갇혀 죽어서 나갈 거여…."

나는 그가 내거는 조건에 더 이상 물러설 곳이 없었다. "그렇게 하마…" 하고 고개를 주억거렸다. 그는 의미 있는 웃음을 지으며 조용히 말했다.

"조교 몇 놈을 인질로 잡을 생각이야. 총은 내가 보초병에게서 탈취하고…. 만약 발각되어도 물론 나 혼자 다 뒤집어쓸 거니 절대 고문에 넘어가면 안 돼. 따로 연락하지."

거사는 이렇게 소리 없이 내게 다가왔다.

하지만 성공할 수 있을까. 너무 허술한 것 같다는 생각이 자꾸만 엄습한다. 너무 쉽게 수락한 것 같다는 생각이 가슴에 자꾸만 걸린다.

45

1981년. 어느새 가을이 왔다. 강변에는 찬바람이 불었고 들에는 으악새가 슬피 울었다. 길 잃은 기러기 떼가 어딘가를 향하여 무리 지어 날아가다 울음소리 한 줌 토해놓고 사라진다. 그 소리는 오랫동안 긴 여운으로 남는다. 휴전선 너머로부터 대북방송이 끊임없이 명멸한다. 전방의 추위가 산골짜기를 타고 내려온다. 곧 겨울이 올 것이다. 유 소위는 아침저녁으로 느껴지는 계절을 실감하고 외투를 두툼히 챙겨 입고 나왔다.

오늘은 근무하는 벙커가 시끄럽다. 병사들이 무기를 챙기고 전투복장을 하느라 여념이 없다.

오늘은 한탄강변 수색이 있는 날이다. 유 소위는 오늘이 오기를 손꼽아 기다렸다. 여름 내내 수상한 냄새를 풍기며 가동되던 의문의 건물, 그 건물 근처로 작전을 나가기 때문이다.

그는 분대장들을 소집했다. 그리고 분대조의 역할과 구역 배당을 맡겼다. 오늘은 필요 없다는 곳까지 샅샅이 살펴보라는 지시를 두 번 세 번 반복했다. 분대장들은 유 소위의 그 지시사항의 의미를 잘 알고 있었다.

소대는 한탄강변으로 곧 투입되었다. 유 소위도 그들을 앞서서 전진해 나갔다. 가까이 다가온 한탄강변은 울창한 수목으로 우거져 있다. 인적이 드문 수목 사이로 꿩들이 숨어 있다가 '푸다닥' 하늘로 날아오른다. 여름 동안 낚시꾼들이 머물렀을 듯한 곳에 모닥불 피운 흔적도 있다.

초소에서 바라본 한탄강변의 절벽은 보기보다 더 높고 우람하다. 절벽 사이로 이름 모를 나목들이 경관을 이루고 있고 발밑으로 새끼 자라들이

앙증맞게 기어 다닌다. 그는 자라를 발로 툭 건드려 보기도 한다. 자라는 화들짝 놀라며 바위 옆 물속으로 떨어져 내린다.

발 아래로 밟혀 오는 수초들이 매우 미끄럽다. 그는 소대원들에게 안전 사고에 유의하라고 신호를 보낸다. 이미 소대원 여럿은 바위에 미끄러져 군화가 물에 젖었다.

초소 건너편에서 바라본 공장 건물이 드디어 눈에 들어온다. 가까이 와 보니 그쪽으로 접근하는 방법은 절벽 위쪽으로 가는 길이 있고, 길은 없지만 강변을 거슬러 가는 코스가 있다. 강변 코스는 길이 없어 접근이 용이하지는 않지만 절벽 위로는 차량 한 대 정도가 겨우 다닐 수 있는 길이 있는 것 같다.

유 소위는 소대원들에게 절벽이 사라지고 평지가 나타나는 지점부터는 부채꼴로 퍼져서 수색을 한다고 지시해놓고 있었다. 그 지점부터는 갈대가 사람 키 높이만큼 치솟아 있고 바닥은 진흙들로 질퍽하다.

유 소위가 수신호를 보냈다. 그때부터 대원들이 흩어졌다. 유 소위 옆으론 1분대장이 붙었다. 1분대장에게는 미리 말해 놓았지만, 두 사람은 의문의 공장으로 진입하는 것이 오늘의 작전 목표다.

공장 건물이 멀지 않은 곳에 몸체를 드러낸다. 단층 구조다. 초소에서 확인 한 대로 공장 굴뚝이 하늘로 제법 높게 솟아 있다. 저 굴뚝에서 여름 내내 화염이 치솟았다. 그리고 알지 못할 고기 썩는 냄새로 한탄강변은 코를 들 수 없는 날도 있었다.

유 소위는 1분대장에게 눈짓을 했다. 공장으로 진입하자는 신호다. 소대 원들이 서쪽으로 전진하는 틈을 이용해 건물 근처로 바짝 다가간다. 건물은 날림으로 지어진 평이한 구조다. 그런데 공장 가까이 다가갈수록 웬 악취가 콧속으로 스며든다. 여름 내내 바람 부는 날이면 맡았던 그 냄새다.

유 소위는 식품 폐기물이나 산폐물들이 부대장의 묵인 아래 이곳에서 태워지고 있을 거라는 추측을 했다. 그것은 김 준위의 주도로 은밀하게 민간인과 거래되는 부패의 현장일 거라고 생각했다.

1분대장이 먼저 작은 마당으로 진입했다. 유 소위도 따라서 마당에 발을 내려놓았다. 마당에는 커다란 포구 나무가 하늘을 떠받치고 있다. 두 사람은 잠시 나무 뒤로 몸을 숨겼다. 인적을 확인하기 위해서다. 오전 10시경, 그 시간에는 적어도 이 건물엔 사람이 없을 듯하다. 건물 뒤로 이름 모를 새들의 울음소리만 가득하다. 적어도 겉으로는 평화스런 모습이다.

건물 내부로 진입하는 대형 문에는 자물쇠가 채워져 있고 '접근 금지'라는 팻말이 매달려 있다. 주위 어디를 둘러봐도 건물의 정체를 알리는 간판이나 표지석은 눈을 닦고 봐도 없다. 1분대장이 건물 옆 쪽문이 있음을 소대장에게 알리고 그 문으로 접근하는 모습이 보인다. 소대장도 1분대장 뒤를 따른다.

분대장이 먼저 문 앞에 도착하여 슬그머니 문을 밀어본다. 뜻하지 않게 문이 열린다. 분대장이 다시 손짓을 한다. 빨리 오라는 것이다. 소대장이 빠른 걸음으로 분대장 뒤로 서고 분대장이 먼저 문을 열어젖힌다. 의문의 건물, 드디어 유 소위의 눈으로 정체불명의 건물을 확인하는 시간이 온 것이다. 유 소위가 부하에게 뒤를 따르라고 신호를 한다. 문을 열자마자 아래로 내려가는 Z형의 작은 계단이 있고 그 아래에 또 문이 있다. 그 문 역시 '출입금지'라는 팻말이 매달려 있다.

유 소위가 문을 밀어본다. 팻말과는 달리 문은 잠겨 있지 않다. 문이 열린다. 복도의 천정이 매우 높다. 지하와 지상 높이가 연결되어 있어 유리창으로 햇볕이 쏟아져 들어온다. 실내는 형광등이 걸려 있었으나 불은 켜져 있지 않다. 그는 다시 은밀한 복도를 지나 본관으로 들어가는 문으로 접근했다. 분대장이 바짝 뒤를 따르고 있다.

그는 드디어 본관으로 통하는 듯한 문을 밀었다. 문을 여는 순간 생선 썩은 악취가 코를 자극한다. 그는 코를 한 손으로 막았다. 그리고 실내를 둘러본다. 그의 눈앞에는 갑자기 알지 못할 광경들이 펼쳐진다. 세 개의 커다란 대형 소각장, 그 불구멍 앞으로는 알 수 없는 기구들이 어지러이 널려 있다. 아마도 이곳에서 비밀 폐기물을 소각한다는 느낌이 들었다. 그는 불구멍 앞으로 다가간다. 불구멍 위로 손잡이가 달린 쇠문이 있다. 그는 그 쇠문을 잡아당겨 보았다. 쇠문이 열린다. 열린 쇠문 안에 하얗게 타버린 재들이 오목하게 모여 있다. 다시 문을 닫는다.

그는 창고라고 적힌 문 쪽으로 자리를 옮긴다. 그는 그때까지만 해도 이 건물의 용도를 추측으로만 일관했다. 분명히 화학용 산폐물이나 썩은 음식을 태우는 곳이라는 느낌뿐이다. 역시 분대장이 뒤따른다. 그때였다. 썩은 생선 냄새가 그 창고 문 가까이 다가오니 더더욱 진동한다. 그는 이 창고에 폐기물이 있을 거라는 짐작을 한다.

창고 안은 어두울 것 같다. 그는 플래시를 꺼내 든다. 문을 연다. 아니나 다를까 창고 안은 지척을 분간키 어렵다. 플래시를 비추어 본다. 제일 먼저 눈에 들어오는 것은 거적때기로 덮여 있는 의문의 무덤이다. 유 소위가 턱짓을 한다. 1분대장에게 거적때기를 들추어보라는 지시다. 분대장이 플래시를 비추며 다가간다. 그리고 분대장이 허리를 굽히고 거적때기를 들추어낸다.

소대장이 "뭐지?"라고 말하는 순간 1분대장의 "아악!" 하는 괴성이 창고의 벽을 강타했다.

분대장이 거적때기를 팽개치고 유 소위 옆으로 자빠질 듯 비틀거리며 물러난다.

"소…, 소대장님 시쳅니다. 시체."

"뭐어? 시체?"

순간 분대장이 내던진 거적때기 밑으로 사람의 발이 보인다. 플래시를 위쪽으로 비추니 인간의 머리가 처참하게 일그러져 있다. 방망이에 맞았거나 둔탁한 물건에 부딪혀 깨진 머리다. 시체의 얼굴은 형체를 알아보기 힘들 정도로 찢어져 있거나 부패된 얼굴도 있었다. 몸통은 국방색 군복이 시체 외부를 감싸고 있다.

분대장이 두려움에 떨며 소대장 옆으로 비칠비칠 다가오자 소대장이 부하의 등을 두드렸다. 그리고 좀 더 가까이 시체 옆으로 다가가자 시체의 옷 등짝에 삼청이라는 하얀 글자가 박혀 있다. 부대 민간인 노역장에서 익히 봐왔던 글자다.

하나, 둘, 셋, 넷, 다섯…. 다섯 구의 시체 무더기가 여러 군데 쌓여 있다. 적어도 열 곳은 족히 될 것이다. 유 소위는 또 옆 창고의 문을 열었다.

그때 분대장이 두려움에 잠긴 목소리를 낮게 토해냈다.

"소…, 소대장님…. 여, 여기도 시체실입니다…. 철수하시죠…."

"가만."

유 소위가 옆 창고의 거적때기를 들추어냈다. 거기에도 삼청이라고 찍힌 군복 입은 시체가 아무렇게 널브러져 있다. 그는 벽에 걸린 작은 흑판을 발견한다. 거기에는 '7월 XX연대 3구, 8월 XX사단 6구, 9월 XX연대 4구' 등 시체의 출처와 반입 시기를 알리는 백묵 글씨가 즐비하게 쓰어 있다.

유 소위는 다시 시체의 상태를 살피기 시작했다. 그리고 그의 눈에 비친 시체의 공통점은 시체의 옷이 전부 피에 절어 있다는 것이었다. 그것은 심한 고문을 받았거나 집단 폭력을 오랫동안 당했을 때 생겨날 수 있는 그런 모습인 것이다. 그는 짐작했다. 이들 시체들은 살아생전 심한 훈련을 받다가 폭행을 당해 숨졌거나 고문으로 죽어간 사람들임을 쉽게 짐작할 수 있었다. 그는 더 이상 진동하는 악취를 견딜 수 없었다. 시체실 문을 '꽝' 하게 소리 나게 닫고는 분대장에게 "철수하자" 하고 복도로 뛰었다. 분대장도 군

횃불 소리를 내며 복도 길로 뛰어나왔다.

뛰어 나오는 복도길이 십리 길같이 멀게 느껴진다. 분대장이 따라 나오면서 "우-우웩, 우웨웩" 하고 구토를 해댄다.

유 소위의 눈이 붉게 충혈되어 있다. 마지막 출구 문이 열리자 햇볕이 쏟아져 들어온다. 두 사람은 뒤도 돌아보지 않고 시체 소각장을 벗어나기 위하여 쏜살같이 달리기 시작했다.

포구나무에서 늦가을 매미 울음소리가 절규를 하던 시간이었다.

46

오기택, 정도형 등으로부터 '근무성적 불량'이라는 명목으로 나는 사회보호법 부칙에 의하여 3년의 징역형을 선택받았다. 그것은 오기택과 정도형이 사회와 영원히 격리시키겠다고 장담한 그 말이 사실로 드러난 것이었다. 무서운 저주였다. 그들에게 저항한 한 사람은 구타와 물고문으로 죽었고, 또 한 사람인 나에게는 저항한 대가로 장기형을 선물했다. 그들이 재판 한 번 없이 종이쪽지 한 장으로 내게 3년이라는 장기형을 선물했을 때 나는 살 수도 죽을 수도 없는 몸이었다. 이러다간 이곳을 영원히 살아서 나갈 수 없을 것 같은 불신이 머리를 지배했기 때문이다.

그들은 4주 출소에서 3개월 만의 출소를 장담했다가 다시 6개월로 연장했다. 6개월 이후에는 1년으로 또 1년에서 3년을 연장시키는 무법(無法) 테러를 감행했다. 그랬기에 언제 또 10년형을 때릴지 모른다고 생각했다. 무서웠다. 이제 이 고통을 참아내며 살아야 하는가 아니면 영원히 고통과 멀리하는 죽음을 선택할 것인가가 내게 주어진 선택이었다. 하지만 내게는 임근실 씨의 유지를 받들어야 하는 빚이 남아 있었다. 그 빚이 자꾸만 나를 옥죄어 왔다. 그러나 어떤 땐 그가 내게 주고 간 그 빚을 거부하고 싶었다. 그의 빚을 지키기 위해서 참아내는 고통이 너무 힘들었기 때문이다.

하지만 내가 만약 살아서 나간다면 오기택과 정도형은 임근실의 개인 빚이 아니더라도 나는 그들을 끝까지 징벌해야 한다는 생각은 변함이 없었다. 그러나 살아 있기에 너무 힘든 시간이라 그 결심들이 자꾸만 바래지려고 하는 것이다.

어느 날, 살인마 오기택과 정도형이 우리 앞에 섰다. 갑자기 수용자 전원을 모아 놓고 숙연한 분위기를 만든다.

나는 '저들이 왜 저러지?' 하고 빨리 분위기를 파악하려 애썼다. 하지만 그때까지는 아무것도 알 수 없었다. 조금 시간이 흐른 후 오기택이 연단에 올라 고별사를 한다. 우리는 망치로 뒤통수를 얻어맞은 것처럼 얼얼했다.

"이번에 부대 위치가 바뀝니다. 그래서 우리는 철책선 근무부대로 옮겨 갑니다. 여러분과 여기서 헤어져야 함이 심히 아쉽습니다."

'허어? 아쉽다?'

그때 수용자들의 얼굴에는 알 수 없는 미소가 피어오르며 '살았다'라는 안도감이 긴 한숨으로 터져 나왔다. 오기택이 간단하게 인사말을 마친 후 연단에서 내려와 수용자들과 일일이 악수를 하기 시작했다.

오기택, 그가 내 앞에 섰다. 그는 내게 손을 내밀었다. 나는 그를 노려보았다. 그리고 손을 내밀지 않았다. 그는 나를 잠시 바라보더니 비켜가려고 다리를 옮겼다. 나는 이제 떠나려는 이들에게 한마디 해주지 않으면 천추의 한이 될 것 같았다. 그때 내가 불쑥 내뱉었다.

"언젠가 역사가 판단할 겁니다."

그가 나를 돌아다보았다. 그리고 시니컬하게 웃었다. 가소롭다는 웃음이다.

그가 낮게 말했다.

"어이…, 그 역사라는 것 말이야. 힘 있는 인간이 만들어."

정도형이 그 뒤를 따라 걸어왔다. 이번엔 그를 노려보았다. 나를 바라보는 그의 눈길도 예사롭지 않다. 이미 다스릴 권한 밖의 위치라 폭력을 행사할 수 없다는 아쉬움의 분노가 그의 눈길에도 묻어 있음을 알 수 있다.

그의 눈길과 나의 눈길이 소리 없이 부딪쳤다. 만약 눈길이 부딪치는 소리가 난다면 요란하게 폭발할 것 같다. 나는 그의 자라 같은 짧은 목에 권총을 들이대고 쏘아버리고 싶은 충동을 느낀다. 그가 피 흘리며 쓰러지는 모습을 상상해본다. 녀석이 나를 차갑게 노려보며 앞사람에게만 손을 내민다. 나를 피하는 것이다.

나는 속으로 뇌까렸다.

'죽지 말고 살아 있어라. 꼭 만나러 가마….'

그들은 끝까지 '잘못했다, 미안하게 생각한다'라는 말은 생략했다. 그들의 표정은 여전히 권력자의 정당성에 방점을 찍고 있었다. 하기야 그들은 어차피 공범이니까. 오 대위와의 그 간단한 대화와 정도형과의 침묵의 분노는 그들과의 마지막이 되었다. 하지만 정확히 6년 뒤 그들과 내가 위치가 바뀌어 만날 줄은 그들은 꿈에라도 상상치 못하고 있을 것이었다.

오후에 새로운 부대와 중대장이 나타났다. 유 씨 성을 가진 소령이었다. 전임 조교들은 안개처럼 사라지고 신임조교들이 또 빨간 모자를 쓰고 나타났다. 그들은 전임들과는 다른, 조금 유순한 얼굴들이었다. 아니, 부대가 바뀌면서 수용자 지배 정책이 조금 바뀐 것 같았다. 아마도 계엄포고령이 해제되었기 때문에 위탁 수용을 하고 있고 모든 것이 민간체제로 전환되었기 때문에 생긴 현상 같았다. 실제로 그들은 전임조교들처럼 살인적 폭력은 쓰지 않았다. 살았다는 생각이 저절로 엄습한다.

우리와 같이 있다가 타 부대로 이송 간 사람들은 1년형과 2년형을 선택받은 사람들이었다. 나와 함께 남겨진 사람들은 전부 3년형의 최장기수들이었다. 조교실에서 무슨 기준으로 평가했는지 우리는 모른다. 하지만 많은 시간이 흐른 후에야 나는 '근무성적 불량'이라는 명목으로 3년의 징역형을 선택받은 것을 알 수 있었다.

이제 나는 꼼짝없이 3년 동안 갇혀 있어야 했고 오랜 기간 강제노역에 시달려야 했다. 그것은 군이 시행하는 모든 공사를 우리가 떠맡아야 하는 출발이었고 시작이었다. 우리는 실제 3년 징역을 받은 후 봄, 여름, 가을, 겨울 동안 군의 노동현장에 깊숙이 투입되어 괴로운 신음소리를 뱉어내야 했다. '땅굴 벙커 만들기', '임진강 돌 들어 나르기', '자연벙커 만들기', '사격장 만들기', '전선줄 파묻기', '대전차 기동로 만들기', '교통호 뗏장 쌓는 노역' 등 강제 노역으로 부역을 해야만 했다. 하지만 우리는 그 일을 묵묵히 수행하여야만 했다. 그것은 민주주의가 상실된 국가의 백성으로 사는 죄 때문임을 통감해야만 했다.

쿠데타를 일으켜 권력을 얻은 통치자는 권력 지키기에 혈안이 되어 있었고 그 주변의 쿠데타 공신들은 백성들의 고혈을 짜내는 데 혈안이 되어 있었다. 권력을 쥔 자나 그를 수행하는 자들이나 하물며 부대의 하급관리인 장교들까지 백성들 위에 군림하며 희망을 주는 군상은 어디에서도 찾아볼 수 없었다.

문득 명심보감 〈성심편〉의 고사성어가 기억에 떠오른다.

국정천심순(國正天心順)

관청민자안(官淸民自安)

나라가 바르면 하늘도 순하고 벼슬아치가 청렴하면 백성이 저절로 편안하다. 우리는 고사성어와는 반대의 희망을 갖고 살아야 했다. 오로지 새 날이 올 때까지 쥐 죽은 듯이 살아야 했다. 목숨만 부지하고 있으면 언젠가는 고개를 들 날도 오리라는 희망만이 유일하게 자신을 다독일 수 있는 위안이었다.

세월은 그렇게 처절하게 흘러갔다. 그런 세월 중에도 도중에 탈출자들이 엄청나게 발생했다. 여기서 죽으나 탈출하다 죽으나 마찬가지라는 심정으로 목숨을 거는 거였다. 그런데 법이란 게 얼마나 웃기는 건지 어이가 없는 일이 우리 앞에 버젓이 발생했다.

녀석은 '대전차 기동로 길 닦기' 첩첩산골 노역장에서 탈출을 감행했다. 그러나 그는 단 10분도 안 되어 5분대기조에 체포되었다. 그리고 그는 죽지 않을 만큼 얻어맞고 어디론가 끌려가버렸다. 그런데 면회가 허락된 어느 날, 그가 민간인 신분으로 우리 앞에 나타난 것이다. 면회를 하러 가서 그를 만났던 수용자가 우리 앞에 나타나 실성한 듯 너털웃음을 터트렸다.

탈출해서 붙잡힌 수용자가 자유인이 되어 나타났다는 것이다. 그 이유를 물어보니 탈출죄로 재판정에 섰는데 무죄를 받고 풀려났다는 것이다. 육법전서 어디에도 삼청근로봉사대 탈출죄는 눈을 씻고 찾아봐도 기록된 형량이 없었다는 것이 그가 자유인이 된 이유였다.

"허, 정권이 시키는 대로 좆 빠지게 고생하는 놈은 가두어 두고 규정을 어겨 탈출한 자는 석방이 되는 이런 개좆같은 나라가…."

그는 허탈해서 아무런 말조차 못하고 서 있었다. 나는 생각했다. 계엄법이란 것이 계엄령하의 군인법 아닌가. 그 군인법이 해제되면 여기에 가두어 두는 것도 불법일 터였다. 그렇다면 법을 기반으로 존재한다는 국가조차도 법을 지키지 않고 있다는 것이다.

대한민국 헌법 제10조 1항

모든 국민은 법 앞에 평등하다. 누구든지 성별·종교 또는 사회적 신분에 의하여 정치적·경제적·사회적·문화적 생활의 모든 영역에 있어서 차별을 받지 아니한다.

제11조 1항

모든 국민은 신체의 자유를 가진다. 형의 선고에 의하지 아니하고는 강제노역을 당하지 아니한다.

제11조 5항

누구든지 체포 구금을 당할 때는 법률이 정하는 바에 의하여 정부의 심사를 법원에 청구할 권리를 가진다.

전부 거짓말이었다. 이 법대로 사는 것이 원칙이라면 이 국가는 우리에게 가짜 정부였고 가짜 헌법이며 사기로 군림한 대통령이었다. 그들은 이 법을 준수하지 않고 있기 때문에 모두가 가짜였다. 우리는 모든 가짜들을 몰아내고 법을 준수하는 나라를 만들어 가야 할 것이었다. 하지만 이 나라의 백성들은 주권을 침탈당하고 사는 백성들이었지만 눈 감은 백성들이었다. 아니, 주권조차 포기하고 사는 어리석은 백성들이었다. 그 백성의 수준만큼 그 국가도 존재한다는 말이 기억에 떠올랐다.

허탈했다. 법도, 원칙도 없는 나라, 그 나라에서 탈출자가 도리어 석방됐다는 그 사실을 안 수용자들의 탈출이 줄을 잇는 것은 당연할 것이었다.

많은 사람들이 탈출을 감행했다. 그러나 실패로 끝났고 그들은 더 이상 탈출자들을 재판정에 세우는 일도 없었다. 만약 재판정으로 가는 사람은 재수 좋게도 자유인이 될 것이었다. 하지만 녀석들은 수용소 내의 또 다른 교육대를 만들어 그들을 따로 수용할 뿐 더 이상의 탈출의 자유는 주지 않았다.

갑자기 중대에 또 비상이 걸렸다. 헌병대가 오고 보안대 차량도 눈에 띄었다. 우리는 영문을 몰라 하며 내무반에 감금이 되었다. 다른 때 같으면 조교 따까리로부터 정보를 얻을 수 있을 텐데, 그들도 아무것도 모른다는 표정이다. 침상 끝선에 도열한 지 3시간도 넘었다.

다시 찬바람이 일었다. 그때였다. 2소대로 통하는 내무반 감방 문이 우악스럽게 열렸다. 거기엔 헌병이 우악스런 표정으로 2소대 문을 향하여 고함을 지른다.

"빨리 걸엇! 이 새끼!"

우리의 눈은 빠르게 2소대 감방 문으로 향했다. 또 무슨 일일까. 우리는 다시 겁먹은 눈으로 헌병과 쪽문 방향을 응시했다.

나는 순간적으로 '아뿔싸…' 하고 눈을 질끈 감아버렸다. 거기엔 이홍태 씨가 포승줄에 묶인 채 끌려오고 있었던 것이다.

나는 고개를 숙여버렸다. 숙인 고개 위로 헌병들의 폭력적인 언어 파편이 우두둑 쏟아졌다.

"이 새끼 특전사 출신이면 다 될 줄 알어? 잘 봐, 잘난 특전사 출신이 경계병 총 탈취하려다 이렇게 됐어! 안 잡힐 줄 알았지?"

헌병들은 이홍태 씨를 4소대 감방 문 앞으로 질질 끌고 간다. 순간 고개를 들어 이홍태 씨를 바라본다. 이홍태 씨와 눈이 마주친다. 무표정하다. 나는 '어쩌다가…' 하는 안타까움의 눈길을 던진다. 그는 '아무 일 없을 것이다. 안심하라'는 눈길을 보내며 고개를 두어 번 끄덕인다. 그가 4소대 문 속으로 사라졌다.

나는 며칠 동안 충격에 빠졌다. 이홍태 씨의 빈자리가 계속 눈에 밟힌다. 아무 일 없는 걸 보니 이홍태 씨 단독 범행으로 마무리된 것 같다.

계속 이홍태 씨는 돌아오지 않는다.

이홍태 씨 사건 이후 또 몇 명이 끌려갔다. 바늘을 먹고 자살을 시도하려는 사람, 탈출자 등 사건은 연이어 터졌다. 다스리는 그들 또한 자주 당하는 일이라 신경 안 쓴다는 투다.

얼마나 더 많은 희생자가 생길 것인가.

그런 가운데 시간은 빠르게 흘렀다.

XX사단 감호소. 수용소의 간판은 사회보호법 부칙에 의하여 3년의 징역 통지서를 받던 1년 전부터 그렇게 명칭이 바뀌어 있었다. 즉 갇혀 있는 상황에서 법을 만들어 재판 한 번 없이 종이쪽지 한 장으로 징역 아닌 징역을 사는 곳이 군 감호소였던 것이다.

그곳에서 1년 동안의 노역은 피를 말렸고 뼈를 짜는 듯한 고통으로 시간을 보냈다고 하면 알맞을 표현이었다.

그리고 오랫동안 석방의 기미는 보이지 않았다. 다만 군법무관이라는 사람이 와서 얼마 있지 않아 여러분은 '법무부' 민간인에게 넘어가게 되는데 그때를 대비해서 경북 내륙지방에 커다란 감옥을 짓고 있다는 소식을 전해 주었다. "그 감옥이 다 지어지면 여러분은 그곳으로 이감을 갈 것이며 그곳에서 출소하게 될 것이다"라는 그에게 우리가 왜 그곳에 가야 하냐며 항의하자 "여러분은 이 지상에서 최고 재수 없는 사나이들"이라는 어록을 우리의 기억에 남겨 주었다.

그의 말대로 1981년 12월 1일, 우리는 드디어 민간인 위탁 시설인 ㅊ감호소로 이감을 갔다.

새까만 어둠이 내려앉아 있던 임진강변의 이별은 고통과 슬픔의 추억을 뒤로하고 조용히 물러났다. 빨간 모자의 조교들이 그간 누렸던 권력을 아쉬워하는 듯 악수를 청해왔다. 나는 그들과도 손을 섞지 않았다. 만지면 피가 더러워질 것 같았다. 아무리 명령에 의하여 수행한 직무라지만 그들의 악행은 인간의 금도를 넘어섰던 것이다. '우리 민족은 백의민족이다. 그래서 순하다.' 지기미 씨팔…, 개좃같은 소리…. 그 순간만큼은 그 같은 말을 하는 인간이 있으면 때려죽이고 싶었다.

초등학교 때 월남전에서 귀신 잡던 용감한 해병으로 배웠던 그 추억의 역사가 용병으로 끌려가 타 민족을 개 잡듯이 때려잡은 수치의 역사라는 것을 알고 난 순간부터, 거기다가 같은 민족끼리 짐승 잡듯이 잡아먹던 6.25의 역사가, 백마고지 전투가 동족을 살해한 악랄한 전투였음을 안 순간부터…. 군사작전권을 미국으로부터 허락받은 군부 독재자의 명령을 하달받은 공수부대 요원들이 광주를 피바다를 만들었다는 소식을 들었을 때도 설마 거짓이려니 했다. 그러나 그것은 동족이 동족을 살해한 천인공노할 피의 살육전이었다는 사실이 사실로 드러났을 때 나는 그때부터 백의민족을 부정했다.

과연 이런 근성을 가진 우리가 일제 36년 동안의 일본군의 악행을 욕할 자격이 있겠는가. 그것은 지금도 현재진행형으로 내 머리부터 발끝까지 그 모질고 악랄한 근성을, 같은 민족에게 직접적으로 당한 설움과 분노를 두 눈에 영상처럼 간직하고 있는데…. 마음이 순백 같은 백의민족이라…. 개좃같은 소리.

우리를 실은 군용트럭은 그 더럽고 음습하게 숨겨진 악랄한 민족 근성이 덕지덕지 묻어 있는 피의 연병장을 벗어나기 시작했다.

잘 있거라, 더러운 역사야. 다시는 내 앞에 그 추악한 모습을 드러내지 마라.

나는 새벽 어둠 속으로 사라지는 근로봉사대의 하늘을 오랫동안 바라보고 있었다. 하지만 이 어둠의 역사는 계속되고 있었다.

제4부

바스티유의 땅

47

차량 행렬은 낮이 되어서야 확인할 수 있었다. 맨 선두로 선 차량은 지프차였는데 놀라운 것은 지프차 위로 기관총이 우리를 겨누고 있다는 것이었다. 그리고 4개 소대 트럭 앞뒤로 완전무장한 병력들을 가득 실은 군용트럭이 따랐다.

각 차량에는 무장 헌병 세 사람이 권총을 들고 서 있다. 우리가 조금이라도 움직이려 하면 그들의 눈알도 요리조리 따라 움직였다. 벽에 부딪쳐 자살을 기도하려던 최길용이가 나직이 읊조렸다.

"지미 씨펄놈…, 하루 종일 그렇게 서 있어봐. 죽어나는 건 네놈들이지, 우리가 아냐…."

꼿꼿하게 서서 정면만 응시하고 있는 헌병들에게 하는 말이었다. 헌병 한 녀석이 최길용을 꼬나봤지만 최길용은 눈길을 바깥으로 돌려버렸다.

조금 있으니 그 헌병 녀석들이 커튼을 풀어 버렸다. 바깥 풍경을 차단시켜 버리는 것이다. 비록 몸은 포박이 되어 있지만 바깥 경치에 흠뻑 빠져 있던 수용자들이 거세게 항의를 했지만 녀석들은 눈 하나 깜짝하지 않았다. 아마도 중죄인들이니 대화조차도 허락지 말라고 지시를 받은 모양이 었다.

차량은 오랫동안 국도를 따라 끝없이 달렸다. 블랙홀을 향해 끝없이 달리는 캄캄한 미로 같은 길이었다.

얼마나 달렸을까. 차량은 경북 안동을 지나고 있었고 농가들이 틈틈이 보였다. 어디로 가는 걸까. 도무지 어디로 달리고 있는 걸까. 수용자들은 오랜 객고로 모두가 졸고 있었다. 나는 될 수 있으면 이 미로를 기억에 담아야 했다. 나는 끝까지 자지 않고 바깥 풍경을 커튼 틈으로 체크하고 있었다. 아마도 차량은 소백산 근처로 이동하는 것 같았다. 내 예상은 맞아 떨어지고 있었다.

그런데 어느 지점에선가 차량이 멎었다. 족히 8시간은 달려왔을 거리에 처음으로 소변 시간이 주어졌다. 포승줄에 묶인 채 차량에서 뒤뚱거리며 내려서자 놀라운 광경이 벌어졌다. 언제 준비하고 있었는지 우리 차량을 포위한 군인들이 대형 원을 그린 채 앞에총 자세로 서 있다. 아마도 인근 부대에서 동원된 병력들이 우리 차가 올 때까지 기다리고 있었던 모양이다.

최길용이 다시 지껄였다.

"쓰벌 새끼들, 환영식치고는 살벌하군…."

최길용의 말에 나도 한마디 보탰다.

"주눅이 들어 오줌도 나오지 않아…."

다시 헌병이 꼬나보며 조용히 하라며 엄포를 놓았다.

그들은 우리가 떠날 때까지 그 눈밭에 서 있을 것이었다. 죄수 놈들 때문에 더럽게도 재수 옴 붙은 날이라고 읊조리면서.

차량은 다시 출발했고 어느 자그마한 소읍을 지나치고 있었다. 여인네들이 '특별호송차량'이라고 쓰인 호송 트럭을 바라보며 신기한 듯 대화를 나누는 모습들이 눈에 들어왔다. 그리고 차량은 자그마한 산길을 굽이돌아 작은 다리 하나를 건넜다.

그때였다. 누군가가 탄성을 내질렀다.

"으아, 바스티유의 대형 감옥이다."

우리의 눈길도 운전석 앞유리로 동시에 모아졌다. 헌병이 앉을 것을 명했지만 다들 엉거주춤 서서 회색빛 감옥을 바라보며 벌린 입을 다물지를 못했다. 그야말로 한 번도 보지 못한 그 건물은 차가 정차할 때까지 눈앞으로 거대한 괴물처럼 우리에게 달라붙고 있었다.

대형 철문이 아가리를 벌렸다. 간수들이 카빈총을 들고 우리를 에워쌌다. 어딜 가도 살벌한 분위기는 변함이 없다. 우리는 차량에서 내렸다. 헌병이 피곤한지 하품을 해댔다. 임무가 끝났다는 안도의 하품이리라. 다시 경비교도대들이 한 놈씩 달라붙었다. 그들은 수갑과 포승줄을 풀고 두 손을 뒤통수에 갖다 대고 오리걸음으로 걸어갈 것을 명령했다. 대형 감방동이 아파트처럼 눈앞에 쭈욱 펼쳐져 있다. 우리는 장방형 골목길 복도를 따라 우중충한 감방동으로 오리걸음으로 접근 했다.

그때 간수부장이 나타났다. 대가리 숫자를 센 그는 우리를 인수받았다. 그리고 본부 담당간수와 감방을 배치했다. 나는 4호 감방이었다. T자로 된 키로 감방 문을 열었다.

간수가 들어가라는 눈짓을 한다. 나는 식기와 스푼, 154라는 죄수 명찰을 건네받고 감방 안으로 들어섰다. 서너 평 크기의 감방에는 페인트 냄새가 코를 찌른다. 감방 구석구석을 살펴보니 수세식 화장실이 눈에 띈다. 이불 몇 채가 선반 위에 가지런히 놓여 있다. 앞창문과 뒤창문이 있다. 거기엔 철창살이 촘촘히 꽂혀 있다. 또 특이한 것은 앞창살 아래로 도청장치 같은 마이크가 설치되어 있는 것이었다. 내 예상은 틀리지 않았다. 그 마이크에서 간수의 음성이 흘러나왔다.

"어이 154번, 본적과 주소 대."

그는 그 유선으로 모든 업무를 처리했다.

나는 그가 취조하듯이 질문을 다 마치자 한마디 보탰다.

"언제까지 여기 혼자 있어야 하죠?"

"염려 마라. 일주일이면 무더기로 몰려올 거야. 옷은 수의(囚衣)로 갈아입고 조용히 지내."

마이크 꺼지는 소리가 딸깍 나고 감방 사동(舍棟)이 쥐 죽은 듯이 적막 속에 잠겨 들었다. 갑자기 무서움이 엄습했다. 놈들이 이런 식으로 우리를 고사시켜 죽일지 모른다는 두려움이 온몸을 에워쌌다. 어둠이 금방 몰려들었다. 그 시간, 어디에선가 나팔 소리가 들려왔다. 이어서 복도 밖으로 조금 부산스러운 소리가 들려오더니 배식구를 통하여 가다콩밥(징역밥)이 들어왔다. 반찬으로 오경찬(감옥에서 나오는 반찬)이 들어오고 국물 한 국자가 주어졌다. 보리 반, 콩 반으로 된 밥은 당장 먹기에는 어려웠다. 콩이 입 안으로 뱅뱅 돈다. 적은 양의 밥이었지만 그래도 군대 밥은 쌀이 약간 섞여 있어 먹을 만했는데 그래도 교도소 콩밥과는 비교가 되지 않았다.

두어 수저 뜨다가 배식구 밖으로 밀쳐 놓았다. 잔반을 수거하는 간수가 왜 밥을 먹지 않느냐는 눈짓을 한다. 걱정의 눈짓이 아니다. 단식을 해서 자신을 곤란에 빠트리려 하는 것 아니냐 하는 눈초리다. 속으로 중얼거렸다.

"씨팔…, 죽으라고 해도 못 죽는다. 네놈들 때려잡지 않고는…."

그는 배고프면 처먹겠지 하는 눈초리로 감방 앞을 지나간다.

깊은 밤중. 여기가 어딘가. 아아. 나는 독감방의 첫날밤을 거의 뜬눈으로 지새웠다.

새벽에 어느 감방에선가 "어-머-니이-" 하고 길게 외치는 어느 수인의 목소리가 애절한 메아리가 되어 철창살로 파고들었다. 어디에선가 어머니의 가슴 맺힌 한이 철창살 속으로 저벅저벅 찾아드는 것 같다. 군에서 입고 온 군복을 벗었다. 그리고 황토색 죄수복으로 갈아입었다. 그리고 번호명찰을 가슴에 달았다.

죄수번호 154번. 언제 또 죄수가 되었냐 싶었다. 죄수번호를 쳐다보고 또 쳐다보았다. 번민하고 고통스러워하고 꿈을 꾸다 일어나고 또 엎어지고 그러는 사이 ㅊ감호소의 밤하늘이 밝아왔다.

어제 보지 못한 우람한 산절벽이 ㅊ감호소 앞을 가로막고 있었다. 뒤에도 옆에도 절벽이었다. 그곳은 비밀 요새였다.

3일째 되던 날, 고향이 여수라는 군복을 입은 외팔이 녀석이 제일 먼저 감방 문을 밀치고 들어섰다. 연이어 다섯 명의 죄수들이 일주일 만에 감방 안을 가득 메웠다.

그때부터 전국에서 모여든 죄수들이 자신이 겪은 부대 이야기를 감방에서 파노라마처럼 펼쳐놓기 시작했다.

먼저 여수 출신 사나이 외팔이가 "좆같은 세상" 하며 쌍욕을 퍼붓더니 지껄인다.

"우리 부댄 폭동이 터졌지라. 근디 폭동 후에 처우가 확 개선되어뿌렸재. 쫌 편해졌다 싶다고 여겼는디 이쪽으로 이감을 와부렸지라."

또 홍천 부대에서 왔다는 스무 살짜리 동안(瞳眼)의 청년이 쫑알거렸다.

"우린요, 줄을 세워 놓은 채 징역형을 매겼어요. 앞엣줄 1년, 뒷줄 2년, 그다음 줄 3년, 이런 식으로 징역을 주더라니까요. 원, 기가 막혀서. 근데요 우리 부댄 조교반장하고 소년수 수용자하고 동성연애를 했는데 원, 기가 막혀서…. 조교반장이 조교실로 안 가고 늘 우리 내무반에서 잠을 자요. 24시간 수용자들을 보살핀다는 것이 그 이유였죠. 뭐, 첨엔 우리도 그 말을 곧이곧대로 알아들었죠. 근데 우리 소대 맨 막내였던 별명이 멍청이라는 놈이 있었는데 이 녀석이 조교반장 따까리를 했는데 이놈이 꼭 반장 옆에 붙어 자더라니까요. 잠자기 전에 반장이 밤사이 마실 물을 머리맡에 갖다 놓고 이부자리도 관리하는 등 꼭 마누라 하는 짓을 해대는데 첨엔 예사로 봤죠 뭐. 근데 요것들이 된장통을 따다가 그만 신음소리를 참지 못하고 터트리는 바람에 불침번한테 들켜 버렸지 뭐야. 히…, 그 짓을 밤마다 해대니 여러 사람이 알게 됐지. 뭐, 소문에 발 달린 거 있잖여. 결국 중대장이 알게 되고 대대장도 알게 됐지, 두 년놈은 견우직녀처럼 찢어졌지. 근데 멍청이 이 년이 반장이 사라지고 없으니까 첨엔 멍청히 있더니 수용자 중에 제일 잘나가는 놈한테 또 갖다 바친 거야. 와, 웃기는 게 똥구 주는 새끼들은 밤마다 갖다 바치지 않으면 똥구가 가렵대. 그 말 진짤까? 근데 또 발각됐지. 둘 다 연대 영창에 갔다 왔어. 그래도 소용 없었어. 햐, 멍청이 고년 돌고 돌다가 내한테까지 돌아왔는데…, 난 마다했지. 고년이 나중엔 노역장에서나 화장실에서나 호젓한 기회만 생기면 미친 듯이 들이미는 거여. 호기심 당긴 인간들은 멍청이 똥구 한 번씩은 꼬질대 노릇 다해봤지….”

우리는 그 녀석이 말하는 동안 녀석도 꼬질대 노릇을 했을 거라는 추측을 했지만 듣고 있던 사람들은 미소만 띨 뿐 아무도 그 상상을 말하지는 않았다.

이어 전방에서 온 30대가 자신이 겪은 사건을 말했다. 그는 헛기침을 한 번 하고 이야기를 늘어놓았다.

“우리 부댄 지프차 사건이 있었지요. 처절했습니다…. 첫날 근로봉사대에 끌려가니까 대위가 선착순을 시키는 거예요. 선착순 열 명 안에 들면 열외 시키는 체벌 있잖아요. 연병장에 있는 미루나무를 한 바퀴 돌아오는 거였는데 그중 50대 한 사람이 힘드니까 새치기를 한 거야. 그걸 발견한 대위가 손가락으로 불러내더니 사람을 밧줄로 지프차에 매다는 거여. 우린 뭣하는 짓 인 줄 몰랐지. 근데 지프차가 “부르릉” 출발을 하며 그를 매달고 달리는 거야. 첨엔 그 영감, 따라서 뛰더라고. 하지만 그게 따라 뛸 속도여? 4, 50킬로 밟으니까 영감이 자빠진 채로 맨바닥에 끌려가는 거야. 지프차가 연병장을 60킬로 정도 "부앙" 하며 달리는데 뒤에서 먼지가 뿌옇게 일더라고. 아마 서너 바퀴 돌았지. 차가 멈춰 섰는데 영감의 옷은 다 해어져서 너덜거리고 피투성이가 되어 쓰러져 있는데…. 차마 바라볼 수가 없었어. 들것을 갖고 영감 시체를 치운 사람들 얘길 들어보니까 시체 피부가 반쯤 닳아 있더라는거야, 크으…."

그는 지금도 그 시체를 바라보는 것처럼 전신을 부르르 떨었다.

"그 영감 시범 케이스로 죽은 거지…."

그때 계속 침묵만 지키던 대머리 군복이 "그 시체 어디로 치웠어요?" 하고 물었다.

"그건 모르지요…."

그는 고백하는 양 자신의 경험을 얘기하려는 듯 잔기침을 토하더니 잠시 스피커폰이 매달려 있는 벽에 귀를 붙여 도청 유무를 확인했다. 그리고 낮게 은밀히 읊조리기 시작했다.

"그게 말이지…, 우리 부대는 한탄강변에 있었는데…, 부대 근처에 시체 소각장으로 추정되는 공장이 있다는 소문이 즐비했어. 여름엔 지독한 냄새가 코를 찔렀거덩. 그래도 우린 거짓말이겠지 했지. 썩은 냄새는 음식 썩는 냄새거나 거름 썩는 냄새 정도로 여겼지. 그렇다고 그 냄새가 수상하다고 말할 강단 있는 사람은 아무도 없었지. 하지만 소문은 연이어 들려왔어. 밤마다 그 의문의 공장에서 시꺼먼 연기가 난다는 거여. 밤만 되면 공장을 가동하는데 어떤 땐 굴뚝에서 시뻘건 불연기를 토해낸다는 거야. 의문의 소문은 안개처럼 부대 내에 퍼져 있었어. 조교들까지도 그 말을 해댔으니까. 여름이 가고 가을 무렵쯤이야. 연대 사역 갔다 온 사람들을 통하여 은밀히 새로운 소문 하나가 더 입수되었지. 부대 내의 유독 정의감이 강한 소위 한 사람이 시체 소각장을 수색했는데 그 공장에서 엄청난 삼청 시체를 발견했다는 거지. 병장 한 사람하고 소대장 두 사람이 목격했는데 그 사건으로 소위는 강제전역을 당했고 병장도 영창을 갔다고 했지. 그 뒤 비밀 시체 소각공장이 감쪽같이 사라졌대. 전국 삼청부대에서 죽은 수용자 시체들은 전부 한탄강 시체 소각장으로 옮겨진 거지. 고문과 폭행으로 죽은 주검의 비밀을 없애기 위해서 병사(病死)로 처리한 후 비밀리에 한탄강 소각장에서 시체를 태워서 한탄강물에 뿌린 거야. 아마 지프차에 매달린 그 시체도 한탄강 시체 소각장에서 태워졌을 거여…."

방 안의 사람들 얼굴이 굳어져 있었다. 충분히 개연성이 있는 말임을 누구나 느끼기 때문이었다. 나도 임근실의 시체가 한탄강으로 갔을 것으로 예측했다. 그날 밤 누구도 입을 열지 않았다. 그들의 눈에서는 시체 소각장으로 가질 않고 아직도 살아 있음을 감사해하는 눈빛이 역력함을 느낄 수 있었다.

48

몇 달 후, 나는 소제반장이라는 청소부 반장으로 사동복도로 노역장 배치를 받았다. 소제가 하는 일은 감방 안에 가다밥이나 반찬 식수공급 청소 등을 담당하는 일이었다. 그 일을 담당하는 소제는 50여 명 정도였고 그들은 부대에서 억류되어 있던 사람들이었다. 비교적 전과가 없고 수형 경력이 없는 사람들로 차출이 되었다는 것이다. 일반 교도소에서는 수인이 사동소제가 되려고 하면 금품을 쓸 정도로 서로가 가려고 하는 수형자리라는 것이다. 경험자들의 말을 빌리자면 교도소에서는 독보를 할 수 있고 간수를 직접 섬길 수 있는 비서(?) 자리 같은 소제는 '왈왈이'로 칭한다고 했다.

그만큼 힘이 있는 자리라는 것이다.

교도소 안의 수인과 간수끼리의 가교 역학을 소제가 하는데 이들에게서 엄청난 부정이 저질러진다는 것이다. 그래서인지 ㅊ감호소에서는 일부러 초짜(초범, 재범) 중심으로 사동소제를 선발했다는 것이다. 그런데 내가 그 소제를 통솔한다는 소제반장이라는 것인데 소제반장은 하기에 따라서 교도소 고위직 간수들과도 함께 놀 수 있는 글빨 있는 수형직이라는 것이다. 한 번이라도 교도소를 다녀와본 사람들은 그 소제반장(청소반장) 완장을 그렇게 부러워할 수 없는 것이었다. 나는 코웃음이 나왔지만 그때부터 ㅊ감호소에서 수인들은 나를 '왈왈이'라고 불렀다.

하지만 나는 전혀 그럴 생각이 없었다. 간수를 섬길 일도, 간수 간부와 놀고 싶은 생각도, 그리고 부정을 저질러가며 나 혼자만 편하게 살고 싶은 생각은 아예 없었다. 그런데 그중 간수부장은 상당히 뺀질이였는데 내가 자기를 좀 섬겨주기를 바라는 표정이 역력했다. 나는 모르는척 했다. 하지만 그 기회를 포착한 동료 소제 한 사람이 그 간수부장을 섬기기 시작했다. 끼니 때마다 우유를 갖다 바치고 그가 화장실에 가면 좌변기를 깨끗이 닦아주는 등 세면장까지도 따라가 그가 세면을 마치면 아주 깨끗한 새 수건을 갖다 바쳤다.

심지어는 쌍방울표 러닝을 사서 갈아입도록 하는가 하면 비누, 수건, 속옷 따위를 한 보따리씩 싸서 그가 퇴근하는 길에 손에 들려 보내기도 했다. 물론 그 물품들은 감방 안에 갇혀 있는 동료들이 구매를 해서 나온 것들이었다. 대신 간수부장이 눈을 감아주는 척하면 그 감방 안으로는 많은 특혜들이 돌아가곤 했다. 딴 감방에 물 한 빠께스 준다면 세 빠께스 뜨도록 해주고 목욕을 가면 특정 감방 사람들은 목욕시간을 배로 늘려주기도 했다. 심지어는 감방 문을 따주며 특정 감방 사람들이 복도를 마음대로 독보할 수 있도록 배려해 주기도 했다. 물론 그들이 물품 구매를 해주는 대가였다.

그리고 그 돈은 군부대에 있을 때 한 달에 2천 원씩 받던 노역비였는데 감호소로 넘어올 때는 적게는 몇 만 원, 많게는 10만 원 이상 소지한 사람도 있었다. 간수들은 그 돈의 출처를 잘 알았다. 그리고 그 돈을 자신의 호주머니 속에 들어오도록 하는 방법도 잘 알고 있었다. 물론 현금은 아니고 수인들이 물품을 구매해주면 그것을 바깥에 나가 현금화시키는 일이었다.

어떤 간수는 한 달에 한 번씩 짐을 들고 나갈 땐 양이 너무 많아 차량으로 싣고 가는 경우도 있다고 했다. 물론 그 같은 행위는 엄격히 제한되어 있지만 80년대의 교도소나 감호소에서는 비일비재했던 일이다.

얼마 있지 않아 감호소 소제반에서는 그런 일들이 벌어지고 있다는 것이 포착되었지만 간수와 수인끼리 벌어지는 커넥션을 대놓고 하지 마시오라고 안티를 걸 개재도 아니었다. 그건 수인과 간수끼리 필요에 의해서 주고받던 거래 행위였다. 나는 완장을 벗어버리고 청소만 열심히 했다. 우리 사동 간수에게도 못 본 척했다.

덕분에 우리 사동 담당간수는 수인들에게 코 꿰는 일은 없겠지만 타 사동 간수에 비해서는 따까리(비서)가 없어 매우 불편할 것이었다. 겉으로는 아무런 내색을 하지 않았지만 어떤 땐 필요 이상의 간섭을 하며 청소를 빡세게 시킬 때는 간수가 불만이 많다는 것이었다. 대신 옆 동료가 한 번씩 따까리 노릇을 하는 건 모르는 척했다. 하지만 간수는 내가 신경이 쓰이는지 그 따까리를 거부하는 때도 있었다. 간수는 원칙적으로 '또박이'인 나를 부담스러워하는 것이 틀림없었다.

얼마 후 사고가 터졌다. 5사동 간수부장이 덜컥 걸린 것이다. 5사동 소제가 다리를 놓아 감방에 있는 수인의 바깥부모에게 편지를 써주고 그걸 들고 나간 간수부장이 아들을 좋은 노역장으로 출역시켜준다는 조건으로 거액을 받았던 모양이다. 그 커넥션에 5사동 소제가 중간 역할을 했는데 그가 범칙 행위를 하다가 관구 주임에게 걸려 버렸던 모양이다. 5사동 소제가 범칙 행위로 독방에 가 있는 사이 쪽지로 간수부장에게 자신을 풀어주지 않으면 커넥션을 폭로하겠다고 협박했다. 하지만 간수부장은 그 협박을 묵살했다. 이후 사동소제는 순시를 도는 감호소장에게 간수부장의 커넥션을 꼬나바쳤고 간수부장은 옷을 벗게 되었다.

그런데 그와 때를 같이할 즈음 나는 같은 청소반 소제에게 8사동을 아느냐는 막연한 질문을 받았다. 그는 반장이 모르는 정보를 갖고 있는 것을 자랑이라도 하듯 삼청근로봉사대에 빨갱이들이 엄청 많았다며 그 빨갱이들을 가두어둔 곳이 바로 8사동이라고 떠벌렸다. 나는 별 싱거운 사람도 다 본다며 그의 말을 흘려들었다. 그런데 간수부장이 그 8사동이라는 곳에 청소반장이 매주 청소점검을 가야 한다는 것이었다.

그때까지만 해도 나는 8사동을 감호소 내의 징벌자 감옥 정도로만 이해하고 있었고 감호소 내의 전문 범칙꾼들이 갇혀 있을 거라는 추측만 했다. 하지만 내 예상은 완전히 빗나가 있었다. 거기에도 내 운명의 초침소리는 '째깍째깍' 움직이고 있었던 것이다.

49

감호소 8사로 가는 장방형의 복도는 멀고도 길었다. 아마 우리 사동에서부터 시작하면 복도 길이가 500미터는 족히 될 거리였다. 넓은 복도는 찬바람이 씽 얼굴을 할퀸다. 실내복도라지만 난방이 안 되기 때문에 그야말로 소백산 바람이 그대로 밀고 들어오는 것 같다. 그래도 사동에서 벗어나 복도에만 나와도 사회에 나오는 느낌이다. 주변으로 간수들이 이동을 하기도 하고 경비교도대들이 줄을 지어 지나가기도 한다. 그때, "반장은 8사동 처음 가보지?" 하고 묵묵히 걷기만 하던 호송 간수가 느닷없이 말을 걸어온다.

"네."

"나도 두 번째 가보는데 거기엔 악질 수용자들이 갇혀 있다는데 그거 정말이야?"

내가 물어봐야 할 말을 거꾸로 묻는 것 같다.

"저도 처음이라 잘 모르겠네요….."

"군부대 있을 때 뭘 했는지 몰라도 그때부터 악질로 찍힌 사람들이 거기 있다는 거야. 무슨 짓을 했는지 몰라도."

호송간수의 말대로 8사는 감옥 안의 감옥인 것은 사실이지만 그곳이 구체적으로 어떤 곳인지는 잘 모르고 있었다. 우리는 ㅊ감호소로 이감을 온 후 상당한 기간이 흘렀어도 그곳에는 어떤 사람이 수감되고 그곳에서는 무슨 일이 일어나고 있는지는 아무것도 모르고 있었다. 심지어는 일부 특정 간수들만 출입을 용인한다는 말을 듣긴 했다. 다시 내 쪽에서 먼저 말했다. 우리는 간수들에게 항상 담당이라는 통칭을 썼다.

"담당님도 8사에는 못 들어가 보셨군요….."

"거긴…, 직원들 중에서도 고정 출입자 외엔 못 들어가는 곳이야."

"어떤 분들이 출입자인데요…?"

"거기 담당은 최고참 직원들이지, 신입직원은 맡겨줘도 일을 못해."

"비밀 요새로군요….."

간수는 나를 흘끗 한번 바라보더니 그다음 말은 하지 않았다. 아마 자신도 모르게 쓸데없는 말을 했다 하는 후회의 눈빛이 잠깐 그의 얼굴로 스쳐 지나갔다.

나는 간수의 얼굴에서 그 속에 갇혀 있는 사람들이 궁금해 미치겠다는 표정을 발견해냈다. 보통 호송간수는 수인들의 이동을 돕는 직책인데 신입 직원들이 많이 맡고 있었다. 첫 감옥 생활을 하는 간수인 그나 초범인 나나 비슷한 입장이었다.

"다 왔어…, 말하지 마…."

그가 낮게 말했다.

복도 모퉁이를 돌아서는 순간 그의 말대로 두더지 입구처럼 8사로 들어 가는 구멍은 은밀하게 숨어 있었다.

입구엔 경비교도대가 총을 메고 서 있었다. 경비교도대가 간수를 향하여 거수경례를 붙였다.

"소제반장이야, 8사 소제 청소점검 왔어…."

경비교도대가 무뚝뚝하게 응수했다.

"아시다시피 업무는 관구실에서만 봅니다. 사동 내부는 출입 금집니다."

"응, 알았어…. 근데 청소점검은 반장이 안으로 들어가야 점검이 될 텐데…."

"그건, 사동 담당님이랑 의논하십시오."

관구실은 사동 입구에 있는 간수들의 작은 업무실이다. 책상 하나만 달 랑 놓여 있을 뿐이다. 나는 호흡이 가빠졌다. 도대체 이곳이 어떤 곳이길래 감옥 안에서도 이토록 보안이 철저하단 말인가. 나는 호기심으로 흥분하기 시작 했다. 하지만 표정을 감추어야 했다.

간수가 사동 안으로 들어갔다. 나도 따라 들어갔다. 복도는 어두침침 했다.

순간 감옥 특유의 쾨쾨한 냄새가 코를 자극한다. 이상한 냄새다. 일반 사 동에서는 못 맡아보는 냄새다.

"냄새가 지독하죠? 담당님…."

호송담당도 손으로 코를 감싼다.

"지독하군…. 늘 이 냄새가 났어…."

그때 사동담당이 곤봉을 만지작거리며 나타난다. 호송담당 간수가 힘차게 거수경례를 한다. 고참 간수인 모양이다.

"무슨 일이오?"

"소제반장과 청소점검 왔습니다. 근데 내부에는 못 들어간다는데…."

"흠, 청소점검이라…. 청소점검은 한 달에 한 번씩 하는 규정으로 알고 있는데 내부로 들여보낼 수밖에…."

그는 예상외로 시원시원 하게 답변을 한다.

"어이 청소반장 왔어, 청소점검 받어…."

그때 낯익은 소제 두 명이 새마을모자를 쓰고 내 쪽으로 뛰어와 거수경례를 붙인다. '죄수끼리 거수경례라니….' 속으로 웃음이 터진다.

"이번 달부터 청소반장인 내가 사동 청소점검을 하라네요. 한번 둘러봅시다."

내가 하는 말을 듣고 있던 사동 간수가 말한다.

"철저하게 받어. 게으름 피우지 말고. 출소점수가 매달려 있잖여."

관계자 외 출입금지
보안은 생명

사동담당 뒤편의 철문이 육중하게 눈으로 들어오고 출입금지 푯말이 바람에 흔들린다. 바라보는 사람들이나 주변 분위기가 으스스하다. 나는 적이 당혹스러웠다. 청소점검 지시를 받고 여기까지 오긴 했지만 어디가 어딘지, 어디서부터 점검을 해야 할지 몰랐다.

그때 새마을모자를 쓴 키 작은 소제가 철문을 향하여 걸어가며 "담당님 안내해도 됩니까?" 하고 묻는다.

"응."

담당은 흑표지로 된 명부철을 뒤적이며 건성으로 대답했다.

새마을모를 쓴 키 작은 소제는 김동철이다. 언젠가 인사를 나누었던 기억이 난다. 내가 그를 알은척하자 그도 답을 한다.

"기억하시네요. 일반사동 있을 때 나는 아침 인원점검 때 매일 봤지만 반장님은 열 속에 있는 나를 잘 보지 못했을 겁니다."

"언제 이곳으로 왔지요?" 하고 내가 물었다.

"한 달 동안 2사동에 배치받았다가 바로 이곳으로 왔걸랑요. 근데 바꿔줄 생각을 안 해요. 벌써 두 달이 넘었걸랑요."

그의 얼굴에는 이곳이 두렵고 싫다는 표정이 역력히 묻어난다. 하지만 나는 애써 그의 말을 무시하고 안으로 들어가자고 말했다.

김동철은 순간 얼굴이 굳어지며 들어가면 놀라지 말라고 엄포를 놓는다. 이 친구가 청소불량이라서 그런가 했지만 그의 말은 그냥 하는 말은 아닌 것 같았다. 초짜반장을 놀리려 하는 말은 더욱 아닌 것 같다. 그러면서도 긴장이 된다. 김동철이 드디어 철문을 연다. 철문은 '스러렁' 기분 나쁜 소리를 내뱉는다. 순간 이상한 냄새가 더 가깝게 코를 자극시킨다.

문이 활짝 열렸다. 그때 눈앞으로 우리가 전혀 상상할 수 없는 내부 철골구조가 영화처럼 펼쳐진다. 김동철이 놀라워하는 나를 바라보며 따라오라고 한다. 순간 정신을 차릴 수 없도록 어지럼증이 생긴다. 건물 구조 때문이다. 수백 평 되는 광장 밑으로 4층 높이의 절벽이 큰 호수처럼 움푹 파여 있고 그 사이로 건물이 뱉어내는 '웅웅' 하는 소리가 들려오며 양쪽 벽으로 벌집 같은 작은 감방 문이 다닥다닥 붙어 있다.

그때였다. 누군가의 악쓰는 소리가 섬뜩하게 들려왔다.

"차라리 죽여라아."

그 소릴 듣던 김동철이 "조용해, 씨벌놈아!" 하고 감방을 향하여 냅다 소리를 지른다. 그가 내지른 소리가 메아리가 되어 되돌아온다. 그의 행동에 내가 놀란 눈으로 서 있자 "여긴 청소보다 두더지(갇힌 죄수) 다스리는 게 더 큰 임무예요. 안 그럼 사동담당한테 밉상으로 찍혀요. 씨벌, 지가 할 일을 우리한테 넘기거덩" 하고 예사스럽게 소리 난 감방 쪽으로 턱짓을 한다.

"감방 안 보실래요?"

"그럽시다. 감방 안부터 청소 점검을 합시다."

그가 악쓰는 감방 쪽으로 먼저 터벅터벅 걸어간다. 3미터 남짓 되는 감방문은 소리 없이 침묵하고 있었다. 그가 시찰통을 확 열어젖힌다. 내가 눈을 시찰통으로 갖다 댔다.

순간 '아뿔싸' 나는 기겁을 했다. 감방 안엔 두 눈이 퀭 파인 사내 하나가 손발이 쇠줄에 묶인 채 모로 누워 나를 노려보고 있다. 사내 옆으로는 플라스틱 밥그릇 몇 개가 개밥그릇처럼 널브러져 있고 그의 주변엔 인분이 군데군데 얼룩져 있다. 그 인분냄새가 코를 자극한다. 김동철은 시찰통을 들여다보며 소리를 질러댔다.

"씨펄놈아, 사람 좀 살자. 엔간히 좀 짖어라! 감방 바닥은 그게 뭐냐. 네가 쌌으면 네 혓바닥으로 핥아서 빤질빤질하게 청소를 해야 할 거 아냐? 오늘 넌 물 없다."

나는 그만 눈을 질끈 감아버렸다.

"옆 감방도 볼래요?" 하며 앞장서 걷는다. 그는 또 다음 감방 시찰통을 열어젖힌다.

"한번 봐요."

그는 청소불량은 아랑곳없다는 듯이 자신의 약점을 감추지 않고 감방 내부를 확실하게 보여준다. 갑자기 닥친 청소 점검에 준비할 시간이 없어서 포기한 듯한 표정이다.

나는 그가 보여주는 다음 감방 앞에 가 허리를 약간 숙이며 안쪽을 들여다보았다. 순간 숨을 흐드득 몰아쉬었다. 거기에도 양손발이 묶인 사내 하나가 얼굴에 자살방지 투구를 쓰고 바닥에 뒹굴고 있다. 사내도 퀭한 눈으로 나를 바라본다. 고통으로 일그러진 얼굴이다. 그의 발밑 역시 아무렇게 싸갈긴 인분이 널브러져 있다. 청소가 엉망이라는 것은 차치하고 '어떻게 사람을 이렇게…' 하며 정신이 몽롱해진다.

"처음 이 사동에 오면 못 견뎌요. 똥냄새 때문에…. 근데 좀 있으면 코가 마비되는지 아무 냄새도 안 나걸랑요. 똥은 한꺼번에 치워요. 매일 치우기가 힘들어요. 반장님, 냄새 지독하죠?"

김동철이 장난스럽게 시찰구를 '꽝' 소리 내어 닫는다. 그리고 묻지도 않은 설명을 한다.

"여기 이 새끼덜요, 빨갱이 새끼들이래요. 북에서 지령받고 군부대에 잠입한 간첩새끼들 이걸랑요. 주 임무가 삼청부대 폭동 일으켜 내부 교란시키는 악질들이래요. 군인들하고 총싸움도 하고 장교들도 많이 죽었대요. 아주 나쁜 새끼덜, 이 새끼들 땜에 밤에 잠도 못 자요. 빨갱이 새끼들 주제에 고래고래 고함지르고 처우 개선 요구하고…. 웃기지도 않아요. 근데요, 여기 있는 새끼덜, 교사 출신도 있고요. 거의가 대졸이래요, 대졸. 꼴에 배운 것은 있다고 어떤 땐 담당님하고 말다툼하면 담당님이 져요. 소장님이 순시 와도 겁도 내지 않아요. 저기 15방 빨갱이는 감호소장님더러 '군사정권 쫄개 새끼'라고 욕 퍼붓다가 천정에 매달린 거걸랑요. 근데요, 한 가지 좋은 점은 있어요. 소제끼리 말다툼하다가 논쟁 핵심을 빨갱이들에게 물어보면 전부 다 가르쳐줘요. 무지하게 박식해요. 왜 빨갱이덜은 다들 똑똑한지 모르겠어요. 너무 똑똑해서 정신이 돌아버려 빨갱이가 됐나 봐요."

나는 김동철 씨의 주절거리는 소리에 반쯤 나가버린 의식을 수습했다. 그리고 퍼뜩 이들이 군부대에서 소요를 일으킨 항쟁 주역들이라는 것을 늦게야 깨달을 수 있었다. 그런데 놀랍게도 8사는 계엄령 위반자들의 감호소 소요를 방지하기 위해서 주동자들과 우리를 분리 수용해 놓았음을 나는 여러 가지 정황에서 눈치 챌 수 있었다. 김동철의 설명은 그걸 말해 주고도 남음이 있었다. 그리고 빠른 직감에 사로잡혀 김동철 씨에게 나직하게 말했다.

"김동철 씨⋯, 김동철 씨 말대로 만약 여기 있는 분들이 군부대에서 폭동을 일으킨 사람들이라면 이 사람들은 빨갱이가 아닙니다. 그렇다고 빨갱이도 나쁜 게 아니지요. 민족주의자들에게 양키들이 붙인 이름이지요. 그리고 김동철 씨의 말이 거짓말이 아니라면⋯. 처우를 이렇게 하면 더더욱 안 돼요."

김동철 씨가 걷던 걸음을 멈추고 눈을 똥그랗게 뜬다.

"반장님, 이 사람들 전부 폭동 주모자들이라고 담당님이 분명히 말했걸랑요. 그것도 귀에 딱지가 맺히도록 들은 말이에요. 틀림없어요. 근데⋯, 그렇다면⋯, 이 사람들이 빨갱이가 아니라면 민주투사들이란 말이에요?"

"그렇죠, 말하자면. 군부대와 감호소 측에서 빨갱이로 뒤집어씌운 거고 우리를 대신해 싸운 사람들이지요."

"진짜로요? 저, 저런 나쁜 놈덜⋯."

청소불량 때문인지 예상외로 김동철은 내 말에 순순히 젖어들었다. 나는 이 사람들이 부대 항쟁 주도자들이 맞는지 확실한 확인을 다시 한번 더할 필요가 있었다. 만약 김동철 씨의 말이 사실이라면⋯, 이 사람들이 이렇게 비인간적인 생활을 하는 것을 막아야 한다고 생각했다. 나는 속으로 부르짖었다.

'아아, 신이 나를 소제반장으로 만들었구나. 그래서 나를 이곳으로 보냈구나⋯.'

그때였다. 소제가 15방 앞에서 발걸음을 멈추고 낮게 속삭였다.

"15방 사람 한번 보실래요? 무지 똑똑한 사람인데요. 괜히 고생해요."

그가 시찰통을 열었다. 소제 옆에 서서 바라보니 천정에 매달린 사람의 발만 보였다. 소제가 옆걸음으로 물러서 주어 나는 시찰통 앞으로 바짝 다가섰다. 그때였다. 감방에 매달려 있던 사람의 눈과 마주쳤다.

"아니?"

나는 하마터면 고함을 지를 뻔했다. 하지만 낮게 부르짖었다.

"홍태, 이홍태 형….."

이 사람은 군부대에서 총을 탈취하려다 미수에 그쳐 어디론가 끌려간 사람, 은밀히 말하자면 나의 공범이었다.

순간, 피골이 상접한 홍태 씨의 눈도 홉 떠졌다. 눈만은 여전히 살아 있었다. 분명했다. 그때 홍태 씨가 먼저 말을 꺼냈다.

"이 동지…, 여긴 어떤 일로….."

"전, 청소반을 담당하고 있어서….."

그는 나를 보더니 한꺼번에 무슨 말인가를 쏟아내고 싶어하는 분위기였지만 옆자리의 소제 때문에 입을 머뭇거리는 것 같았다.

나는 급히 내 쪽에서 먼저 알아야 할 것을 빠르게 체크해야겠다는 판단이 섰다. 소제 따위를 염두에 둘 겨를이 없었다. 나는 아주 낮게 말했다.

"선배, 여기 있는 사람들 전부 군부대 항쟁 주도자들 맞죠?"

그는 고개를 한번 끄덕했다.

"재판은 받았나요?

그는 고개를 가로저었다.

"어디 있다 이쪽으로 왔나요?"

"특수부대 교육대."

나는 그때 급한 판단을 세웠다. 이들을 살려야 한다는 생각이 섬광처럼 스쳤다. 지금이 이들을 살릴 수 있는 마지막 기회인지도 모른다는 생각이 엄습했다. 이곳에 매주 청소점검을 온다고는 하지만 내가 싸움에 나선다면 언제 감호소 측에서 나를 제거할 줄 모르기 때문이다. 그리고 이들이 왜 나를 청소반장을 시켰는가가 눈앞에서 바로 증명이 된 셈이다. 초범은 감옥 사정이 어둡기 때문이라는 것, 하지만 놈들의 판단은 틀렸다.

나는 이들을 살릴 방법을 빠른 셈법으로 계산했다. 나는 홍태 형에게 그 셈법을 낮은 목소리로 말하기 시작했다.

"짐작이 갑니다. 선배, 근데 시간이 없으니까 제가 시키는 대로 하세요. 이대로 있다간 죽습니다. 어떤 형식이든 그 안에서 목적성 단식을 하든 뭘 하든 투쟁을 해야 삽니다. 의사표시를 분명히 하고 매달려야지, 이게 뭡니까? 소장 찝쩍거려 시비 때문에 고생하는 일은 실용성이 떨어집니다. 나는 8사동의 인권유린을 최대한 바깥으로 알릴 테니 선배는 8사동 모두 단합하여 단식투쟁에 들어가세요. 하지만 처우가 하루아침에 바뀌지는 않을 테니 여러 날을 두고 투쟁해야 할 각오를 해야 합니다. 적어도 1년 이상 걸릴 수도 있습니다. 그래야 살아나갈 수 있습니다. 이대론 억울해서 못 죽잖아요. 꼭 살아 있어야 합니다. 형, 알았죠? 먼저 보안과장 순시 같은 거 있으면 8사동 인권유린과 징벌 해제를 요구하세요. 우리도 어떻게든 도울 테니. 할 수 있겠지요? 우선 김동철 씨 말을 들으세요. 김동철 씨를 믿어야 합니다."

나는 동철 씨를 바라보며 말했다. 동철 씨도 고개를 끄떡여 주었다. 어차피 동철 씨의 협조가 없다면 이 일은 이뤄질 수 없는 일이다.

홍태 씨가 희망적인 눈빛을 하며 고개를 끄덕였다. 나는 그 모습을 확인하곤 빠르게 15방 시찰통에서 떨어졌다. 만약 담당간수한테 밀담을 들키기라도 하는 날엔 더 큰 사고를 부르기 때문에 더 이상의 대화를 나눌 수는 없었다.

운명이었다. 나는 임근실의 싸움 이후 또다시 이들의 싸움에 말려들어야 한다는 판단을 내렸다. 이들의 항쟁은 군부대에 이어 여전히 진행 중이었고 일반사에 있는 사람들은 눈 뜬 장님이라는 뼈아픈 양심이 고개를 치켜들었다. '이 사람들이 누굴 위해 싸우고 있는데….'

나는 자괴감으로 고개를 들 수가 없었다.

나는 동철 씨한테 부탁을 해야 했다. 이홍태 씨가 빨갱이가 아니라 같은 부대에 있다가 모든 사람의 생존을 위해 항쟁을 준비하다가 총기 탈취사건 주범으로 잡혀간 사람이라는 것을, 그리고 말했다시피 이곳 사람들은 북한하고는 아무런 상관이 없는 사람들이라고 짧은 시간에 생각 교정을 시켰다. 그리고 이홍태 씨의 부탁을 다 들어주면 동철 씨에게 은혜를 갚겠다고 말했다. 또 이곳 사람들의 위생에 관심을 가져주고 간수와 한패가 되어 8사 사람들을 괴롭히지 말 것을 부탁도 했다. 다시 한번 더 그 은혜는 꼭 갚는다고 말했다. 그것은 청소 실적에 대한 보고를 잘해주겠다는 뜻이기도 했다.

나의 제의에 김동철은 귀를 솔깃해했다. 청소 실적은 빠른 출소에 직간접적인 영향을 미치기 때문이었다. 나는 수시로 이홍태 씨의 근황을 '비둘기 쪽지'로 날려 달라고 했다. 나는 매일 밥을 갖다 나르는 취사장 반장에게 비둘기 전달 부탁을 했다. 내가 나올 때 김동철 씨는 감방 청소상태 보고를 잘해달라고 부탁을 하며 머리를 조아렸다. 감방 안의 인분 등을 염두에 둔 것 같았다. 하지만 오늘의 청소불량 건으로 인하여 당분간은 내 말을 잘 들으리라는 확신이 섰다. 하지만 이익이 없으면 배신할 수 있는 사람이라는 것도 동시에 머리에 입력해야만 했다.

"어땠어 그곳?"

다시 긴 복도로 터벅터벅 걸어갈 때 호송담당 간수가 궁금하다는 듯 내게 말을 걸어왔다. 나는 급히 머리를 굴렸다.

"빨갱이들이 갇혀 있던데요."

"그렇지. 중죄인들이라는 게 맞지?"

"그런가 보네요."

"그중에 감호소장님한테 '군사정권 졸개'라며 대든 간 큰 놈도 있었다고 하더군. 허허, 세상이 말세지. 빨갱이가 큰소리치는 세상이니."

나는 그때부터 호송 간수의 질문에는 일절 답을 하지 않았다.

50

내가 일반사동으로 돌아와 8사에 항쟁주도자들이 가혹한 징벌을 받고 있다고 퍼트린 소문은 은밀히 감호소 전체에 날개 돋친 듯 퍼져 나갔다. 0.4평짜리 독방에서 개밥을 먹고 있는 사람, 천장에 매달려 있는 사람, 손발에 족쇄까지 채워지고 얼굴에 투구를 씌워 놓은 사람, 내가 본 그대로를 내부적으로나마 여론화시키기 시작했다.

그리고 3사에서 소제를 하고 있는 김양호를 만나 홍태 형 얘기를 했더니 우리도 함께 단식투쟁을 하자고 은밀한 제의를 한다. 그래도 옛 동료가 한 발 더 앞장서려 하는 모습이 사람을 감동시킨다.

하지만 내가 하는 짓이 얼마나 위험한 일이라는 것을 넌지시 귀띔해주는 사람도 있다. 내가 박성호가 갇힌 감방 철창살 앞에 붙어 서서 그에게 이홍태 씨 내용을 얘기해주자 대뜸 내 걱정부터 한다.

김양호와 똑같은 특유의 전라도 사투리는 여전했다.

"아따, 청소반장 덕 좀 보려 했더니 또 잽혀갈 짓 한당가? 위험혀. 인자 좀 편하게 살다 나가불지."

"안 돼. 지금 그럴 형편이 아니야. 심각해. 그들에겐 하루가 지옥이야 네가 그 모양을 하고 있다면 그냥 있어야 돼? 그 사람들 개인 욕심으로 갇혀 있는 사람들이 아니잖는가. 군부대 처우개선과 출소보장을 주장하고 우리 대신 피눈물 흘린 사람들이야."

"움머, 참 할 말 없소. 결행 날 있으면 연락 주소. 동참할텡께."

나는 그때부터 김양호의 제의처럼 각 사동마다 내가 아는 군부대 동료나 믿음성이 있는 사람들을 만나 단식농성을 제안하기 시작했다. 어떤 사람은 적극적 동조를 표하는 사람이 있는가 하면 그냥 지켜보겠다는 사람도 있었다. 나는 피라미드 조직 형태로 사동 책임자를 구성하고 각 감방 책임자는 사동 책임자가 구성할 것을 부탁했다. 2천명 이상 갇혀 있는 구조에 전체 21개 사동을 다 구성하려 하니 시간도 많이 걸리고 믿음성 짙은 인물도 구하기가 힘들었다. 그런데 15개 사동 책임자를 구성했을 무렵 8사 이홍태 씨로부터 비둘기가 날아왔다.

(중략)

이 동지, 우리는 김동철 씨의 도움으로 각 감방마다 단식투쟁에 돌입하기로 결정을 보았어. 일주일 뒤 XX일 조식부터 시작이야. 참고하기 바라며 이 사실을 동조 동지들에게 알려주길 바라네.

(하략)

그 글씨는 글을 쓸 수 없는 이홍태 씨를 대신해서 김동철 씨가 쓴 대필이었다. 나는 8사를 청소점검 명분으로 한 번 더 다녀왔다. 8사 감방 40여 명이 이홍태 씨의 쪽지 제의로 단합이 되어 있는 것을 확인했다. 그들은 전부 결의에 찬 표정들이었다.

김동철 씨도 예전의 그 동철 씨가 아니었다. 자신이 간여하여 이뤄진 모의라 이 모의가 성공하지 못하면 자신도 편안하지 못할 것이란 걸 알고 있는 듯했다. 다시 한번 거사 날짜를 확인하고 XX일 조식을 기억하며 일반사동으로 돌아왔다.

51

XX일 드디어 조식 나팔을 불었다. 취사반이 일제히 사동으로 음식을 갖다 날랐다. 그 음식은 각 사동 소제들에게 전달된다. 소제들은 사동에서 "가악방 배식 준비!" 하고 외친다. 그 소리가 떨어지면 각 방마다 식기 부딪치는 소리가 들려오고 식구통 쪽문이 탁탁 소리를 내며 열린다. 그 작은 구멍으로 가다떼기 '밥덩어리'가 들어가는 것이다.

그런데 그날 아침은 각 사동 12개 감방에서 식구통 쪽문이 열리는 감방은 많게는 7개 방, 적게는 4개 방 정도다, 즉 7개 감방이나 2개 감방만이 단식투쟁에 참여하지 않겠다는 것이다. 그때 정보를 미리 채집하지 못한 사동 담당간수들의 얼굴이 사색이 된다. 늦게야 보고를 접한 보안과장이 군화끈도 매지 못한 채 복도로 뛰쳐나온다. 보안과장은 단식투쟁의 이유를 묻는다. 감방마다 그 이유를 다 알고 있다. 8사동 인권학대를 멈춰 달라는 단합된 목소리가 터져 나왔다. 보안과장의 얼굴에 서릿발 같은 분노가 서린다.

'안 되지…. 절대 놈들은 풀어줄 수가 없지.'

놈들을 풀어주는 순간 자신의 밥그릇은 날아간다는 상상을 한다. 만약 그놈들이 일반사동으로 돌아온다면 감호소는 쑥대밭이 될 거라는 상상도 한다. 군부대에서 총을 탈취하여 난동을 일으킨 놈들이다. 이놈들이 감호소에서라고 인권투쟁을 하지 말라는 보장은 없는 것이다. 만약 소요가 일어난다면 그 책임은 순전히 자신에게 있는 것이다. 지금의 소요는 더 커질 것이고 걷잡을 수 없게 될 것이다.

만약 섣불리 놈들의 요구를 들어준다면 놈들에게 질질 끌려 다녀야 할 것이었다. 그러다간 자신은 물론 소장까지도 그 책임에서 벗어나지 못할 것이란 게 보안과장이 내린 결론이다. 결론은 놈들의 요구를 묵살하는 것이다. 그는 소장실로 올라갔다. 소장도 보고를 받고 얼굴이 굳어진 상태로 앉아 있다. 간수 교도관부터 시작하여 20여 년간을 교도소에서 잔뼈를 키워온 소장이다. 광주교도소 소장으로 재직할 때 끝까지 광주교도소를 5.18 폭도들로부터 지켜냈다 하여 이사관으로 승진하여 감호소로 온 지 이제 막 1년이다. 잘못하다간 20여 년의 투자가 한방에 날아갈 지경이다. 그는 미리 정보 수집을 못한 보안과장을 험악한 얼굴로 노려보고 있었다.

"소장님, 주동자를 색출하겠습니다. 놈들의 요구를 들어주면 안 됩니다. 제가 책임지고 진압하겠습니다."

소장이 짧게 물었다.

"요구를 들어주지 않으면?"

"3일만 시간을 주십시오. 그 안에 진압하겠습니다."

"그럼 3일 안에 책임지고 해결하시오."

소장은 머리까지 올라오는 등받이 의자를 뒤로 돌려 앉았다. 보기 싫다는 뜻이다.

보안과장이 숨 막히는 얼굴을 하며 읍소 후 황급히 물러난다.

나는 시치미를 떼고 각 사동에서 단식농성에 참여한 동료들의 숫자를 집계하기에 바빴다. 21개 사동에 70% 정도는 단식투쟁에 참여한 것이 집계로 확인된다. 빠른 시간 안에 최대의 동원이라 할 만했다. 이 일에 도움을 준 사람들을 보면, 물론 사동에 배치되어 있는 소제들의 힘이 제일 컸다. 김동철을 제외하면 그중에 같은 부대에 수감되어 있던 이홍태, 김양호, 박성호, 유성기 등의 도움이 절대적이었다. 그들은 이미 나와 함께 상위 주모자가 되어 있었다. 거사가 실패로 끝나 처벌을 받는다면 나를 비롯한 그들이 될 것이었다.

우리는 더 물러날 곳이 없었다. 아니, 출소할 날짜조차 모르고 있는 상황에 어떤 희망을 갖는단 말인가. 이래도 감방 저래도 감방, 나는 이빨을 깨물었다.

단식투쟁이 3일째 진행되던 날 밤 9시경, 각 사동 출입문이 우악스럽게 열렸다. 검은 전투복을 입은 경비교도대들이 각 사동에 뛰어들었다.

'두두두두두두.'

그들의 무리 지은 군홧발 소리가 메아리가 되어 감방 속으로 파고들었다. 그들은 T자 키를 빠르게 꽂으며 감방 손잡이를 차례로 비틀었고 각 방마다 허기에 지쳐 있던 수감자들을 한 명씩 끌어내기 시작했다. 수감자들은 맥없이 끌려나왔다. 젊은 경비교도대들은 관구실로 끌고 온 수감자들을 닥치는 대로 짓밟기 시작했다. 수감자들의 비명소리가 북방산 꼭대기로 솟구쳐 올랐다. 처절한 비명과 아우성은 절벽 같은 산을 뛰어넘지 못했다. 5.18을 지킨 소장이 이끄는 감호소는 그야말로 바스티유의 땅으로 둔갑했고 수감자들은 최악의 악몽을 꾸기 시작했다. 처절한 구타가 잇따랐고 밥을 먹겠다고 서명을 하는 수감자는 감방으로 돌려보내지고 그렇지 않은 수감자들은 지하 창고 먹감방으로 끌고 가 호스를 목구멍에 박아 넣고 식은 죽을 강제 주입시켰다. 또 감방마다 책임을 맡고 있는 주모자들을 색출하기 시작했다. 배신자가 생기고 조직이 무너지기 시작했다.

뒷날 아침, 피비린내 나는 사투가 북방산 절벽을 핥고 지나간 뒤에 오는 고립감은 이 정권이 민주적 구조로 만들어진 정권이 아니라 하소연할 곳조차 한 군데 없다는 것이 사람을 더 비참하게 만들었다. 변호인의 조력도 인권의 하소연도 어디 한 곳 제도적으로 뒷받침할 곳이 없었다. 그야말로 해만 뜬 나라의 적막강산이었다.

나는 기다리고 있었다. 일체의 사역이 중지되고 바깥출입이 차단된 가운데 이제는 나를 데리고 갈 시간이 임박했다는 것을 깨닫고 있었다.

그들은 중식 시간에 왔다. 보안과 관구주임이 간수 서너 명을 끌고 와 무겁게 말했다.

"나와!"

그의 둔탁한 쇳소리는 현재의 분위기를 잘 말해주고 있었다. 경비교도대가 옆구리 날개를 꽉 껴안았다. 지하 취조실로 끌려갔다. 어둠 아래 형광등 몇 개가 명멸하고 있었다. 힘을 잃은 빛 속으로 걸어가는 발걸음이 천근 무게였다. 문이 열렸다. 놀랍게도 거기엔 김양호를 비롯한 주모자들이 미리 끌려 와 있다. 자세히 바라보니 김동철도 있다. 김양호, 박성호, 유성기…. 예상했던 수족들 모두 끌려와 있다. 다만 이홍태는 없다.

그때였다. 문안으로 들어서는 순간 둔탁한 몽둥이가 어깻죽지를 '퍼퍽' 하고 빠른 속도로 내려친다. 말이 필요 없다는 뜻이다. 옆구리로 군홧발이 날아들었다. 순간 "아악" 소리를 내며 바닥에 납작 뻗어버렸다. 이어 등짝을 짓밟는 군홧발, 군홧발…. 그 숫자를 헤아리다 어느 땐가 정신의 끈을 놓쳐 버렸다. 죽음과 생의 갈림길에서 허우적거렸다.

그리고 얼마의 시간이 흘렀는지 모른다. 의식을 회복하니 전신이 욱신거리고 일어나 앉을 기력조차 없다. 온몸이 열투성이다. 얼굴을 만져보니 퉁퉁 부어 있다. 입술에는 피가 응고되어 있고 혓바닥이 깔깔하다. 물이 먹고 싶다. 갈증으로 목이 탄다.

"물…, 물….."

나는 물을 찾았다. 하지만 아무런 대꾸도 없다. 죽을힘을 다하여 철문을 향하여 기었다. 그리고 주먹으로 철문을 두들겼다. 그 소리는 미약했지만 주변에 사람이 있다면 충분히 들을 수도 있는 소리였다. 갑자기 죽음의 그림자가 일렁인다. 여기서 죽어나간다면 감쪽같은 병사로 처리될 것이다. 그리고 한탄강변의 시체 소각장에서 한줌의 뼈로 강물 위로 뿌려질 것이다.

'살아야 하는데….'

임근실의 죽음과 이홍태의 얼굴이 떠오른다. 갑자기 이렇게 죽을 수는 없다. 살아야 한다는 강한 욕구가 목구멍 울대로부터 치밀고 올라온다.

"살려줘…. 으으…, 살려줘."

"저 새끼 기고 있구먼. 목이 매우 타는 모양이야."

보안과장과 보안계장 관구 주임 등이 특수 스크린을 통하여 놈의 행동을 일일이 관찰하고 있다. 보안과장이 말했다.

"저 새끼, 만 하루 동안 뻗어 있었지?"

"네, 정확히 9시간 동안 의식 불명이었습니다."

"가봐. 가서 죽지는 않도록 물도 주고 먹을 것도 줘. 잘 처리해."

관구주임이 절도 있게 거수경례를 붙이고 부하들을 데리고 관구실로 나섰다.

그때 보안계장이 차렷 자세로 서서,

"과장님, 상황 끝입니다. 작전 종료할까요?"

"버티는 놈들 모두 몇 명이야?"

"8사동 이홍태뿐입니다."

"김동철은?"

"벌써 포기하고 김동철이 모두 자백했습니다. 주범은 XX부대 출신 이상적으로 확인됐습니다."

"됐어. 작전 종료해. 별것도 아닌 새끼들이…."

보안과장의 얼굴엔 이긴 자의 흡족한 미소가 번졌다.

다시 취조실. 관구주임이 이상적과 마주 앉아 있다. 이상적의 고개는 완전히 꺾인 상태다.

"어이 154번, 당신은 우리하고 인연이 없는 것 같아. 당신 말이야, 우리 말 순순히 듣고 응하면 신상에 불이익이 없을 것이고 안 그럼 이홍태와 함께 평생 여기서 갇혀 있게 될 거야. 시키는 대로 할 거야?"

154번이 가까스로 고개를 든다. 온통 얼굴이 일그러져 있다. 핏자국이 말라붙어 얼굴 형체를 알아보기가 힘들 정도다. 그가 기어들어가는 목소리로 묻는다.

"뭐…, 뭘 요구하는 거요."

관구주임이 간단히 말했다.

"2감호소로 이감 가."

154번이 눈을 번쩍 뜬다. 이놈들이 분리 수감의 흉계를 꾸미고 있다는 느낌이 전광석화처럼 머리를 스친다.

'어떻게 해야 하나…. 빨리 판단해야 한다.'

그러나 관구 주임은 덧붙인다.

"네가 안 간다고 해도 갈 수밖에 없어. 물론 1감호소에 있어야 할 기간이 남아 있긴 하지만. 만약 버티면 김양호, 박성호, 이홍태가 곱징역을 살게 될 거야. 하지만 그곳으로 가면 출소도 좀 빨라질 수 있어. 그 혜택을 주는 건 소요를 막으려는 소장님의 배려야. 믿든 말든 잘 판단해. 자원 형식으로 미리 이감을 갈 건지."

순간 실패한 거사가 뼈아프게 기억에 떠오른다. 완벽히 준비되지 않은 거사로 얼마나 많은 사람이 다쳤고 피해를 보았는가. 더 이상 옆 동료들을 힘들게 할 수 없다는 판단이 선다. 그래 가자. 일단 가서 상황 판단을 하자. 어쨌든 살아 나가야 한다. 이들이 시키는 대로 하다 살아 나가야 한다. 이 죽음의 골짜기에서는 아무것도 할 수 없다는 판단이 선다.

우선 내가 사라지면 놈들은 안심하고 동료들을 괴롭히지 않을 것이란 판단이 머리를 지배한다.

"가겠소…."

순간 관구 주임의 목소리가 부드러워진다.

"이봐, 여기 물 갖다 주고 병사(病舍)에 입원시켜."

그가 군홧발 소리를 내며 사라지자 미리 준비된 물주전자가 들어온다. 물이 울대를 타고 창자 속으로 흡입될 때 피보다 뜨거운 눈물이 두 볼을 적신다. 머릿속이 하얗게 비어 버린 것 같다. 병사로 가는 길목이 천리 길 같다.

52

나는 병사에서 한 달가량 강제 입원을 했다. 감호소 안 누구도 만날 수 없었고 면회는 차단되었다. 특히 소제들과의 만남은 일절 허락되지 않았다. 8사는 어떤 분위기인지, 김양호 등 동료들은 어떻게 되었는지 아무것도 알 수가 없다. 식물인간이었다. 병사에 입원해 있는 동안 후회가 물밀듯 밀려왔다. 준비 없이 너무 성급하게 결정하고 밀어붙인 것이 패인이라는 생각이 머릿속을 지배했다. 이젠 후회해도 때가 늦었다. 다른 방법을 강구해야 한다고 생각했다.

그때 감호소 측은 내가 1감호소에 있는 것이 사제 폭탄을 안고 있는 것처럼 힘들어하는 분위기 같았다. 병사 담당간수도 전전긍긍했다. 혹 자신의 사동에서도 말썽이라도 부리는 게 아닌가 하는 눈치가 역력했다.

감호소장실. 병사동(病舍棟) 의무대장과 보안과장이 차렷 자세로 서 있다. 그 사이로 소장이 근엄하게 기침을 한번 뱉은 후 묻는다.

"154번, 어느 정도야?"

의무대장이 답한다.

"거의 완치 상탭니다."

"면회 가족이 와서 고소할 수 있는 소지를 남겨선 안 돼. 자신 있어요?"

"네, 몸에 있던 상처 부스러기도 거의 떨어졌고 절던 다리도 완치되었습니다."

"책임질 수 있지요?"

"네, 그렇습니다."

소장은 다시 보안과장 쪽으로 눈을 돌렸다.

"의무대장 말이 사실이면 귀찮으니까 이홍태와 이상적을 최대한 빨리 2 감호소로 이감시켜 버려, 불씨는 기름과 분리시키는 게 좋아, 더 이상 문젯거리는 만들지 마시오. 알겠소?"

그는 귀찮은 물건을 던져버리듯 두 사람을 이제 막 건립준공을 한 2감호소 독방으로 보내라는 지시를 하고 퇴근했다.

다음 날, 이홍태와 이상적이 포승줄에 꽁꽁 묶여 한 시간 단위로 2감호소로 넘어갔다. 2감호소는 1감호소 옆, 이제 막 신축한 감옥이다.

이홍태가 먼저 2감호소 1사 독방에 수감되었고 이상적이 2사 독방에 수감되었다.

53

나는 다시 혼자가 되었다. 세면장도 혼자 썼고 감방도 혼자 썼다. 동료들이 없는 감방은 죽음처럼 고요하고 견디기가 힘들다. 하지만 일만 벌려놓고 떠나온 1감호소 동료들에 대한 죄책감이 사람을 더 못 견디게 만든다.

이홍태 형은 어찌 됐을까? 김양호는? 박성호는? 나는 거의 하루 종일 이들 생각에만 골몰해 있었다. 특히 김동철은 출역이 취소되고 독방에 갇혀 있을지 모른다. 김동철, 나는 그에게 빚진 사람이 되었다. 그들이 나를 믿고 따라준 사실이 가슴 뻐근하고 고맙지만 지금의 나는 그들에게 아무것도 해줄 게 없다.

2감호소 직원들은 내가 위험인물이라는 것을 직감한 듯이 매우 조심스러워 했다. 그들은 재소자가 사고를 터트리면 진급에 대한 감점을 먹는다고 했다. 그래서인지 그들은 최대한 나의 심기를 건드리지 않으려 했다.

그들은 내게 꼬박꼬박 존대어를 썼다. 그리고 나의 요구사항을 최대한 들어주려 애를 썼다. 내가 갑갑하여 운동이라도 하고 싶다 하면 주저 없이 연병장으로 데려나가 주기도 했다. 외롭기는 했지만 징역이 좀 풀리는 듯 했다. 나는 그 기간 동안 열심히 책만 읽었다.

그러던 어느 날, 그날도 연병장으로 산책을 나가는 길이었다. 5사동 쪽문을 통해 연병장으로 가는 흙길을 밟는 순간 나는 전류에 감전이라도 된 듯 그만, 그 자리에 얼어붙고 말았다. 그 시간에 운동을 나온 이홍태와 딱 맞닥뜨리고 말았던 것이다. 나는 순간 숨을 '흡' 하고 멈추었다.

"아니? 8사에 있어야 할 홍태 형이…."

이홍태도 눈이 정지되어 있었다.

순간 간수의 얼굴색이 변하며 당황한 듯 말했다.

"두 사람 부딪치면 안 돼요. 빨리 갑시다…."

하지만 내가 간수에게 "조금만…" 하고 부탁을 했다.

그때 이홍태가 빠르게 말했다.

"아우님 고마워, 덕분에 풀렸어. 동료들을 남겨놓고 왔지만. 내가 나올 때는 모두 쇠밧줄에서는 해방이 되었어. 매달린 것도 풀렸고 방수구도 모두 벗겨졌어. 그것만 해도 절반 이상은 성공한 셈이지."

그는 금방 눈시울을 붉히고 있었다. 그리고 소매 깃으로 눈가를 훔쳤다. 나는 이홍태의 그 말을 마지막으로 다시는 감호소 안에서 이홍태를 만날 수 없었다. 나와 만나지 못하도록 특별관리에 들어간 것 같았다. 하지만 무조건 실패라고만 생각했던 감호소 소요는 이홍태의 말대로 절반의 성공은 거둔 셈으로 확인이 되었다. 그러나 그들을 8사 독방에서 구명해내지 못한 것은 숙제로 남겨야 할 몫이었다.

1983년 5월, 나는 거의 6개월 만에 2감호소 외역 청소부로 출역을 나설 수 있었다. 처음 나선 외역수는 감옥 바깥의 신선한 공기를 마실 수 있어 얼마나 좋았는지…. 나는 이름 모를 잡역수들과 감호소로 들어오는 입구에 조경수를 심기 시작했다. 허허벌판의 감호소는 우리가 심는 나무 한 그루, 두 그루 때문에 제 모습을 갖추어 가고 있었다. 나는 나무 한 그루, 한 그루를 심을 때마다 이 나라와 나의 역사를 심는다는 경건한 마음을 가졌다. 지금의 시간이 역사가 될 무렵 나는 이 나무숲을 찾아오리라 생각했기 때문이다.

감호소의 외역은 공포스러운 곳이었지만 감호소만 아니라면 풍광이 뛰어난 곳이었다. 감호소를 중심으로 둥글게 작은 천이 흐르고 있었고 그 개천물은 안동댐으로 흘러간다고 했다. 이 아름다운 산야를 인권 학살의 감옥으로 써먹는 군사정권의 비어 버린 머리에 총이라도 퍼붓고 싶은 심정이었다.

그해 가을쯤 나는 다시 제3감호소로 옮겨갔다. 몇 번의 이감인가. 삼청교육대, 근로봉사대, 군감호소, 1감호소, 2감호소, 3감호소. 3년 가까운 기간 동안 무려 여섯 번의 이감을 하였다. 2감호소와 3감호소는 내 손으로 조경을 한 셈이 됐고 내 손으로 조경을 한 감호소에 갇히게 된 기막힌 운명이었다.

1984년 3월, 출소 심사가 있었다. 동해바다의 자그마한 소읍 ㅇ지청 검사실에서 그간 보고 들었던 사실에 대하여 보안을 지킨다는 각서를 썼다. 그리고 그해 5월 30일 출소자 명단에 내 이름이 포함되어 있음을 확인할 수 있었다.

1980년 10월 5일 체포
1984년 5월 30일 출소

내 삶의 이력에 군사정권의 문신이 새겨지는 순간이었다. 새벽녘 육중한 철문이 아가리를 벌렸다.
'살았다.'
하지만 잡혀갈 때와는 달리 나는 혁명의 길을 알고 나왔고 그 길 또한 담장 없는 감옥으로 가는 외길임을 나는 알고 있었다. 조잡한 역사가 또 하나의 싸움꾼을 생산해준 그날, 나는 가짜의 역사에 몸살을 앓는 내 조국을 생각 하는 사람으로 바뀌어 있었다. 그 길 또한 멀고 험한 길. 동터 오는 밝은 역사의 새벽길은 내 곁에 없었다. 하지만 감호소를 출발하는 출소자 버스 속에서 눈시울을 적시며 중얼거린 3년 유적(流謫)의 결론은 있었다.

오만한 권력을 묵인하는
백성은 현재도 미래도 없다.
그러므로 싸워야 산다.

제5부

숨 쉬는 조국
- 복수 -

54

1986년 봄, 다대포 앞바다는 밤하늘을 밝히는 아름다운 불빛이 불야성을 이룬다. 불을 켠 배들은 빠르게 이동을 하기도 하고 어느 곳에는 어부노동요가 밤하늘에 울려 퍼지기도 한다. 불빛이 명멸하는 바다는 찬란하다 못해 수평선의 불빛이 오아시스가 되어 눈 안뀨에서 스멀거린다.

이 불빛의 주인공들은 야간에 조업하는 멸치잡이 선단들이다. 시국에 관련 없이 성어기에 접어든 밤바다의 모습은 그지없이 평화롭기만 하다. 그즈음 부두 선착장 너머로 초저녁 조업을 미리 마친 소형어선들이 '톡톡톡' 기계음을 터트리며 항구로 접안하는 소리도 들려온다.

항구엔 비린내가 훅 풍긴다. 항구의 부두 서편으로는 빈 고기상자들이 적재 되어 있다. 엄청난 숫자다. 저 상자들이 만약 무너진다면 그 밑에 있던 사람은 깔려 죽고 말 것이다. 그때다. 고기상자 적재 골목에서 라이터 불빛이 반짝 빛난다. 그 불빛을 향하여 누군가가 '다다다다닥' 하고 빠른 속도로 달려가다 몸을 숨긴다. 상대도 어둠 속의 사내를 발견한 듯 빠르게 이동을 한다. 그리고 상자 골목 사이에서 은밀히 만난다.

어둠 속의 사내는 큼지막한 보따리 하나를 건넨다. 어둠 속의 목소리가 들려온다. 그 목소리는 낮고 은밀했다.

"원본이야…. 복사를 부탁해. 원본은 보관하고. 복사본만 들고 내일 오후 3시 ㅂ대학 후문에서 만나자…."

보따리를 건네받은 사내는 낚시가방 어구 속으로 보따리를 집어넣고 주변을 몇 번 휘둘러 보다 다시 왔던 길로 여유롭게 사라진다. 그가 96번 버스를 타고 떠나는 것을 확인한 다음 빈 상자무덤 속에 숨어 있던 이가 모습을 드러낸다. 그리고 산등성이에 난개발된 신축 주택가를 향하여 휘적휘적 걷기 시작한다.

그때 그의 등 뒤로 또 다른 사내 두 명이 표정 없이 걷는 사내 뒤를 바짝 뒤따른다. 사내는 철문으로 된 신축 주택 앞에 서더니 또 좌우를 한두 번 둘러본 다음 대문 안으로 사라진다. 철문 닫히는 소리가 '쨍' 하고 어둠을 찢는다. 뒤따르던 정보원 같은 사내들이 그가 집 속으로 사라지자 지프차를 탄다. 한 사내가 담뱃불을 붙인다. 지프차가 푸들푸들 진저리를 치다 엔진에 불이 붙는다. 지프가 산속 도로 어둠 가운데로 사라진다.

55

나는 거의 1년째 칩거 중이었다. 집 주변을 2킬로 이상을 벗어나면 정보 당국에 신고를 해야 하는 상황에서 내게 자유라는 것은 애초에 생각조차 할 수 없었다.

군사정권은 온갖 현란한 수식어를 동원하여 삼청 출신의 사회 진출을 돕는다고 떠들었으나 그건 대국민 선전용에 불과할 뿐이었다. 더구나 감호소 출신은 주거 제한이 있어 요시찰 인물로 감시받고 있었다.

나는 실제 볼일이 있어 출입은 했었어도 보이지 않는 뒷그림자 때문에 불안에 떨며 거리만 배회하다 집으로 되돌아온 경우가 적지 않았다. 사람도 함부로 만날 수 없었다. 나를 만난 사람들은 전부 조사대상이 되었기 때문이다. 사람들 역시 그런 나를 두려워했다. 더구나 이삿짐센터를 다니며 삼청 피해자 조직체를 구성하여 그 수장이 되어 활동하다 8개월의 징역을 또다시 복역한 사실이 있는 나로서는 정보기관의 집중 감시대상이 될 수밖에 없었다. 나는 감호소에서 나와 삼청 감호소 인권학살 진상규명에 목숨을 걸었었다. 그러나 양곡상을 경영한다는 삼청 피해자 몇 놈이 함께 삼청 진상규명 활동을 함께하다 그만 정보기관에 꼬드김을 당해 진상규명 후원금을 강제로 수탈 당했다는 터무니없는 조작에 힘없이 당하고 말았다. 다시 감옥에 수감될 때 정보형사가 음흉한 미소와 함께 말했다.

"당신의 진상규명 노력은 가상하다 할 만하나, 그때마다 파렴치한 전과는 하나씩 늘어나게 될 거야. 당신을 위해 마련된 전과는 여러 가지가 있지. 폭력범, 사칭 사기범, 심지어는 빨갱이 국가보안법…. 숱하게 많지. 출소 후 또 해보시지. 그때마다 멋지게 한 상씩 차려줄 테니. 흐흐."

놈의 말에 나는 진저리를 쳤다. 놈은 다시 말했다. "이 시대에 당신이 설 땅은 없을 걸. 깡패들만 갔다 온 삼청 출신을 누가 믿어주기나 할까. 양민들이 억울하게 다녀왔다? 그 말을 누가 믿어? 길 가는 사람 백 명에게 물어봐. 삼청에 죄 없는 양민이 잡혀간 걸 믿어줄 사람이 있는지. 국가가 그렇게 어리석게 정화작전을 했을까. 국가의 수뇌들이 당신 머리보다 못한 졸(卒)로 보이는 모양이지? 택도 없지. 껄껄껄."

그는 경상도 언어로 마구 지껄였다.

나는 귀를 틀어막았다.

"그만…, 그만…."

그의 말대로 진상규명과 폭로는 하늘의 별을 따겠다는 뜬구름 잡이 식이라는 사실을 알고 절망했다. 아니, 막막한 절벽이었다.

나는 8개월의 교도소 출소 후 결사체의 행동으로서 진상규명은 힘들다는 것을 뼈저리게 깨달아야 했다.

'그렇다면 무엇일까? 무엇으로 방향 전환을 해야 할까?'

그때 순간 깨달았다.

'그래, 책이다. 책을 써야 한다. 책으로 먼저 말해야 한다. 그리고 그 후 동지 규합이다.'

나는 그때부터 당시 썼던 일기초와 여러 가지 자료를 모아 서울로의 탈출을 꿈꾸어 왔다. 그리고 날짜를 잡았다. 자료를 복사하여 울산 터미널을 이용하여 서울로 잠입하기로 한 것이다.

나는 다대포의 은밀한 밤을 이용하여 믿을 만한 친구에게 자료 보관을 위하여 원본은 보관하고 자료 복사를 부탁했다. 나는 내일 오후, 담장 없는 감옥인, 이 지긋지긋한 도시를 첩자처럼 조용히 빠져나갈 것이다.

56

나는 경찰서 정보과에 외출 신고도 하지 않은 채 새벽녘에 집을 빠져나왔다.

그리고 하루 종일 용두산공원을 배회하다 오후녘에 동래의 ㅂ대학 후문으로 가는 버스를 탔다. 정보요원들은 야단이 났을 것이다. 안개처럼 사라진 나를 찾기 위하여 내부적으로 비상이 걸렸는지도 모른다. 하지만 신경 쓰지 않기로 했다. 위험을 감수하지 않고는 절대 진상규명의 길은 멀고도 험할 테니까.

ㅂ대 후문은 비교적 한산했다. 다니는 사람이 별로 없었다. 멀리서 흰칠

한 키의 고등학교 동창 박동국이 뛰어왔다. 박동국은 내가 걷는 길을 늘 안타까워하는 친구다. 내 일을 돕는 것을 겁을 내기도 하지만 부탁을 하면 절대 거절하지 않는다.

나는 동국을 골목으로 유도하여 후미진 곳에서 복사본을 건네받았다.

"고마워…. 나중에 인사할게."

"짜아식, 인사가 뭐냐. 빨리 갔다 와."

우리는 각자 한마디씩만 대화를 나누고 급히 떨어졌다.

나는 온천장에서 울산 가는 버스를 탔다. 버스는 동래와 금정구를 벗어나 외곽길을 한참을 달렸다. 지나가는 산야는 푸릇푸릇하다. 벌써 여름을 예고하는 것이다. 마음이 급했다. 빨리 울산을 벗어나야 안심이 될 것이기 때문이다. 곳곳에 검문소가 있어 한시도 마음을 놓을 수가 없다. 그때 마지막 고개가 나타났다. 이 고개의 검문소만 통과하면 울산터미널로 진입한다. 그때 버스는 검문소 앞에서 순한 양처럼 납작 엎드린다. 젊은 순경과 전투경찰 한 사람이 따라 탄다.

나는 숨을 죽였다. 그리고 자는 척했다. 실눈으로 녀석들을 바라본다. 버스 속에는 조용한 긴장이 흐르고 검문관들은 좌석의 손님들에게 일일이 눈길을 준다. 그 눈길은 조용하지만 매섭다.

그때였다. 지나가던 군홧발 소리가 내 앞에서 딱 멈춘다. 간이 오그라든다. 옆 사람 때문이겠지 자위를 한다. 그때 낮고 은밀한 명령어가 귓속을 파고든다.

"잠시 검문이 있겠습니다. 신분증 부탁합니다."

나는 쪼그라드는 간을 누르며 눈을 뜨지 않았다.

그는 다시 말했다.

"손님, 신분증 부탁합니다. 눈을 뜨시죠."

"아…."

나는 절망했다.

발밑에 놓아둔 복사본 자료를 발밑 앞의자 밑으로 슬그머니 밀어 넣었다.

"뭐하십니까? 그거 뭐죠? 의자 밑으로 밀어 넣은 거."

이젠 나는 눈을 뜨고 대응을 해야 했다.

"아, 아무것도 아닙….”

그때였다.

"잠시 내리실까요? 다음 차를 태워 드리겠습니다.”

차 속 승객들의 눈이 일제히 내게로 꽂힌다. 나는 급히 의자 밑의 봉투를 집어 들었다. 검문관 한 명이 뒷걸음질로 앞선다. 전경은 뒤에서 호위하듯 바짝 붙는다. 나는 마음속으로 차에서 내림과 동시에 사정없이 튈 것을 결정한다.

버스 복도를 걷는 몇 초가 한 시간처럼 길게 느껴진다. 경찰이 운전석 옆에서 다시 거수경례를 한다. 그가 계단을 내려서는 순간 후다닥 나는 그를 밀치며 용수철처럼 튀기 시작했다.

"정지. 서지 않으면 발포합니다. 서시오. 정지, 정지.”

경찰의 악쓰는 소리가 뒤에서 쉴 새 없이 따라붙는다. 이어 오토바이 소리가 들려온다. 1백미터가량 뛰어가다 경찰 오토바이에 순식간에 포위당한다.

"손 들엇!”

경찰이 권총을 들이댄다. 나는 가쁜 숨을 몰아쉬며 봉투를 옆구리에 끼고 말했다.

"왜 이러시오? 겁나서 살겠소?”

"당당하면 왜 도망을 치지? 이 봉투 뭐요?”

그가 봉투를 빼앗으려 든다.

"이건 공무 서류요. 보여줄 수 없소.”

"그럼 공무원이요?"

"그렇소."

"이리 줘보시오. 확인하고 돌려주겠소."

나는 뺏기지 않으려고 손사래를 치며 고함을 내질렀다.

"안 돼!"

정복의 사내가 다시 고함을 질렀다.

"뺏어!"

전경 두 명이 우악스럽게 달려든다.

하지만 검문관과 전경 뒤에 말없이 서 있던 경감 계급을 붙인 사내 하나가 입술을 묘하게 비틀며 웃고 있다. 그 사내의 웃음을 보는 순간 모든 것이 일그러졌음을 직감한다.

경감 사내가 말했다.

"됐어. 뺏지 마. 연행해."

모든 것이 각본에 나와 있다는 명령이다.

"아…."

또다시 안개보다 짙은 절망이 천길 절벽 아래로 떨어져 내린다.

57

폭력, 특수공무집행방해, 공무원 자격 사칭 등 온갖 죄목을 다 만들어 놓고 회심의 미소를 짓는 검사. 나는 다시 그들의 올가미에 걸려들었다. 녀석들은 처음부터 나를 미행했고 검문소에서 체포된 것이다.

검사의 비웃는 듯한 웃음을 뒤로 하고,

1심 검찰 구형 3년

선고심에서 2년의 실형이 선고되었다. 독재정권의 재판은 자국민을 버린 지 오래였다. 더 이상 기대할 것이 없었다. 항소를 포기할까 하다가 ㅇ대학에서 집시법 위반으로 잡혀온 학생의 억지 권고로 항소 신청을 하고 돌아왔다.

법원에서 구치감으로 돌아가니 감방장과 그 패당들이 또 동료수인들을 개 패듯 패고 있다. 감방장은 밀수범이었고 감방 간부라고 하는 자들은 소매치기, 폭력배들이었다.

수감되던 첫날 군기반장이라는 놈이 뻥끼통에 쪼그려 앉히더니 냅다 훅을 내지른다. 한 방을 맞고 두 방째 훅이 날아올 때 그의 주먹을 재빨리 방어 했다. 서른 살 초반의 장발이었던 녀석은 불쾌하다는 표정으로 얼굴이 확 달아오르는 듯했다.

"어? 이 새끼가 방어를 해?"

그때 내가 침착하고 낮게 속삭이듯 말했다.

"형씨, 나 삼청과 감호소에서 3년 동안 좆빠지게 살다가 온 놈이오. 내 눈에는 지금 뵈는 게 없어. 내가 지금 무슨 일을 저지를지 내 자신도 모르겠소. 제발 괴롭히지 마시오."

진심으로 최대한 진지하게 말했다. 장발이 삼청이라는 말에 움칠 떠는 것 같았고 그때 바깥의 감방장이 "어이, 군기반장, 그만 해" 한다. 장발이 불끈 쥐었던 주먹을 푼다.

감방장이 신고식으로 잡혀 들어온 동기를 말하라 한다. 좆빠지게 살아온 지난 3년을 말해 주었다. 그리고 "이 독재정권을 개박살 내는 것이 내 꿈"이라고 말했더니 그 말이 매우 어려운 말이라며 "왜 개박살을 내야 하느냐"

묻는다.

정통성이 결여된 쿠데타 정권이고 폭력 정권이며 광주와 삼청에서 수많은 사람들을 죽인 살인정권이기 때문이라고 쉽게 설명해주니 그때서야 알아듣는 듯 머리를 끄덕인다. 그리고 자신도 제법 정치를 아는 듯 뭐라고 지껄이기도 한다.

한참 정치에 대하여 박식한 듯 침을 튀기던 밀수범 감방장은 갑자기 내게 감방 고문이라는 대우를 하며 자신의 옆자리에 앉으라고 한다. 그 자리는 감방장 다음의 서열이 앉는 자린데 제법 챙겨주는 척한다. 당혹스러웠다.

그런데 며칠 지내다 보니 놈들은 식수 반장이니 군기반장이니 청소반장 등 직책들을 정해 놓고 자신들이 감방 간부이며 간부인 자신들의 말에 복종할것을 철저히 요구하고 있었다. 면회 물품을 공동관리 명목으로 갈취하기도 하고 사식이 들어오면 면회 온 당사자에겐 빵 부스러기 한 개만 주고 취침시간에 일어나 자기네들끼리만 와삭와삭 쥐새끼처럼 나눠 먹는다. 화장실 가는 것도 신고하고 가야 했고 물주전자에 물 먹는 것도 허락을 받아야 했다. 기가 찼다. 바깥에서도 수탈당하고 억압 당하다 잡혀 왔는데 인생 최고 밑바닥인 감방에서조차 차별 받아야 하는가 싶어서 서러운 울분이 목울대에서 솟구쳐 오른다. 그리고 언젠가 걸리기만 하면 감방장 놈과 한판 붙으리라 결심을 하고 있던 차였다.

30여 명의 수감자 중 간부 10여 명을 뺀 20여 명은 저녁식사 후 매일 '벽타' 등의 기합을 받았다. 그렇게 감방 인권은 유린되고 있었다. 도저히 참을 수가 없어서 재판받기 전 수감자들을 하나둘씩 포섭하기 시작했다. 내 정량의 밥으로, 때로는 아무리 배가 고파도 내게 주어지는 빵 쪼가리를 그들에게 돌아가면서 먹였다. 힘없이 당하는 수감자들은 금방 내게 흡입이 되었다. 그리고 언젠가 내가 일어서면 쿠데타에 함께 동참하자고 거사를 도모해 놓았었다.

놈들은 그것도 모르고 계속 수탈과 폭력을 행사한다. 오늘은 더 이상 참을 수 없다고 판단했다. 나는 재판정에서 돌아오자마자 선 채로 군기반장을 향하여

"어이, 군기반장. 사람들 그만 좀 때려."

순간 감방에 냉기가 흐른다. 자기편이라고 생각했던 나를 바라보며 감방장이 어이가 없다는 표정이다.

그때 감방장의 눈치를 살피던 20대 초반의 군기반장이 험상궂은 표정으로 내뱉는다.

"이런 씨발, 양심사범이라고 좀 봐줬더니."

이럴 땐 세게 나가야 한다는 것을 나는 알고 있었다.

"야 이 개새끼야, 말조심해. 좆만한 새끼가. 지 애비 같은 사람도 때리고. 니는 니 애비도 때리냐."

나는 일부러 오기가 있는 척하며 비속어와 함께 쌍심지를 돋웠다. 군기반장이 할 말이 막혔는지 "허…" 하며 넋을 놓은 표정이다.

"야야, 더 이상 맞지 마. 맞고 싶은 사람은 거기 계속 맞고 맞기 싫은 사람은 내 쪽으로 다 와."

그랬더니 20여 명의 사람들이 기다리고 있었던 듯 전부 내가 서 있는 방구석으로 우르르 몰려든다. 그때 사태의 추이를 관망하던 감방장이 "씨발…, 고문으로 대우해줬더니…" 하며 일어선다.

나는 일전의 태세를 갖추었다. 싸움에는 전혀 소질이 없는 나는 감방장과 오기로 맞서야 한다는 것을 알고 있었다.

그때 감방장이 싸움 포즈를 취하더니 붕 하고 날아온다. 나는 벽을 등지며 살짝 피했다. 그리고 둘이 엉겨 붙었다. 밀수범도 싸움에는 소질이 없는 듯했다. 막가파식 주먹질이었다. 한 5분간 엎치락뒤치락하는데 간수들이 뛰어들어 싸움을 말렸다. 둘 다 간수실로 끌려가 빠따를 맞고 돌아왔다. 감

방장의 체면이 말이 아니게 꾸겨지는 형국이 되어버렸다.

그날부터 수감자들은 내 말만 듣는다. 다른 사람들의 지시는 먹혀들지 않는다. 감방의 혁명이 성공하고 권력 이동이 된 것이다. 말하자면 감방 내 민주화가 이뤄진 것이다. 이것도 작은 변화이고 개혁의 기초 실전이었다. 싸우지 않고는 얻어지는 게 아무것도 없다는 것. 또 감방 안에서의 소중한 체험이다. 한쪽 구석에 박혀 있던 감방장이 자신의 전용 자리인 이불 창고로 나를 불러서 담배 한 개비를 권한다. 이건 엄청난 특혜다. 이어서 부감방장을 시켜줄 테니 화해를 하자고 한다.

나는 담배도 싫고 부감방장 안 시켜줘도 좋으니 밤마다 취하는 구타를 근절하고 면회물품 갈취를 중단하라고 요구했다. 그리고 내 면회 물품은 전부 불쌍한 아이들에게 내 마음대로 나눠주겠다고 했다. 감방장이 대꾸가 없다. 그 뒷날 밀수범 감방장은 간수 면담을 신청하더니 딴 감방으로 전방을 가버렸다. 일종의 망명인 셈이다.

이어 자동으로 내가 감방장이 되었다. 그때부터 구타근절과 콩 한 조각이라도 나눠 먹는 제도를 단행했다. 취침 시간에 간부들만 쩝쩝거리며 먹는 회식 자리도 없애고 주전자의 식수도 마음대로 먹도록 하고 통제되었던 화장실 사용도 마음대로 하도록 개방했다.

집시법으로 들어온 대학생이 우리 감방이 국내 감옥 사상 최초로 사회주의식 민주주의가 실현되었다며 낄낄대며 박장대소를 한다.

수감자들의 얼굴에는 화색이 돌았다. 바뀐 감방 분위기가 한 가족 같은 분위기로 변하였다. 징역을 받으면 함께 울고 누군가가 출소를 하면 함께 기뻐해주기도 했다.

하지만 나는 얼마 후 항소심에서 10개월의 징역을 확정선고받고 징역 보따리를 쌌다. 감방 안이 울음바다가 되었다.

세상 인정에서 밀려난 밑바닥층 사람들, 감옥에서 정든 그 사람들을 일일이 안아주고 쓰다듬어준 뒤 꽁꽁 묶인 채 ㅁ교도소로 이감을 갔다. 그리고 3개월 남은 징역을 TV부품공장에서 깡그리 무상 노역으로 바치고 출소를 했다.

58

이번에는 출소 후 창작에 몰입했다. 왜냐하면 자료복사본을 다 뺏겨버려 이미 정보가 새 나간 마당이라 그 자료 원본으로 책을 만들기는 곤란하다는 출판사 측의 난색 때문이었다. 출판사나 인쇄소 대표도 당시는 정보기관에 끌려가 곤혹을 당하는 경우가 비일비재했다. 충분히 이해가 가는 입장이었다. 해서 실상을 직접 창작물로도 쓰고 문학화해서 세상에 알리자는 전략을 생각한 것이다.

먼저 삼청교육대의 실상을 시작(詩作)화했다. 형태는 연작시 형태로 취했다.

삼청교육대 序
- 두려움의 조국

서러움일랑 묻지 말게
가도 가도 찬 새벽길
내 조국이었음에도
발걸음 소리에도 두려워하는
어머니

어. 머. 니.

살아서 뜨거운 이마 위로

군홧발 날아다닐 때

살아 있음보다 죽음을 부러워할 때

피에 얼룩진 비가 내림을 보았는가

무자비한 난타와

무자비한 유린과

죽어 자빠진 시체들의 원한의 소리를

그대들은 알고 있는가 들어나보았는가

벌겋게 눈을 뜬 채로 시궁창 물을

벌컥벌컥 마시다 죽어 나자빠진

주검에조차 군홧발을 가하던

젊은 하사는

누가 그렇게 만들어 놓았으며

지금은 어디에서 살고 있는가

홀로 있어도 두렵고

둘이 있어도 끔찍한

팔십년도

팔십년도

피의 역사 삼청교육대.

-1988년 8월 11일 발행 시집 《바스티유의 땅》 첫 번째 시에서 발췌

삼청교육대2

-소원서

얼마나 높은 곳인지 몰라
3군 사령부 감찰부가
얼마나 높은 곳인지 몰라
적으라기에 적었을 뿐
아무 잘못도 몰라

배고파요
밥 좀 줘요
맞아서 갈비뼈가 부었어요
약 좀 줘요
면회 온 아내를 소대장이 겁간을 했어요
조기 출소를 미끼로
수립에 데려가 술까지 접대받고
겁간을 했대요
자살이 미수에 그친 아내
가출을 하고
아이들은 고아원으로 갔어요
아내를 찾아줘요

일절 비밀로 해준다던 소원서
감찰부가 떠난 날 밤
행정반에서 공개되고
영하 25도 혹한에서
팬티 바람으로 빠께스 물을 온몸에 받으며
사실이 아니라고 진술하라는

강요에 진술하고
거짓 진술하였다고 영창살이
두 달 한 이유를 몰라

겨울비가
내릴 듯하면서도
진작 쏟아져야 할 비는
울분을 감추는 듯 꼬리를 감추고
함성 1회 실시에
피가래가 번지는 하늘

누나
살아서 나오라는 누나
원한조차 기진한 시대의
마지막 진술을 위하여
이만큼 살아 있어요
소원서에 적힌
이유만큼 살아 있어요

삼청교육대 3
-임근실의 한

근실이
저승 어디쯤에서 헤매고 있는가

전두관 타도
지옥의 삼청교육대
징역 10년 살겠다
차라리 교도소로 보내다오
그 외침이 죄라고
군홧발에 짓이겨 죽은 사내
미친개 채왕지는
끝끝내 너의 주검조차 부인하고
시체에 각목을 내리칠 때
울분에 찬 세상을 보았는가
피에 젖은 하늘을 보았는가
(하략)

읽기 쉬운 시, 즉 시를 통하여도 현장 사정을 충분히 인지할 수 있는 창작법을 구사하였다. 실제 사건을 중심으로 약 서른 편의 연작시를 썼다. 박영구 시인이 감탄을 내지른다.

"형, 형, 걸작이야. 됐어, 이 정도면 분노할 거야. 이 시를 읽고 세상이 분노를 하지 않는다면 그건 사람의 눈이 아니지."

그 시는 독재정부를 부정하는 반체제 작가 모임인 ㅈ문인단체로 보내졌다. 그리고 나는 조용히 기다렸다. 이 시가 반체제 작가모임의 기관지 잡지에 실리고 못 실리는 것은 운명이라고 생각하고 기도하며 기다렸다. 이 시가 폭로의 단초가 될지도 미지수다. 아무도 모른다. 나는 모든 것을 운명에 맡기고 이삿짐센터의 지게꾼으로 일당벌이를 하며 살았다. 눈은 뜨고 죽은 듯이 엎드려 기회를 엿보았다 전두관의 세상은 벌겋게 눈을 뜨고 있었으며 그들의 권세는 하늘을 찌를 듯 기세가 등등했다.

전두관이 미모의 탤런트와 간통했다는 이유로 영부인이 그 여자의 자궁을 도려냈다는 소문도 나돌았다. 전두관의 동생은 새마을운동본부를 사조직으로 이용하여 탐욕의 마수를 뻗치고 있다고도 했다.

　5월 광주의 실제 상황의 필름이 비밀리에 전국을 떠돌았다. 그 필름은 외국기자가 촬영한 것으로 비밀리에 제작되어 80년 반체제 지하 운동권을 뜨겁게 달구었다. 하지만 그 필름을 소지한 사람이나 상영 장소가 발각되면 어김없이 비밀 정보기관으로 끌려갔다. 사람들은 그곳에서 반병신이 되거나 시체가 되어 나오기도 했다.

　간첩단 조작 사건도 여전했다. 내가 삼청교육대를 다녀오는 동안 내 어머니와 누나 두 명, 심지어는 고종사촌 형들도 영문도 모르게 정보기관에 끌려갔다가 그 충격으로 고모가 돌아가셨다는 말이 내 귀에 들려왔다.

　"말도 마라⋯. 놈들이 저지른 악행은 내 말 못한다. 무서운 놈들⋯."

　내가 누나에게서 그 말을 듣고 어머니한테 사실을 물었을 때는 어머니는 진저리를 쳤다.

　"말하지 마라. 누구에게서 들었는지 모르겠지만 모르는 척해라. 그것이 우리가 살 길이다⋯."

　어머니는 두려움에 몸을 떨었다. 나중에 안 바로는 죽은 나의 아버지가 6.25때 월북한 5촌이 간첩으로 내려왔을 당시 아버지와 접선했다는 소문을 듣고 우리 가족을 간첩단 사건으로 몰아가려 했다는 것이다. 만약 아버지가 살아 있었다면 아버지는 간첩으로 몰려 죽었거나 감옥에서 평생을 보냈을 것이다. 나는 그 사건을 오랫동안 기억할 것이다. 우리 가족을 정보기관으로 끌고 간 놈은 정보기관의 수사요원으로 일하는 큰 매형의 친구라는 놈 이었는데 알고 보니 유달리 권력을 좇는 속물근성의 큰 매형에게 일부러 접근을 하여 큰 매형을 전략적 친구로 삼아 우리 가족을 염탐한 것이었다.

무식한 큰 매형이 6.25 전후로 우리 장인이 월북 친인척을 만났다는 소문을 들은 기억이 있다고 술자리에서 자랑처럼 떠벌린 말을 근거로 내 가족과 친인척을 모두 연행해 갔던 것이다.

어머니는 죽을 때까지도 정보기관에서 고문받은 사실을 "말하지 마라…, 말하지 마라" 하며 입을 굳게 다물 것을 신신당부하며 눈을 감았다. 나는 황소보다 순박해서 무식한 어머니와 고모를 그렇게 만든 놈을 심장에 새겼다. 언젠가는 놈을 찾아내어 내 손으로 찢어 죽이리라는 원한이 골수 깊이 와 박혔다.

ㅂ대학 교정의 플라타너스 나무 이파리가 낙엽으로 뒹굴 무렵 박영구 시인이 숨을 몰아쉬며 뛰어왔다.

"형, 됐어. 소식이 왔어. 형 시가 ㅈ문인협의회 기관지에 게재된대. 편집위원 만장일치로 채택됐나봐. 축하해."

나는 그 소식으로 세상에 살아 있어야 할 가치를 다시 찾은 것처럼 새로운 희망을 가슴에 담았다. 그것은 내게 희망의 메시지였고 생명을 지탱시켜주는 밥이었다. 다시 힘을 내야 했다. 임근실 죽음의 진상규명과 ㅊ감호소에서 아직도 인권을 수탈당하고 있을 박성호, 김양호, 김동철 그들을 구해야 했으므로. 나는 내 글에 생명을 걸 요량이었다.

드디어 연작시 〈삼청교육대〉는 세상에 알려졌다. 그 시를 접한 문인들은 깡패 잡는다는 삼청교육대가 양민의 인권학살 도가니였다는 사실에 경악했다. 많은 사람들로부터 전화 격려가 있었고 함께 폭로에 앞장서자는 동지적 정신을 가진 문인들도 있었다.

힘이 생겼다. 이어서 또 반가운 소식이 있었다. 이형철 시인이 편집주간으로 있는 출판사에서 〈삼청교육대〉를 수기집으로 내자는 제안이 왔다. 또

김석수 시인이 있는 한거레출판사에서는 삼청교육대 연작시집을 내자는 제안을 한다. 나는 세상을 다 얻은 것처럼 껑충거렸다.

('두고 보아라. 군사정권의 졸개들아. 그중 대표적인 살인마 오기택, 정도형, 채왕지…, 기다려라….')

그때부터 나는 밤낮으로 수기를 썼다. 그리고 두 계절이 넘어갈 무렵 그 책들은 완성이 되었다. 책 출간을 절대 비밀에 붙여 놓았던 출판사 측과 나는 원고 초본을 모 종교단체에 한 부를 보냈고 또 반체제 문인단체에도 한 부를 보내 놓았다. 혹 모를 탄압에 대비하기 위함이었다. 나는 작가 검거에 들어갈 것을 대비하여 창녕의 모 사찰에 몸을 숨겼다.

사찰주 신분은 비구승 흉내를 내고 있었지만 대처에 부인과 자식이 있는 사람이었다. 그런데 주지승이 여자를 얼마나 탐하는지 미칠 지경이었다. 출판사 측에서 여자직원을 시켜 면회라도 오는 날이면 주지는 미친 듯이 내 방을 들락거렸다.

한번은 여류문인 두 명이 숨어서 면회를 왔는데 주지승이 잠깐 보자고 한다. 대웅전 뒤뜰로 나를 불러낸 주지는 내보고 대뜸 이렇게 말하는 게 아닌가.

"이 처사, 아 미치것네. 오늘 찾아온 키 큰 보살님 말이요. 딱 내 스타일인데…. 그 보살님 내한테 소개 좀 시켜 주소."

"뭐 하시려구요…."

"아따 다 암시롱. 산중에 외로운 시님한테 보살님 소개시켜주는 보시보다 더 큰 보시는 없지. 으이. 으잉, 제발…."

기가 막힌 나머지 그 사실을 여류 문인들에게 알려주자 여류들이 기겁을 하고 하산 준비를 한다. 주지가 도망가려는 여류 문인들에게 찾아와 "보살님들 담에 오거덩 꼭 내한테도 들려주소잉. 햐, 그 보살님 육덕도 좋다아, 허허허" 한다.

주지승은 어쩌다 아랫마을에서 올라오는 보살들과도 매우 친했다. 어떤 보살은 주지승이 맛있는 음식 접대한다고 꼬드기면 함께 부곡 하와이로 외출을 다녀오기도 했다.

어쨌든 괴승과 한 달 정도 동거를 하고 있는데 서울 출판사에서 전보가 왔다.

'책, 대박, ㄷ여자대학교 7일 오후 2시 강연 예정. 서울 급상경 요.'

나는 괴승과 이별을 하고 서울 고속버스에 몸을 실었다. 오랜만에 나와 보는 세상이 가히 싫지는 않다. 언제부터인가 내 팔자는 갇혀 살거나 숨거나 쫓기는 데 길들여져 가고 있었다. 세상의 비주류로 산다는 것은 역사정신과 어려운 결단이 요구되는 일, 불편해하지 말아야 한다. 정직한 역사 편에 선 사람들도 주류로 산 적이 한 번도 없다. 그것은 세계 역사가 그랬고 조선의 역사 또한 그랬다.

그런데 책이 얼마나 잘 팔리기에 대박이라는 표현까지 썼을까. 책이 많이 나가면 더 큰 탄압이 오지 않을까. 나는 이런저런 걱정으로 뒤척이다 서울 남부터미널에 발을 내렸다.

첫발을 디딘 서울의 하늘은 회색빛 하늘이었다. 이 하늘 아래 얼마나 많은 회색빛 정치 모사꾼들이 살고 있을까 하는 생각을 하며 대합실로 들어서는데 출판사 여직원이 쪼르르 달려왔다. 그때였다. 어디에선가 카메라 플래시가 펑펑 터졌다. 나는 주변에 연예인이라도 출현했나 하고 고개를 돌리는데 "이상적 작가님이시죠" 하며 기자들이 내게로 우르르 몰려든다.

그들은 한꺼번에 몰려들어 "삼청교육대를 직접 다녀오셨나요?", "책 내용은 사실에 기반을 두고 쓴 겁니까? 픽션은 없습니까?", "전두관 정권은 어떻게 평가하시나요?" 등등의 질문을 쏟아냈다. 나는 출판사 직원을 따라 부리나케 승용차로 몸을 숨겼다. 출판사 여직원이 숨을 할딱이며 말했다.

"작가님, 보셨죠? 대박이에요, 완전 대박. 재판 찍은 6천 부가 일주일 만에 동이 났대요. 언론사에서도 야단이 났구요. 오늘 오전에 인쇄소에 3판 신청 했는데 종이가 없어 오후에서야 찍는대요."

하늘이 돕는구나. 그렇지, 임근실의 혼이 있다면 당연히 그래야지. 나는 승용차 안에서 여자대학으로 가는 길에 조용히 회한에 잠겼다.

예상외로 여자대학 강당에는 입추의 여지가 없을 정도로 학생들이 인산인해를 이루고 있었다. 내가 들어서자 학생들은 환호성을 보냈다. 학생들은 이미 내 책을 읽은 독자들이었고 군사정권의 도덕성에 치명상을 가한 내 책에 격려의 박수를 보내고 있었다.

주최
XX여자대학교 총학생회

총학생회장이 말했다.

"학우 여러분, 전두관 군사정권이 저지른 비리 가운데 5월 광주와 삼청인권학살은 지금까지 묻혀 있었습니다. 하지만 한 작가의 용기로 우리는 전두관 정권의 심장에 비수를 꽂았습니다. 이 책으로 말미암아 전두관 정권의 인권 위장술과 허위에 찬 정치 기만술이 백일하에 드러났습니다. 여러분, 이 작가님께 큰 박수를 보내드려야 하지 않을까요!"

나의 인사말이 그들의 박수 소리에 묻혔지만 처음으로 나의 대중 연설이 시작되었다.

"80년 5월, 피의 살육이 시작되면서 전두관은 백성들에게 위장된 연극 한 편을 필요로 했습니다. 그것은 제도 언론과 권력이 발을 맞춘 한 편의 길고 긴 드라마였습니다. 그 연극 속에 6만여 명의 이름 모를 양민들이 '정화'라는 가짜 드라마의 출연자로 끌려갔고 그 양민들은 그들의 총검 아래에서 신음해야 했습니다. 단 한 명의 연출자가 6만 명의 배우를 동원, 그들을 죽음의 구렁텅이에 몰아넣고 지옥의 아우슈비츠를 만들었습니다. 또 생존 항쟁을 일으킨 자국민을 총으로 쏴 죽이거나 몽둥이로 패 죽이는 천인공노할 학살을 저질렀습니다. 어리석은 사람들은 아직도 말합니다. '정화작전은 깡패들을 깡그리 쓸고 갔다. 이로 인하여 우리 사회는 깨끗이 정화되었다.' 천만의 말씀입니다. 그것은 위선의 제도언론이 전두관의 장단인 보도지침에 놀아난 앵무새 소리에 불과했습니다. 이 나라에 깡패가 6만 명이나 된다? 이 나라에 인간 쓰레기가 6만 명이나 된다? 여러분, 이 나라에 그렇게 많은 인간 쓰레기가 있었다면 우리가 그들의 등쌀에 살 수 있었을까요? 인간쓰레기는 6만 명의 양민이 아니라 쿠데타로 정권을 찬탈해놓고 민주주의를 외치는 5월광주를 총으로 쏴죽이고 백성을 군홧발로 짓밟아 죽인 전두관 정권, 그 깡패집단입니다. 살인을 정당화시키기 위하여 백성들의 눈과 귀를 가리고 위선의 정화작전을 펼친 전두관이 인간백정 아니겠습니까! 여러분! 논물을 대려다 물꼬 다툼을 한 농부들을 체포하고, 마음 바로잡고 살아가는 배추장사 아저씨를 끌고 가고, 택시기사와 요금시비 붙었다 하여 끌고 가고, 노조 설립했다 하여 연행하고 바른 기사 쓴 언론인 잡아가고, 전두관의 쿠데타에 동조 않는다는 보안사령관을 끌고 가고, 여당 후보 비난했다는 혐의로 야당후보를 끌고 가고, 술집에서 언성 높였다 하여 끌고 가고…. 여러분, 이런 사람들이 깡패입니까 양민입니까? 저는 오늘 임근실이라는 동료가 물고문으로 죽어간 피 맺힌 실화를 폭로합니다. 임근실은 배가 고파 땅바닥에 떨어진 밥알을 주워 먹다가 발각되어 모진 구타와 고문을 당하던 중 '교도소에서 10년을 살았음 살았지 삼청대에서 단 하루도 못 살겠다. 전두관 군사정권 타도' 등의 저항을 하다가 특수교육대에 끌려갔습니다. 저 역시 그의 저항에 동조했다는 이유 하나로 물고문장에 끌려가 보안대 수사관과 군사정권 졸개들에 의하여 물고문을 당하였습니다. 임근실은 고통을 못 이긴 나머지 개집 속에 숨었고 개집을 거꾸로 세워 놓고 고문하던 군인들은 영하 20도의 살인적 추위도 아랑곳없이 빠께스 찬물을 개집 속으로 계속 처 부었습니다. 개집에서 살겠다고 버둥거리던 그 처참했던 광경이 눈가에 밟히는 것은 그가 죽기 전 자신의 억울한 죽음을 세상에 알려 달라던 그 한마디 유언이 지금도 귓가에 맴돌기 때문입니다. 저는 임근실의 죽음과 살인정권을 폭로키 위하여 죽지 못하고 살아 나왔습니다. 이제 그의 억울한 죽음을 여러분 앞에 폭로합니다. 또 있습니다. 지금 ㅊ감호소에는 희대의 인권학살이 자행되고 있습니다. 군부대에서 생존 항쟁을 주도했던 민주투사들이 0.4평짜리 독방에 갇혀 인분을 몸에 묻히며 마당의 개보다도 더 못한 생활을 하고 있습니다. 그들은 천장에 거꾸로 매달려 고문을 당하기도 하며 사지를 결박당한 채 24시간을 생활하기도 했습니다. 인권학살의 ㅊ감호소가 백주의 대낮에 문을 열고 있는 이상, 또한 민주투사들이 0.4평의 독방에 갇혀 신음하는 이상 이 나라의 국민들은 아무도 인권 수탈에서 자유로울 수 없을 것입니다. 여러분, 여러분이 ㅊ감호소 문을 부숴 주십시오. 그리하여 그 속에서 신음하고 있는 이 나라의 백성들, 전두관 독재의 희생자로 죽어 가는 이 땅의 백성들을 구출해 주십시오.”

59

1988년 3월, 국회 야당 총재실. 천장에 매달린 샹들리에 불빛 아래 노신사가 책을 읽고 있다. 한 시간 이상을 책에 매달려 있던 노신사가 책상 위의 부저를 누른다. 그리고 비서실장을 부르라고 한다.

조금 뒤 국회 배지를 단 법조인 출신 ㅈ비서실장이 부리나케 총재실로 들어선다. 총재가 읽던 책을 보여주며 말한다.

"이 책을 더 이상 읽을 수가 없어요. 너무도… 처절해서 다음 페이지를 넘기기가 겁이 나요…. 대책이 뭐라고 생각해요?"

"저는 끝까지 다 읽었습니다. 깡패집단만 끌고 간 줄 알았는데 실상이 반대라는 것이고 그 속에서 의문의 생존 폭동과 알 수 없는 죽음들에 대하여 국민들이 엄청 충격을 받았을 겁니다. 지금 국민들은 이 책 속의 사건들에 대한 의문으로 가득 차 있는 것 같습니다. 출판사 측에 알아보니 발간 두 달 만에 20만 부가 넘었다고 합니다. 이대로라면 총 판매부수가 50만 부를 거뜬히 넘어설 것 같고 국민들의 분위기도 격앙될 것 같습니다. 여당 출입 기자들에 의하면 이 책 때문에 여당 지도부 회의가 소집되는 등 초상집 분위기라고 합니다."

총재가 긴 한숨을 몰아쉰다.

"모든 게 내 책임이야. 야당이 똑바로 존재했더라면 어떻게 이런 일이 생길 수 있었겠어요."

그때 실장이 조심스레 입을 뗀다.

"총재님 잘못이 아닙니다. 그동안 총재님은 외국에서 정치망명을 하고 계셨고 그 기간 안에 일어난 사건입니다."

"아니오. 무능한 야당이 만들어진 것도 야당 정치 지도자들이 힘이 없었기 때문이오. 삼청교육대는 한 달 만에 끝난 것으로 알고 있었는데 이 책 속에 등장하는 주인공이… 3년 동안 잡혀 있었다잖소. 이런 죽일 놈들…. 어떻게 백주 대낮에 죄 없는 백성들을 이토록 고통 속에 몰아넣을 수 있어. 도저히 용서가 안 돼. 이 책 속의 주인공은 시인이야 시인. 어쩌다가 시인이 삼청교육대로 끌려가는 세상이 되었단 말인가."

"총재님, 이 사건은 우리 쪽에서 먼저 쟁점화시켜야 할 것 같습니다."

"맞아요. 내 생각도 그래서 불렀습니다. 먼저 이 책 작가 분부터 한번 만나 보자구요. 작가와 만나서 의논해보고 쟁점화 방향을 정하도록 합시다."

"잘 알겠습니다. 그런데 출판사 측에 의하면 작가의 신변보호 때문에 작가 만나기가 수월찮다고 합니다만 비밀리에 추진해보겠습니다."

민주평화당 총재 비서실장이 정중하게 목례를 하고 황급히 바깥으로 사라진다.

60

대구 ㄱ대학교 정문 앞, 정문 앞 광장에는 2천여 명의 군중이 운집해 있고 군중의 가운데에 정화작전 마당놀이 공연이 한창이다. 마당놀이에 등장하는 극중 조교들에게 군중들이 야유를 보내기도 하고 웃음이 터지기도 하며 어떤 대목에서는 훌쩍거리기도 한다.

이 광경을 끝까지 노려보고 있는 정문 밖 전경부대는 여차하면 교내로 진입을 할 것처럼 느껴진다. 순간 마당놀이를 보고 있던 군중들 틈새에서 "전두관을 찢어 죽이자" 하는 함성이 터져 나온다. 이어 "찢어 죽이자" 하는 함성들이 합창으로 밀려든다. 그때 한 무더기의 청장년 무덤에 둘러싸인 작가가 나타난다. 학생들의 경호로 나타난 작가는 마당놀이 공연장으로 들어선다. 곧이어 마당극이 끝나고 《정화작전》 작가의 '독재정권과 민주주의'라는 제목의 강연이 시작된다.

"오늘은 방금 여러분이 관람하신, 마당극에 제일 악질조교로 등장하는 정도형이라는 조교에 대하여 말씀을 올리겠습니다. 우리 민족은 백의민족이고 이웃나라를 한 번도 침범을 한 적이 없는 역사를 갖고 있습니다. 역사적 사실에 근거하면 남을 괴롭히지 않는 순박한 혈통의 민족이지요. 근데 우리 민족은 월남전에 용병으로 참전하여 월남 민족 내전에 개입하여 수많은 사람들을 죽였습니다. 5월광주에 공수부대를 투입하여 자국민들을 총검으로 쏴 죽이고 찔러 죽였습니다. 삼청교육대를 만들어 철조망 안에 가두어 놓고 또 찔러 죽이고 쏴 죽였습니다. 여러분, 이런 범죄를 저지른 사람들의 특징이 무엇인고 아십니까? 네…. 악질 군인들이었습니다. 만주군관학교 출신 박정희와 보안사령관 전두관 등의 군인들이 만행을 저질렀습니다. 그런데 독재자가 출현하면 반드시 그에 걸맞은 지시를 이행하는 악질들이 나타나게 되어 있죠. 바로 지시 이행 군인들입니다. 오늘 제 작품 원작을 바탕으로 꾸며진 마당극에 등장하는 오기택 대위와 정도형이 그런 사람들입니다. 살인적 폭력과 구타를 밥 먹듯이 즐겨 하는 그들을 어떻게 해야 할까요, 여러분!"

그때 관중들이 합창하여 소리 지른다

"죽여야 합니다아-."

"네…, 저는 그들을 역사의 단두대에 세울 겁니다. 여러분, 그래도 되죠오-."

또 관중들이 소리 지른다

"삼청교육대로 보냅시다아-."

순간 군중들의 웃음이 터진다. 또 누군가가 외친다.

"전두관도 삼청교육대 보냅시다아-."

그때였다. 정문 바깥 전경대에서 마이크 소리가 들려온다.

"학생 여러분, 해산하십시오. 지금 해산하지 않으면 바로 연행에 들어가겠습니다. 여러분은 지금 대통령을 모욕하고 있습니다. 당장 중지하시고 해산하세요."

누군가가 또 외쳤다.

"전두관을 삼청교육대로 보내자!"

"보내자, 보내자, 보내자!"

순간, 최루탄 분사기가 작렬하는 소리가 들려오기 시작했다.

'부다다다다다-, 피웅.'

'피웅-피웅, 타타타타타타타-.'

이어 최루탄 연기가 안개처럼 뭉실뭉실 피어올랐다. 여학생들이 치마로 얼굴을 감싸안았다. 남학생들이 준비해둔 돌멩이를 전경대 쪽으로 던지기 시작하고 어느 틈에선가 화염병이 전경들을 향하여 날아가기 시작했다.

작가는 각목을 든 학생들에 휩싸여 어디론가 피신을 한다. 그 뒤로 백골단 무리가 뒤따른다.

61

따르릉…, 따르릉…. 내가 숨어 있는 집 전화벨소리가 요란하게 울리기 시작한다. 그 소리는 아주 길게 두 번, 짧게 한 번 반복을 하다 받는 사람이 없으니까 저절로 끊긴다. 그리고 10여 분 후 다시 전화벨 소리가 울린다.

출판사 측에서 준비해준 그 집은 나의 은신처이고 전화는 윗방에서 들려오는 소리다. 나는 그 전화 벨소리를 오래전부터 듣고 있었다.

누군가가 전화 받는 기척이 들린다.

"네, 네, 계십니다. 잠깐만 기다리세요."

이어 "작가 선생님, 전화 받으세요."

주인아줌마의 목소리가 들린다. 나는 황급히 미닫이문을 열고 윗집 마루로 뛰어간다. 그리고 송수화기를 집어 들었다.

"전화 바꿨습니다."

"안녕하십니까, 이상적 선생님이시죠?"

상대방의 중후한 목소리가 송수화기 저편에서 중후하게 울려온다.

"네, 그렇습니다만…."

"아 네, 반갑습니다, 작가 선생님. 여기는 국회 민주평화당 총재 비서실입니다."

"네, 네⋯."

"다름 아니고 작가 선생님의 글이 지금 일파만파로 퍼져 나가고 있는 상황이라⋯, 우리 총재님께서 선생님을 한번 뵙고 싶어하십니다. 가능하다면 이 사건을 정치 쟁점화시켜서 진상규명까지도 생각하고 계시는 듯합니다만⋯, 급히 한번 뵀으면 합니다. 언제쯤 시간이 나시겠습니까?"

나는 드디어 올 것이 왔다는 생각을 했다. 순간 울분에 찬 임근실의 분노가 가슴 바깥으로 울컥울컥 치밀고 올라오는 듯했다.

"강연 일정이 잡혀 있어서 일주일 뒤 XX일 바로 가겠습니다. 시간은 오전 10시경 어떻습니까?"

"좋습니다. 그 시간 총재님의 모든 일정을 비워 놓겠습니다."

"네, 네."

상대방의 전화기가 딸깍 하고 끊겼다. 나는 전화기를 내려놓고 한동안 남의 집 마루에서 멍하니 앉아 있어야 했다. 내가 꾸던 꿈이 현실화되고 있다는 것이 믿기지 않아서였다.

강연 일정이 없다면 내일이라도 바로 뛰어가서 진상규명 약속을 받아내고 싶었다. 그런데 또 여러 사람으로부터 만나자는 소식이 전해져 왔다. 강원도 부대에서 생존 항쟁을 목격했다는 김상용 씨라는 사람과 국회의원 후보로 끌려갔다던 정인주 씨로부터의 연락이 있었다.

같은 피해자라는 동지자적 동질감으로 정인주 씨와는 바로 만났다. 정인주 씨는 한 달 동안 억류되어 있다 풀려난 케이스였다. 영문도 모른 채 끌려가 다리의 아킬레스건이 끊어져 심하게 고생을 했다고 했다. 정인주 씨와 함께 여자삼청교육대 출신 차영자 씨도 만나고, 고등학생으로 끌려가 죽은 남일홍 군의 누나도 만났다.

이어 문화방송국 사장 출신인 유호 씨도 만나게 되었다. 정인주 씨를 비롯하여 우리는 피해자 모임을 결성하여 진상규명을 위하여 싸우자는 약속과 다짐을 하였다.

또 강원도에서 생존 항쟁을 목격했다는 김상용 씨는 5.18항쟁 주역이었는데 수배 피신 중 나무꾼 노릇을 하다가 우연히 부대에서 총격전이 벌어지는 것을 목격했다며 함께 진상규명 대열에 설 수 있다고 약속을 했다. 동시에 때가 오면 증언도 해줄 수 있다고 했다.

무엇보다도 나는 오기택과 정도형, 채왕지 등 임근실을 죽이는 데 앞장선 물고문 조교들의 행방을 알아내기 위해 수소문했다. 그들의 근거지라도 알아놔야 후일 거사를 도모할 수 있을 거라는 판단에서였다.

하지만 그들의 행방을 찾기란 그리 용이하지 않았다. 하지만 찾아내야 한다고 스스로 다짐하고 또 했다. 오기택은 아직도 군인이라 부대에 있을 것이고 나머지는 단기 하사들이라 이미 제대를 했을 것이었다. 주소를 다 알고 있는 것도 아니고, 다만 정도형이 고향이 인천 지역이라는 것과 남산 모공고를 졸업했다는 정도였다. 나는 시간 나는 대로 남산의 학교에 가서 그의 학적부를 뒤져볼 생각이었다.

약속의 일주일이 금방 흘렀다. 바쁜 시국강연 일정으로 시간 가는 줄을 모를 정도로 바빴다.

당일 여의도행 버스에 몸을 실었다. 오전 10시가 되려면 약 30분이 남아 있는 시간, 의사당에서는 미리 사람이 나와 기다리고 있었다. 비서실에서 10여 분쯤 대기하고 있는데 언론에서 낯익은 정치인들이 많이 들락거린다. 어떤 의원은 가까이 다가와 고생했다며 극진한 자세로 인사를 하기도 한다.

수기 《정화작전》은 기대 이상의 역할을 하고 있는 셈이었다. 그때 총재 비서실장인 ㅈ의원이 들어서며 악수를 청한다. 이어 ㅈ의원 뒤에 서 있는 사람을 소개한다.

"인사하시죠. 이분도 함께 고생한 강창길 전(前) 보안사령관입니다."

나는 깜짝 놀랐다. 말로만 듣던, 전두관 정권을 반대하다 끌려갔던 강창길 보안사령관…. 나는 고개를 깊숙이 숙였다. 그것은 정의가 말라버린 세상에 부와 출세가 보장된 길을 마다하고 고난의 길을 선택한 사람에 대한 최소한의 경의 표시였다.

그가 나의 손을 잡았다.

"고맙소. 책 잘 읽었어요. 우리 이 동지가 해낸 것이오. 내 속의 울분도 우리 이 동지가 풀어준 거요. 정말 고맙소. 우리 피해자가 함께 힘을 모읍시다. 그래서 전두관의 학정을 더 구체적으로 밝혀냅시다."

그의 얼굴은 상기되어 있었다. 나는 그의 손을 꽉 잡았다.

"고맙습니다. 힘이 되어 주셔서. 앞으로도 함께해주시면 진상규명에 큰 힘과 용기가 될 것입니다. 사령관님의 도움이 절실합니다."

"그럼요. 당연히 진상규명 모임에서 힘을 합쳐야지요."

그는 보기보다 더 힘차게 말에 힘을 준다. 그것은 저력이었다. 용기를 가진 자만이 갖는 힘, 큰 저력이었다.

ㅈ의원의 안내로 우리는 총재실로 들어섰다. 우리가 들어서자 총재가 고문받은 다리의 불편함에도 불구하고 일부러 일어서서 우리를 반갑게 맞이했다.

총재 역시 박정희 정권에 끌려가 대마도 앞바다에 수장될 위기까지 갔다가 가까스로 살아난 사람이다. 그뿐만 아니라 전두관 정권 때는 사형선고를 받아 오랫동안 감옥살이를 했던 사람이기도 하다.

그런 동질감으로 세 사람은 오랫동안 손을 잡고 있었다. 그리고 선 채로 총재가 먼저 자신의 심경을 표했다.

"우리 광주는 피바다가 되었지만 그래도 빛고을이라는 세계적인 이름을 얻었는데, 삼청은 깡패 누명을 쓰고 살았으니 이보다 더 억울함이 어디 있 겠습니까?"

강창길 씨가 이어 나갔다.

"우리 민족의 운명입니다. 자식 하나 잘못 키운 거죠. 어디서 깡패자식이 불쑥 튀어나와 집안을 쑥대밭으로 만든 케이습니다. 지금이라도 바로잡아 야죠. 총재님이 앞장서서 도와주십시오. 여기 서 있는 이 동지의 육신이 그 증거자료의 전부 아니겠습니까?"

총재는 얼굴이 상기되어 말했다.

"맞아요. 이번에 용감하게 책으로 폭로해주셨으니 이나마 밝혀진 거지 요. 밝혀내야지요. 도리어 야당을 책임지고 있는 내 입장에서 고마워해야 할 일이지요."

내가 입을 뗐다. 민주화의 거장들 앞에 조심스럽게 말했다.

"제가 폭로한 것도 빙산의 일각입니다. 지금 전방 군부대에는 비밀의 주 검들이 수없이 파묻혀 있습니다. 독재정권이 증거를 없애기 전에 하루라도 빨리 진상규명을 해야 합니다."

내 말에 바로 총재가 동의했다.

"그렇습니다. 우리 야당에서 청문회를 요구하겠습니다."

나는 이때야말로 초감호소 인권실태를 말할 기회라고 생각했다.

"총재님, 지금 당장 시급한 것이, 초감호소에 삼청의 잔존 동지들이 0.4 평짜리 독방에서 묶여 있습니다. 그들은 삼청에서 생존 항쟁을 주도했던 양심세력들입니다. 단지 생존 항쟁을 주도했다는 이유 하나로 감호소에서 조차 탄압받고 있습니다."

나는 내가 주도했던 감호소 단식농성과 그 이후의 사태에 대하여 아주 구체적으로 설명했다.

내 말을 다 들은 야당 총재는 얼굴을 붉혔다. 그리고 분노했다.

"나쁜 사람들입니다. 삼청탄압도 모자라 감호소에서조차 인권학살을 하다니. 야당이 꼭 해결하겠습니다. 삼청사태는 제2의 광주사건입니다. 저희 야당이 꼭 해결하겠어요. 그리고 ㅊ감호소 부분에 대하여는 이번 국감 때 바로 조사를 하겠습니다. 꼭 해결하겠습니다."

62

국회 민주평화당 총재실을 다녀온 며칠 뒤 바로 열린 임시국회에서는 한바탕 소동이 일었다. 민주평화당 부총재인 ㅂ의원이 "피에 맺힌 삼청을 진상규명하라"는 국정질의를 처음으로 제기했던 까닭이다.

국회는 그 한마디로 매머드급 태풍이 지나갔다. 여당의원들이 명패를 집어 던지고 고함을 지르며 삼청의 인권유린을 폭력으로 덮으려 했다. 하지만 역사의 바람은 정직한 사람들의 편으로 기울었다.

국방부에서 민주평화당의 요구와 책《정화작전》의 영향으로 어쩔 수 없이 54명의 삼청 수용자들이 훈련 도중 사망했으며 사망의 원인은 전부 병사로 죽었다고 위장 발표했다. 그 발표로 인하여 세상이 뒤바뀔 듯 시끄러워지기 시작했다. 삼청을 전두관 각하의 시대적 과업이라고 떠들던 ㅈ일보와 ㄷ일보 등도 언제 그런 보도를 했느냐는 듯이 삼청의 한과 억울함을 보도하기 시작했다. 내 책 내용이 사실임이 확인된 언론사에서는 우리 집으로 줄을 서서 인터뷰 요청을 해왔다. 나는 더욱 바빠졌다.

드디어 광주조사특별위원회와 전두관 정권의 5공비리 특위가 구성되었다. 평화당의 발의와 야3당의 요구로 이 땅 최초의 청문회를 개최토록 합의가 되고 바야흐로 정치는 한치 앞도 내다볼 수 없을 정도로 혼미한 안개

정국이 연출되었다.

　나는 평화당으로부터 청문회 출석을 제의받았다. 또 임근실의 죽음에 대한 조사도 이뤄지기 시작했고 가해 책임자인 오기택 대위의 청문회 출석도 이뤄졌다.

　나는 증인의 자리에 앉았다. 그 자리는 5공비리의 주인공인 전두관이 앉아서 국회의원들에게 심문당하던 자리였다. 그의 죄악상은 젊은 국회의원들로부터 난타와 모욕으로 공격당하였다. 나는 지금 전두관에게 당한 피해자로 앉아 있는 것이다.

　순간 "전두관 타도"를 외치며 죽어가던 임근실의 눈물이 '증인석'이라고 씌어 있는 명패 위로 번지는 것 같은 착각에 사로잡혔다. 청문회장으로 피바람이 후욱 불어오는 것 같다.

　백여 개의 카메라와 영문 완장을 찬 외신기자들 그리고 국내 방송국 카메라가 돌아가기 시작했다.

　최낙도 의원 : 당시 이상적 씨는 억울한 감호 처분을 몇 년 받았습니까?

　이상적 : 네, 3년을 받았습니다.

　최낙도 의원 : 그것은 재판에 의한 정당한 절차를 밟지 아니하고 군의 일방적인 결정에 의하여 당한 것이지요?

　이상적 : 네, 그렇습니다.

　최낙도 의원 : 그것은 법률적으로 행할 수 없는 불법 아닙니까?

　이상적 : 네, 그렇습니다.

　최낙도 의원 : 증인은 임근실 씨를 잘 알지요?

　이상적 : 네, 잘 압니다.

　최낙도 의원 : 그럼, 임근실 씨에 대하여 묻겠습니다.

　최낙도 의원 : 임근실 씨는 어떻게 압니까?

이상적 : 원래 2소대였으나 악질 수련생이라 하여 우리 3소대로 옮겨와 알게 되었습니다. 우리 소대가 악질 조교들이 가장 많은 소대로 알려져 있었기 때문에 우리 소대로 보낸 것으로 알고 있습니다. 그렇게 하여 첫 만남이 되었습니다.

최낙도 의원 : 기록(《정화작전》)에 의하면 81년 2월 초에 임근실이가 땅에 떨어진 밥을 주워 먹다가 구타에 의한 사망으로 되어 있는데, 그게 맞습니까?

이상적 : 그렇습니다. 취사장에서 밥알을 주워 먹었다고 하여 특별교육대에서 개 맞듯이 맞아 죽었습니다. 그뿐만 아니라 임근실은 민간인이 불침번을 설 수 없다고 거부했고 강제노역을 거부했습니다. 그리고 조교들의 폭행에도 저항했습니다.

최낙도 의원 : 계속 말씀하시죠.

이상적 : 임근실은 나와 함께 소대 배식을 위하여 취사장에 갔습니다. 그때 함께 갈 때 그는 이미 조교들의 구타에 의하여 골병이 들어 있었고 걸음조차 제대로 걷기 힘든 모습이었습니다.

최낙도 의원 : 배가 매우 고팠습니까?

이상적 : 그렇습니다. 우리는 배가 고파 거의 아사 지경에 있었고 임근실이 취사장에서 밥알을 주워 먹음으로서 더 많은 구타를 당했습니다. 그리고 여기 당시에 썼던 수양록이라는 것을 가져왔는데 한번 읽어봐도 되겠습니까?

'오늘 저녁 임근실이가 배가 고파 잔반을 주워 먹었다는 이유로 우리는 벌거벗은 몸이 되어 연병장에 집합했다. 영하의 혹독한 날씨가 사람을 전율케 했다. 차라리 너무 고통스러워서 빨리 얼어 죽고 싶었다. 조교들은 임근실 씨가 '교도소에서 10년을 살았으면 살았지, 이곳에선 하루도 못 살겠다'고 말한 것을 명분으로 참혹한 단체고문을 준다고 하였다. 나는 비록 임근실 씨의 그 말 때문에 고통을 당하더라도 그가 말한 그 절규에는 우리의 절규도 함께 포함되어 있기에 그 대담성과 솔직한 발언에 아낌없는 박수를 쳐주고 싶었다'라고 적혀 있습니다.

그리고 뒷날 나는 이 수양록이 검열 때 적발이 되어 임근실과 함께 가혹한 물고문을 당하였습니다.

최낙도 의원 : 물고문은 누구에게 당했습니까?

이상적 : 오기택 대위가 보는 앞에서 조교들에게 집단 구타를 당했고 정도형 조교하고 헌병대 조사관에게 당했습니다.

최낙도 의원 : 그때의 기온은 얼마나 되었습니까?

이상적 : 영하 17도가량 되었을 살인적 추위였습니다.

최낙도 의원 : 임근실 죽음에 대하여는 어떻게 알고 있습니까?

이상적 : 네, 임근실 씨는 부대 자체에서 만든 특수교육대에 끌려갔습니다. 그 특수교육대는 정도형을 비롯한 중대에서 제일 악질로 소문난 조교 4명이 담당이 되어 특수교육을 시키는 곳이었습니다. 그곳에서 임근실은 하루 종일 오리걸음과 구보, 집단 구타, 무차별 폭력으로 생사를 오락가락하다가 끝내 연병장에서 쓰러졌습니다. 조교들은 임근실 씨가 쓰러지니까 그를 내무반으로 끌고 가 이미 눈을 감고 있는 시체 위에 집단 군홧발을 퍼붓고 쇠막대기로 내려쳤습니다. 엄살이라면서 그들의 폭력은 오랫동안 계속되었습니다. 그러나 아무리 폭력을 퍼부어도 임근실 씨가 꼼짝을 하지 않으니까 그때서야 이상한 조짐을 느낀 조교 하나가 중대장을 불렀습니다. 중대장이 임근실의 몸 위에 군홧발을 대고 흔들어 보니 그때서야 임근실이 축 늘어진 것을 보고 '이거 죽었잖아'라고 말했습니다. 그리고 의무 지대장을 불렀던 것으로 알고 있습니다.

최낙도 의원 : 그때 시간이 몇 시나 되었습니까?

이상적 : 오후 4시에서 5시가량 되었을 겁니다.

최낙도 의원 : 그때는 조금씩 어두워지려고 하는 시간이었는데 임근실이 낮은 포복을 하라고 하니까 결국 쓰러져 버렸고 조교들은 죽은 줄도 모르고 시체 위에다 계속 구타를 가했다, 그런 말씀이죠. 그때 그 장면을 목격하고 들었던 사람들은 엄청난 분노를 느꼈겠군요.

이상적 : 느꼈어도 어쩔 수 없었죠. 임근실이 죽은 후 중대장이 들어와 '오늘 여러분들이 조사단에 불려가서 말하는 행동에 따라 여러분에 대한 대우도 그 행위에 따라 비례할 것이다'라고 공갈성 협박을 했고 우리는 실제 임근실 죽음에 대한 조사단에 불려갔어도 그 사실을 폭로하지 못했습니다. 설사 조사단에 폭로했어도 그 폭로는 쉬쉬했을 것이고 그것은 부메랑이 되어 다시 우리에게 돌아왔을 것입니다.

최낙도 의원 : 중대장의 협박이 무서워서 조사단에 임근실이 맞아 죽었다는 말을 못했다는 말….

최 의원은 질문 도중 목이 메는지 말을 잇지 못하고 있었다. 나도 목울대에서 울컥 치밀어 올라오는 분노를 삭이려고 애를 썼다.

이상적 : 우리가 침묵한 덕분에 조사단은 되돌아갔고 그 뒷날 아침에 오기택 대위는 우리가 침묵해준 대가로 밥 한 식기씩 꾹꾹 눌러서 배부르게 먹도록 해주었습니다. 동료의 죽음과 밥 한 그릇을 맞바꾼 셈이죠.

최낙도 의원 : 지금의 심정은 어떻습니까? 그 당시 피 묻은 역사를 체험했고 오늘날 민주화 역정에서 이런 문제들이 낱낱이 밝혀져 가고 있습니다. 특히 불법적으로 보이는 보호감호처분을 억울하게 받았고 2년씩이나 억울한 감옥살이를 한 점, 또는 30대 초반의 건장한 청년이 밥알 몇 알 주워 먹고 맞아 죽는 이런 사태가 벌어졌는데 이런 사실에 대하여 증인이 느끼는 심정을 간단히 말씀해주십시오.

이상적 : 저는 잡혀가기 전에는 사회과학적 인식이나 정치 같은 역사적 의식이 전혀 없던 사람입니다. 저는 순수 서정문학을 하는 청년에 불과했

습니다. 그러나 잡혀가서 막상 아무 잘못도 없이 국가로부터 있을 수 없는 폭력을 당해보니까 이 나라가 엄청나게 잘못되어가고 있음을 깨닫게 되었습니다. 그래서 오로지 여기 있으면 개죽음이라는 생각밖에 없었기 때문에 살아 나가야 한다고 발버둥쳤습니다. 그래서 3년을 죽음 속에서 살아나온 지금의 심정은 우리 역사에 두 번 다시 이런 반역사적인 작태는 재현되지 말아야 한다는 생각이 간절하다는 것입니다.

최낙도 의원 : 이상 본 위원의 질문을 마치겠습니다.

이어서 다음 날 오기택이 불려 나왔다. 오기택이 불려 나온 청문회장은 긴장감이 팽팽하게 흐르고 있었다. 수많은 국회의원들과 취재진들이 똬리를 틀고 앉아 있었다. 오기택은 식은땀을 흘리고 있었다. 나는 이 청문회장이 임근실의 한을 푸는 마지막 심판대라고 생각되었다. 많은 국회의원들 중에 최낙도 의원은 오기택에게 비수를 찌르는 것 같은 질문들을 던졌다.

오기택은 대부분 "그런 일 없다. 기억나지 않는다"로 일관했지만 최낙도 의원은 정확한 자료를 요지로 오기택을 포위해 나갔다.

최낙도 의원 : 증인은 임근실을 알지요?

오기택 : 예.

최낙도 의원 : 자료에 의하면 오기택 대위가 조교들에게 임근실을 포박하라고 지시한 사실이 있다고 했는데, 사실입니까?

오기택 : 없습니다.

최낙도 의원 : 그럼, 당시 검찰 조서가 거짓말이란 말입니까?

오기택 : 제가 아니고 소대장이 지시한 것으로 알고 있습니다만….

오기택은 임근실을 알고 있다고 말하면서도 임근실의 죽음에 대해서는 부하들에게 미루거나 철저히도 자신은 모른다고 일관하는 이중적 태도를 고수하고 있었다. 그의 이중적인 태도에 분노를 느낀 최낙도 의원의 얼굴이 붉어졌다.

최낙도 의원 : 그럼, 포박한 것은 봤어요? 못 봤어요?

오기택 대위 : 못 봤습니다.

최낙도 의원 : 그러면 허위사실을 검찰이 조사해서 군법회의를 했다, 이 말이군요. 그렇게 주장하시겠어요?

오기택 : 기억이 잘 나지 않습니다.

최낙도 의원 : 여기에 이렇게 나와 있어요. 증인이 지시해서 직경 0.7센티, 길이 2미터가량 되는 포승으로 임근실을 포박하고 입까지 봉한 것으로 되어있어요.

며칠 동안 임근실을 부하들이 감금 폭행한 뒤 80년 12월 15일 8시 30분경에 마지막 결산이라며 임근실의 사지를 들어 3소대에 내무반에 들고 들어가 채왕지 조교가 빼치카 철근을 들고 들어와 임근실을 엎드려놓고 내려쳤습니다. 그리고 임근실이 꺼져가는 신음소리로 "살려주십시오" 하고 말하며 몸을 꿈틀할 뿐 반응이 없자 이번에는 반듯하게 뉘어 놓고 무릎과 낭심 사이를 철근으로 힘껏 2번을 내리쳤습니다. 그때 수련생 김철환을 시켜 바로 앉히라고 지시하자 임근실은 앉지 못하고 옆으로 픽 쓰러졌습니다.

이때 위험을 느낀 김남수 하사가 자기 어깨에 임근실의 좌측 팔을 얹어 좌측 손으로 잡고 우측 손으로 허리를 감싸 쥐어 침상 밑으로 내려 왔으나 이때 두발이 질질 끌렸다는 것입니다. 그리고 이즈음 당신이 임근실의 모습을 보고 행정반으로 옮기라고 지시를 하고 의무대 지대장을 불러 검진을 하도록 부탁했고 의무대 지대장은 "상태가 안 좋다"고 말했다는 것입니다. 그리고 임근실이 죽기 전에는 쓰러져 있는 임근실을 눕혀 놓고 군홧발로 누르며 짐승 취급한 사실도 있습니다. 심지어는 임근실이 하도 고통스러워

개집 속으로 기어 들어가자 개집을 밀어 넘어뜨린 뒤 개집 속으로 빠께스로 물을 퍼부어 밖으로 끌어내고 또 그다음엔 세면대 틀에 임근실을 묶은 뒤 은사시나무로 가격을 했다고 기록되어 있어요. 이래도 모른다라고 잡아떼시겠습니까? 꺼져가는 목소리로 살려달라고 애원을 하는 사람을 죽도록 살인교사 한 잘못을 모르시겠습니까?

　오기택 : 저는 다만 뺨만 몇 대 때린 것 외엔….

　최낙도 의원 : 좋습니다. 중대장하고 더 이상 입씨름하지 않겠습니다. 이 기록은 영구히 보존됩니다. 자꾸 부인만 하는 증인을 상대로 더 이상 심문하지 않겠습니다. 다만 죽는 당일 날도 중대장은 폭행하라고 시킨 일도 없고 맞는 것도 본 일도 없다고 하고 임근실이 단순히 아파서 후송시켜 버렸다. 죽음에 도저히 아는 바가 없고 책임도 없다 했습니다.

　오기택 : 책임이 없다는 것은 말하지 않았습니다. 거기에 대해서는 책임을 질 겁니다. 왜 제 부하가 한 일인데 책임을 안 지겠습니까? 책임을 집니다.

　오기택은 궁지에 몰리자 '책임론'으로 궁색한 답변을 늘어놨다. 그러나 최낙도 의원은 오기택의 말을 전혀 인정하지 않았다.

　최낙도 의원 : 어쨌든 증인이 오는 증인신문을 모두 마칠 때까지 그렇게 주장하면 본 위원이 기록에 의해서 허위증언죄로 고발하도록 동의할 것입니다.

　이때 조승형 의원이 다시 한번 더 오기택 대위에게 주의사항을 일러주기 시작했다.

　조승형 의원 : 방금 최낙도 의원께서 증인에게 여러 가지 위중한 점에 대하여 검증을 많이 했습니다. 제가 옆에서 들어도 기록상 명명백백함에도

불구하고 증인은 그에 반하는 진술을 많이 하고 있습니다. 그렇다면 이 결과는 어떻게 되는가를 증인도 명명백백하게 잘 알고 있을 거예요. 다행히 국회감정법 제14조 1항에 보면 2월 10일 날 증언했던 것이 허위였다 자백을 하실 경우에는 우리 특별위원회가 즉 국회에서 고발을 안 할 수가 있을 것입니다. 이런 점을 증인에게 알려드리니 양심고백을 하시든지 신앙고백을 하시든지 아니면 국회의원들에게 자백을 하시려면 연락을 주시기 바랍니다. 이상 증인 심문을 마치겠습니다.

오기택은 국회에서 거짓으로 증언을 하며 아직도 죄를 뉘우치는 모습은 없었다. 나는 그를 노려보았다. 이제 드디어 그를 만나야 했다. 나는 재빨리 청문회를 마치고 엘리베이터를 타려는 그에게 다가가 그가 연병장 사열대에서 지껄였던 말을 기억에 떠올리며 그에게 말했다. 6년 만의 만남이었다.

나는 역사 앞에 떳떳했고 그는 이제 역사 앞의 죄인이 되어 있는 몸이었다. 그것은 6년 만에 뒤바뀐 역사의 아이러니였다.

나는 그를 쏘아보며 말했다.

"오기택 씨…, 아직도 힘 있는 자가 역사를 만든다고 생각하고 있습니까?"

그는 홍당무가 된 채 나를 흘끗 바라보았다. 사복을 입은 그의 얼굴에는 당혹감과 낭패감이 흘러 넘쳤다. 그리고 한시바삐 이 배반의 역사 현장에서 탈출하고 싶은 표정이 역력히 넘쳐나고 있었다.

"당신은 거짓말을 하고 있지만 절대 임근실로부터 자유롭지 못할 거요. 임근실은 당신의 직접 지시로 죽었으니깐…. 그래서 당신 삶은 절대 온전치 못할 거야. 왜? 공소시효는 피했지만 당신이 살인자인 것을 우리는 아니까. 아직도 너무 많은 증인들이 살아남아 있어. 김철환도 살아 있고 강상문, 목진산도 있고. 당신이 죽여 없애려 했지만 나도 살아나왔어. 이곳에서 당신 만나려고 살아 나왔지. 앞으로 자주 보게 될 거야. 당신이 먼저 죽든 내가 먼저 죽든 이승에서 죽어 없어질 때까지 우리는 만날 수 있을 거야. 흐흐."

그는 황급히 내 눈앞에서 사라졌다. 하지만 그는 평생 동안 나를 잊지 못할 것이다. 앞으로도 나는 계속 그를 만날 것이다. 끊임없이 만나러 다닐 것이다.

청문회에서 그의 고백에 의하면 내 책에 의하여 가족으로부터도 모멸감과 의심의 눈길을 받고 있다고 고백했지만 그가 반성하고 있다는 느낌은 없었다. 그는 후일 소령 계급을 마지막으로 군복을 벗었다는 소식을 들었다.

다음은 정도형이다. 정도형을 찾아내야 한다.

63

청문회는 한때 하늘을 나는 새도 떨어뜨릴 만큼 큰 위세를 가졌던 불법 권력들을 단죄한 자리였다. 역사는 '성공한 쿠데타'도 용서하지 않았다.

쿠데타 실세였던 전두관은 산골짝으로 유폐되었다. 그가 산골짝으로 유폐되던 날 소위 골목성명이라는 것을 발표했다. 그 골목성명에서 자신의 재산 일부를 사회에 헌납한다는 말과 삼청교육대 피해자들에게 사죄한다는 내용을 발표했으나 위선적 성명이었다. 하지만 민간정권으로 정권이 바뀌고 난 뒤 그는 구속되었고 법정 최고형인 사형을 언도받았다. 역사를 거스른 자의 최후였고 나의 복수는 결실을 맺은 것이었다.

88년 가을, 국정감사가 시작됐다. 민주평화당 총재는 약속대로 ㅊ감호소를 공격했다. 국감에서 ㅊ감호소는 바로 인권학살의 주범으로 지목되었다. 여론은 ㅊ감호소를 폐소해야 한다는 쪽으로 기울고 있었다. 언론은 내가 직접 출연하여 내가 당한 감호소 사태를 생방송으로 방영했다. 정치적 결론도 결국은 청송감호소와 사회보호법을 폐지하는 쪽으로 매듭이 지어졌다.

나는 김동철과 김양호, 이홍태 형 등이 출소하는 장면을 지켜보지 못했다. 하지만 내 스스로 다짐한 약속은 지킨 셈이었다.

64

유종석 소위는 결국 한탄강 시체 소각장의 비밀을 찾아낸 대가로 강제 권고 전역을 당했다. 그는 전역 이후 한탄강변의 시체 소각장에서 들려오는 환청에 시달려야 했다. 그는 밤마다 자신이 발견한 시체 소각장 창고의 시체들이 내지르는 비명과 악몽에 시달리고 있었다. 피비린내 나는 세월을 뒤로 그는 이 사실을 누구에게도 발설치 못하고 가슴에 묻어둔 채 살아야 했다.

하지만 시대가 바뀌어 전두관이 권좌에서 물러난 그다음 해 88년, 신문에 눈을 꽂고 있던 그는 눈을 '홉' 떠야만 했다. 그 시점, 어느 피해자가 폭로 수기집을 내고 난 다음 삼청교육대는 태풍의 핵이 되었고 정치권에 삼청교육대 진상규명 회오리바람이 몰아칠 때였다.

그날 유 소위의 눈이 꽂힌 ㅈ일보에서는 "국방부 삼청교육대 사망자 54명 시인"이라는 기사가 큼지막한 활자체로 뽑혀 있었다. 그는 그 기사에 얼굴을 파묻으며 "크흐흑" 하고 괴로운 신음소리와 함께 소 울음소리를 토해내고 말았다.

"거짓말이다…. 54명이라니…. 내가 본 시체만 50명이 넘는데…. 전원이 병사(病死)라고? 흐흐흑….”

그는 시체 창고에서 머리가 으깨어지고 피로 얼룩진 시체 무덤을 몇 개나 목격했었던가. 그 기억이 영상처럼 떠올랐다. 얼굴 형체마저 알아보기 힘든 주검들, 사단별, 연대별로 반입 시기가 적혀 있던 흑판, 어두침침한 화구(火口) 안으로 쏟아져 들어오던 얇은 햇볕, 화구 안에 쌓여 있던 미처 버리지 못한 하얀 뼛가루들, 몇 명을 태워 없앴는지도 모를 그해 봄부터 가을까지 매일 보았던 밤하늘의 붉은 연기. 그는 아직도 그 기억을 정확히 간직하고 있다. 그런데 이 신문에 적혀 있는 사망자의 숫자 앞에 그는 더 이상 할 말을 잃고 있었다.

하지만 그는 선뜻 이 사실을 폭로할 용기를 갖지 못하고 있었다. 폭로 뒤에 불어닥칠 후폭풍과 그 뒤 여파를 감당할 수 없을 것 같았기 때문이다. “그렇지만 해야 한다”를 강하게 되뇌며 그는 다시 한번 한탄강변 그 현장을 찾아가 보고 싶었다. 만약 아직도 그 건물이 남아 있다면 그것을 기록으로 남겨 놓아야 한다고 생각했다. 그렇지만 유 소위를 강제 전역시키고 난 뒤 후환을 감추기 위하여 그 건물을 없앴을 가능성이 제일 크다. 그렇다손치더라도 더 기억이 희미해지기 전에 건물이 있었던 터라도 확인을 해둬야겠다는 생각으로 유 소위는 한탄강변 옛 부대로 가는 버스를 탔다.

그는 동두천에서 옛 부대가 있었던 지명을 기억에 떠올리며 차창 밖으로 지나가는 마을들을 일일이 체크했다. 그는 부대 초입에 내려 그때부터 천천히 걷기 시작했다. 부대는 옛 모습 그대로 있었고 주변은 다소 바뀌어 있었다. 그는 부대 맞은편 강변으로 가는 다리 길을 알았다. 얼추 눈으로 그 위치를 찾아가니 맞아 떨어졌다. 그는 다리를 건넜다. 이 다리 아래로는 자라가 엄청나게 서식했던 곳이다.

다리를 건너 윗길로 가니 바로 소각장으로 접어드는 비포장 샛길이 그대로 있었다. 그는 포구나무를 찾았다. 소각장 마당엔 아름드리의 포구나무가 울창한 가지를 뽐내며 서 있었으니깐. 그때였다. 건물 위치가 눈에 들어왔다. "아…, 그대로였다. 길도 그대로 나무숲도 그대로…. 그런데?" 건물은 없었다. 그 자리엔 건물터였다는 흔적은 아무것도 없었다.

그는 망연자실 못 박히듯 한 자리에 서서 한낮에 포구나무를 등지며 도망쳐 나오던 건물 출구의 위치를 대강 그려내고 있었다. 그는 절망하고 있었다. 그리고 몸서리쳤다. 어찌 기둥을 세웠던 자리에 주춧돌 형태의 시멘트 덩어리 하나도 남겨놓지 않았을까. 은폐…, 그래, 철저한 은폐였다.

하지만 몇 년 뒤 그는 그 자리를 다시 찾아 "이곳에 시체 소각장이 있었습니다" 하고 시체 소각장의 존재를 어느 TV방송국 프로그램을 통해서 고발했다. 시청자들은 그의 양심선언만 듣고도 경악했다.

그는 말했다.

"범죄자는 은폐에 능하다 하지만 깨끗한 사람은 기록을 남기려 한다 하기에 시체 소각장 은폐는 그 시대가 범죄의 시대였음을 스스로 입증한 것이다."

그는 마지막으로 떨리는 목소리로 말했다.

"80년은 그들의 범죄를 목격만 했다는 이유만으로도 젊은 장교를 그 시대의 피해자로 만들었다. 비록 시체 소각장 건물은 사라졌어도 나의 증언을 확인해줄 증인은 남아 있다. 바로 도도히 흐르는 저 한탄강이다."

강원도 ㅎ지역에서 나무꾼 노릇을 하던 5.18 도망자 김상용의 삼청항쟁 목격담도 빛을 발하지 못했다. 가해자들은 시간이라는 무기를 이용하여 모든 역사적 진실을 은폐시켜 버리거나 시간의 무덤 속으로 철저히 감추어 버렸다. 김상용 씨는 강원도 ㅎ지역 부대에서 발생한 삼청항쟁의 주검들도 전부 한탄강 시체 소각장으로 갔을 것이라고 술회했다. 그날 총성에 연병장에 쓰러진 수많은 시체들을 기억에 떠올렸다. 그는 "범죄를 저지른 자는 고백하지 못한다. 목격한 이웃이 양심고백을 해야 한다"라고 말했다. 그러면서 덧붙였다.

"언젠가는 내가 목격한 항쟁은 현장에 있었던 사건과는 무관한 군인들이 노인이 되면 고백할 생채기 같은 역사가 될 것이다."

한 통의 전화를 받았다. 이홍태였다. 그의 첫 마디는 "살아나왔다"였고 나는 "살아나온 것을 축하한다"였다. 전화 속의 그의 울음은 처절했고 끔찍했다. 살아 나온 자의 설움에 북받친 한스런 울음이었다.

김양호와 김동철, 박성호의 소식은 아직도 없다. 하지만 세상 어디에선가 잘 살아가고 있을 것이다.

65

1988년 5월 겨울, 동장군이 물러가고 실록의 계절이 막 기승을 부릴 무렵 정덕포 검사실. 정덕포 검사가 《정화작전》 마지막 페이지를 읽고 '탁' 하고 소리를 내며 책을 덮었다.

그는 미간을 찡그리며 책 속의 피비린내에서 벗어나지 못하는 충격적인 얼굴이다. 작가 이상적이 쓴 문제의 삼청교육대 폭로 수기집이다. 한국정의당에서 집권 코스에 빨간불을 켠 문제의 책이라고 고발한 책, 그리고 오기택과 국방부 등에서 출판물에 의한 명예훼손으로 처벌해달라고 압력을 받고 있는 책이다. 그는 무엇 때문에 권력에 비상불이 켜졌는가를 충분히 이해할 수 있었다. 그리고 그는 압력을 받아들여야겠다고 생각한다. 이런 책이 유포되도록 계속 방치되었을 경우 책 내용이 사실이든 아니든 간에 사회는 엄청난 소요의 물결로 빠져들 것임을 확신했다. 그는 이것이 공직

자로서 애국의 길이라고 생각했다.

"빨갱이 새끼들….."

그때 고소당한 피고인 이상적이 경찰에 의하여 검사실로 들어선다. 정덕포 검사가 부르르 진저리를 친다. 바로 책 속의 문제의 주인공이다.

그때였다. 비상 전화벨이 요란하게 울린다. 그는 황급하게 비상 전화기를 들었다. 그리고 전화기 속으로 다짜고짜로 직속상관의 일방적인 명령이 하달된다.

"지금 이상적이 거기 도착했지?"

"넷, 그렇습니다만….."

"문제가 발생했어. 이상적 체포로 야당에서 들고 일어났어. 5공 청문회와 삼청교육대 진상규명에 대한 탄압이라는 거야. 바로 풀어줘. 사건 확대시키지마시오. 지금 바로!"

"하지만…, 간단한 조사라도….."

"딴 말 말고, 풀어주라면 풀어주시오. 상부의 결정이오."

하지만 자존심상 정덕포 검사는 꼭 한마디는 해야 한다고 생각했다. 그는 송수화기를 내려놓으며 이상적을 쏘아 본다.

"군의 명예를 그토록 훼손한 이유가 뭐요?"

검사의 목소리는 떨렸다. 자존심상 취조는 하지만 그의 피비린내 나는 과거를 다 읽고 난 후유증 때문이었다. 하지만 그가 갑자기 수탉처럼 꼿꼿하게 자세를 곧추세우더니 거의 발악 수준의 답변을 한다.

"그렇다면 내가 검사님에게 한 가지 묻지요. 백성을 지키라고 지급한 총검을 가지고 백성을 찔러 죽이고 총으로 쏴 죽인 사실은 어떻게 생각하시지요? 또 최근 국방부에서 병사로 위장 발표한 54인이 정말 병으로 죽었다 생각 하시오? 삼청교육대에서 살아 나와서 바로 그 후유증으로 죽은 공식적인 사망자 집계만 해도 397명입니다. 그들이 왜 죽었는가 아시오? 그뿐입니까? 한탄강 시체 소각장에서 불법 주검의 증거를 없애려고 태워서 강물에 뿌려 버린 사망자 숫자는 몇 명입니까? 이들을 죽이고 뼛가루마저 한탄강에 뿌려 증거인멸을 주도한 자들이 누군가요? 내 눈앞에서 분명히 고문으로 죽었는데 병사로 처리한 임근실의 사인을 조사할 생각은 있습니까? 아니, 조사할 수 있는 그 권한이라도 있으십니까? 이 모든 범죄의 주체는 전두관과 함께한 정치군인과 그 사주를 받은 국방부 소속의 군인들 아닌가요? 그들의 명예는 소중하고 백성들의 생명은 소중하지 않다, 그렇게 생각하십니까? 작가는 역사의 진상을 기록할 책임이 있고 더구나 작가가 픽션 작가가 아닌 직접 피해자인 경우에는 최소한 국가의 양심적인 모습이라도 보여줘야 하는 거 아닙니까? 꼭 이렇게 잡아다 족치고 가두고 진실을 은폐하려고 몸부림쳐야 합니까? 아니, 꼭 이렇게 해야만 국가라고 생각하십니까? 범죄 정부는 기록을 은폐하고 정직한 정부는 정직한 기록을 찾는 법이지요. 이렇게 미개한 정부로 남아 백년 동안이고 천년 동안이고 계속 은폐만 하는 정부가 되겠다는 거지요? 이 책 한 권으로 모든 것이 폭로되었다고 생각하십니까? 그렇게 생각하면 큰 오산이지요. 두고 보세요. 역사는 제2, 제3의 폭로를 만들어낼 겁니다. 그뿐인가요? 80년 삼청항쟁에서 죽어간 수많은 주검의 완전 규명이 선행되지 않는 한 이 땅의 민주주의는 적통이 아닌 간통으로 만들어진 불륜의 정부가 될 것이오."

"……."

갑자기 정덕포 검사의 입이 벙어리처럼 봉해졌다. 그가 다시 검사를 다그치듯 묻는다.

"답을 해보시지요. 뭐라고 생각하십니까?"

"그건 조사를 해봐야 알지…. 그건 그렇고 일시 귀가 조치시킬 테니 다시 출두 통지서 보내면 꼭 나와야 해요…."

순간, 상체를 곧추세우며 화난 수탉처럼 의자에 앉아 있던 이상적의 눈이 휘둥그레진다. 예상치 못했다는 표정이다. 그는 곧이어 체포 사실을 안 평화당 총재의 "진상규명 작가에 대한 탄압"이라는 거센 항의가 있었을 것임을 직감한다.

그는 각서에 서명을 하고 검사실을 나선다. 검사가 여유롭게 나서는 그의 뒤통수를 노려보고 있다.

66

15년 뒤, 천안함 사건으로 온 나라가 서해바다에 빠져 있을 무렵 나는 ㅊ으로부터 만나자는 연락을 받았다. 그는 시민운동가로 의식이 명료한 친구였다. 적어도 수구세력과 친일주의자가 어떻게 연결되어 보수주의자로 불리는가 그 이유 정도는 아는 친구였다.

그는 만나자마자 하자는 말은 하지 않고 줄곧 줄담배만 피워댔다.

"이 친구, 고민이 많나 보네. 무슨 고민이야?"

나는 사람 좋은 웃음기로 그의 고민을 해결해주려는 마음을 준비를 하고 있었다. 그런데 10여 분 이상을 침묵으로 얼굴을 찡그리고 있던 ㅊ이

"선배님, 면목이 없습니다, 면목이⋯."

"아니, 무슨 뜬금없이⋯. 면목이 없다니? 무슨 말이야?"

"선배님, 혹 선배님의 수기집 《정화작전》에 등장하는 인물 중 악질조교의 실명이 정도형이 아니지요? 그 친구 이름 끝자가 다른 거 아닙니까?"

나는 그때서야 사태의 전말을 이해하기 시작했다.

"그 친구를 아는구나⋯."

"네⋯, 제 초등학교 동창입니다. 묘하게 선배님이 사는 그 마을의 ㅇ초등학교를 다녔습니다. 물론 지금도 그 근처 마을에서 중개사 자격증을 빌려

부동산업을 하고 있지요….”

“뭐라구?”

나는 거의 경악에 가까운 고함을 내질렀다. 이웃동네에 살고 있는데도 그를 찾았던 15년 세월이 떠올랐다.

그는 한숨을 “푸우” 하고 몰아쉬며 말을 이어갔다.

“책을 읽다 발견했습니다. 이놈의 범죄를 읽고 선배님께 고발을 해야지, 며칠 동안 뜬눈으로 고민했습니다. 녀석이 제대 후 몇 년 동안 선글라스만 쓰고 다니기에 녀석이 군생활 때 몹쓸 짓을 많이 했구나 하고 짐작만 했습죠. 근데 친구 놈이 국가범죄의 최전선에서 임무수행을 했을 줄 몰랐죠. 제대 후 녀석은 친구들 모임이 있어도 말이 없었어요. 지독한 딜레마에 빠져 있어 보였죠. 거의 정신병자 수준으로 보면 됩니다. 근데 이런 일이 있을 줄…. 푸우…. 친구를 제보하는 기분 아시죠. 그건 놈이 국가범죄의 이용물이었기 때문에 고발하는 겁니다. 이런 경운 제 부모님이라도 과거청산을 해야 합니다. 그래야 나라가 바로 서기 때문에….”

나는 드디어 녀석의 은신처를 알아냈다. 나는 그를 어떻게 처리해야 하는가를 몇 달에 걸쳐 고민하기 시작했다. 친구에게 자문도 하고 국가 인권기관에 문의도 했다. 대책이 없었다. 하지만 유일한 방법은 법은 멀고 가까운 주먹을 이용하는 수밖에 없다고 말하는 친구의 말이 유일한 대책이었다.

‘아…, 합법적 처벌이 어려운 사건들…. 이래서 복수사건이 일어나는구나.’

나는 분노에 떨면서 그냥 미친 듯이 웃고 말았다. 아는 인권변호사가 말했다.

“이런 경우 독일 전범들처럼 국가범죄의 공소시효를 없애야 합법적으로 처벌할 수 있는데, 그걸 만들어야 역사청산이 가능한데 말야. 근데 우리의 경우는 강 건너 불구경 같은 꿈같은 법이지. 예를 들어 해방이후 북에서는 친일청산이 이뤄졌지만 남에서는 친일청산을 하지 못했어. 이승만 정부가 미국정부의 대대적인 지원을 받으며 정부를 세웠거덩. 근데 미국이 김구 주석 등 민족주의자들을 배제하고 약점 많은 친일주의자들을 등용하길 원했지. 물론 이승만은 미국의 뜻에 순응했고. 그때부터 남한에는 친일주의자들이 살 수 있는 통로가 열렸지. 아니, 그들만의 세상이 된 거지. 그들이 장관에서부터 일선경찰서 순사 자리까지 다 꿰차다보니 도리어 독립운동가 가족이나 민족주의자들을 거꾸로 감옥으로 보내기도 하고 빨갱이로 몰아 죽이기도 했지. 그것은 지금도 진행 중이지. 민주화 운동가들이 빨갱이로 몰리고 불합리한 제도권에 도전만 하면 빨갱이가 되어 감옥으로 가는 것은 그 수순의 연장으로 보면 돼. 역사청산은 그 나라 국민들의 의지가 결집되지 않으면 이뤄지기 힘든 부분이지. 물론 삼청이나 광주학살도 예외가 아니지. 이거 원, 언제 원칙이 지배하는 세상에 살아보나, 푸우…."

그는 한숨을 몰아쉬며 차기 정권 때 국가범죄의 공소시효를 없애는 운동부터 펼치자며 자리를 떴다. 이후 나는 몇 달간을 고민하며 고민의 결론을 내렸다.

'그렇다면 단 한 가지, 국가범죄자가 도리어 '국가법'에 의하여 보호받고 있다면 그 방법의 유일한 통로는 백성이 주체가 되는 '민중법'으로 처단할 수밖에 없지.'

나는 살인조교 정도형과 채왕지를 기억에 떠올리며 미친놈처럼 혼자 빙긋이 웃음을 머금었다.

그날 핸드폰으로 한 통의 전화를 받았다. 전화 속의 주인공은 이홍태였다. 그가 나를 만나자는 것이다. 나는 내 은신처에서 세 시간이나 걸리는 서울역으로 단숨에 뛰어갔다. 얼마 만인가. 살아나 있었는가. 나는 그의 얼굴을 기억에 떠올리며 마음부터 택시에 내렸다. 그가 기다리고 있다는 서울역 계단으로 빠르게 뛰어 올랐다. 그가 눈에 보이지 않았다. 나는 소리를 지르며 뛰어 다녔다. "형…, 홍태 형!" 그때 쓰레기통 근처에 백발이 된 중늙은이 하나가 신문에 머리를 박고 있는 모습이 보였다. 혹시 싶어 가까이 가보았더니 그가 날 알아보고 씩 웃음을 머금는다.

"아니…, 홍태에- 허엉."

그는 이미 오래전부터 노숙인이 되어 있었다. 늙고 병든 모습의 이홍태는 치감호소 8사 밖에서도 8사를 벗어나지 못한 80년대의 폐인 그대로 남아 있었다. 나는 그와 대화를 나누지 못하고 있었다. 그의 감정이 무척이나 불규칙적이었음을 알아차렸기 때문이다. 순간 그가 자리를 박차고 일어섰다.

"8사… 교도대가 온대…. 소장이 시켰대. 나 잡으러 온대…. 나, 간다."

하며 부리나케 서부역 지하차도 방향으로 뛰어간다. 나는 천천히 그의 뒤를 따라갔다. 그가 숨은 곳은 고가도로가 지나가고 있는 컨테이너 박스 뒤 좁은 시멘트 바닥 작은 공간, 거기엔 오래전부터 들고 다녔을 법한 때가 덕지덕지 묻은 가방 하나와 습기 찬 침낭이 있었다. 나는 그의 가방 하나만 집어 들었다. 그를 강제로 택시에 집어 태우고 아는 목사가 운영하는 노숙인 쉼터로 끌고 갔다. 그곳에서 목욕도 시키고 수염도 깎이고 나니 비로소 옛날의 이홍태로 돌아온 것 같다.

나는 이홍태의 가방을 뒤졌다. 그 속엔 손톱깎이, 빗, 몇 개의 소주잔, 끝이 부러져버린 과도, 그리고 노트 한 권과 작은 사진첩이 있었다. 나는 먼저 사진첩을 들추었다. 사진첩 첫 장엔 대학 학사모를 쓴 미남 이홍태가 웃으며 앉아 있다. 그다음 장엔 어린 남매를 안은 미모의 여인이 이홍태 옆구리에 납작 붙어 있다. 이어 펼쳐진 사진들은 이홍태의 젊은 시절이 그대로 응고되어 있는 듯했다. 다시 노트를 집어 들었다.

노트 속엔 출소 때부터 생활한 일기들이 1인칭 문장으로 끊임없이 적혀 있었다. 출소 후 그의 가정이 박살난 배경이 적혀 있었고 아내가 이미 다른 놈과 붙어 살림을 차린 집 주변을 배회하다 교도소에 끌려간 기막힌 일기도 있었다. 아이들을 찾아 나섰으나 어느 나라로 입양이 됐는지 알 수가 없다는 일기도 있었다. 아버지를 찾아갔으나 이미 늙고 병들어 폐인이 되어 있었다. 아버지를 돌보기 위해 돌아가실 때까지 고향에서 마을 사람들의 싸늘한 눈초리를 견뎌내며 잡역부 일을 했으나 가는 곳마다 일당벌이 일주일을 넘기지 못하고 쫓겨났다. 그가 빨갱이라는 정보형사의 귀띔 때문이었다. 다행히도 일년 만에 아버지가 돌아가시자 달밤을 이용하여 산속에 아버지를 파묻고 고향을 등졌다.

그 이후부터 노숙인 생활이 시작됐음을 알 수 있었다. 일기에는 오기택을 찾아가다 길을 잃은 이야기도 있고 정도형과 채왕지 주소지도 알아냈고 정도형과 채왕지를 죽이겠다고 과도를 구입했다는 내용도 있었다. 또 ᄎ감호소로 가다 무임승차로 구류를 산 일도 있었다. 그 이후부터 일기는 뒤죽박죽이 되어 있었고 일기마다 내 이름과 전화번호가 무수히 적혀 있었다. 나는 눈물이 뱅그르르 돌았다.

그날 나는 정신이 약간 오락가락하는 이홍태를 며칠만 보살펴 달라고 노숙인 쉼터의 친한 목사께 부탁을 하고 민통선 집으로 돌아왔다. 집으로 돌아온 그날 밤 개인의 역사 앞에 국가가 자유스러울 수 없음을, 그러나 현실은 그와 정반대 방향으로 가고 있음에 고통스러워하다가 새벽까지 폭음을 했다.

이홍태를 떠올리며 펑펑 울고 청산 못한 반역사적 작태에 분노하여 울다가 깊숙이 잠이 들었다.

그때 꿈결에 들려오는 아내의 황급한 목소리.

"네, 목사님…. 네? 누가 누구를 죽이고 자살했다고요? 이홍태 씨가 정도형을 죽이고 자살했다고요? 네, 네, 깨어나면 말씀 전하겠습니다….”

꿈속으로 피바람의 역사가 후욱 불어왔다.

후기

광주, 삼청학살은 진행중이다

1988년 2월, 80년 서울의 봄을 뒤엎고 12·12쿠데타로 정권을 장악한 전두관 군사정권이 그 긴 여정의 막을 내리려 할 즈음 전국 서점가에는 삼청교육대의 극악한 실상을 파헤친 한 권의 수기가 날개가 돋친 듯 팔려나가고 있었다.

아직은 무소불위의 공포정치가 끝나지도 않았는데 어떤 간 큰 사람들이 그런 책을 펴냈단 말인가. 사람들은 은밀하고도 두려운 마음으로 서점가에서 그 책들을 꺼집어 들었다.

당국에서는 정권이양 과정 중의 어수선한 틈을 타 나온 책들이라 미처 손쓸 사이도 없이 한권의 책은 삽시간에 수십만부의 판매기록을 올리며 베스트셀러가 되었다. 두렵고 초조한 마음으로 책을 펴냈던 출판사는 모두가 상상치도 않았던 베스트셀러에 진입하자 그때서야 안도의 숨을 내쉴 수 있었다. 왜냐하면 〈삼청교육대〉라는 사건이 책을 펴낸 출판사에 국한된 역사적 테마가 아니라 국민적 관심사라는 것을 읽을 수 있었기 때문이었다. 그에 따라 군사정권도 이미 판매고로 국민적 여론 재판을 받아버린 삼청교육대〉 사건을 쉬쉬만 하며 책의 저자와 출판사에게 초법적인 굴레로 수갑을 채울 수는 없을 것이었다.

그로부터도 책은 여전히 날개 돋친 듯이 팔려 나가면서 5, 6공의 정치적

뿌리를 소리없이 흔들어대기 시작했던 것이다. 8년동안 권력의 그늘에 숨어 웅크리고 있던 〈삼청교육대〉 사건이 책을 통하여 최초로 세상에 처음 알려지던 시기였다. 물론 그 책은 필자가 집필하고 〈도서출판 전예원〉이 펴냈던 「삼청교육대 정화작전」이란 책이었다.

그 후 필자는 1988년 국회 5공특위에 삼청교육대와 관련, 증인 및 참고인 자격으로 출석하면서 당시 집권당인 민정당에 불리한 진술을 하므로서 당시 군사 정권은 난파선이 된 듯 출렁거리기 시작 했다 그러나 민정당은 삼청교육 당시 필자의 부대 중대장을 지낸 오ㅇ태 소령을 앞세워 필자를 '출판물에 의한 명예훼손'죄로 고소를 하여 그 덕분에 필자는 1988년부터 약 7년 동안이나 줄곧 쫓겨 다니는 곤욕을 치러야 했다. 그들은 몇 년 후에야 필자를 수배에서 해제시켰지만 필자는 그동안 정신적인 불안과 수배자라는 굴레에 엮여 이중적 피해에 시달리지 않으면 안되었다. 다행히도 책 발간 이후 삼청사건이 정치·사회 문제화되어 언론의 집중적인 재조명을 받았고, 필자 또한 어두운 시대에 삼청사건을 최초로 폭로했다는 자부심을 가질 수 있었기에 그 상처의 후유증에서 다소나마 위안을 받을 수는 있었다.

어쨌든 삼청사건을 고발한 〈정화작전〉이 서점가에서 돌풍을 일으키고 있을 즈음 123회 임시국회에서 당시 평민당 박영숙의원이 삼청의 진상을 공개하라는 최초의 폭탄 발언을 쏟아냈다. 동시에 평민당은 88년 6월 22일 삼청교육대의 인권탄압 사례를 발표하고 만행을 자행한 책임자의 규명과 입소자의 명예회복을 요구했다. 또 삼청교육대에서 살해된 사람과 불구가 됐거나 이로 인한 질병으로 고생하고 있는 사람의 명단 및 숫자 공개와 치안본부에 입력된 삼청교육 이수자 범죄 비행 개요의 백지화를 요구했다.

그리고 전국 25개 군부대에서 실시된 삼청교육을 통해 4만에서 6만 이상의 무고한 사람들이 강제로 끌려가 인간이하의 대우를 받고 이중 상당수가 사망하거나 부상당했다고 주장하고 삼청교육대 수료자 명부를 각 교육장

별로 제출해줄 것을 군사정권에 강력히 촉구했다. 실로 삼청학살 발발후 8년 만에 삼청사건이 정치 쟁점화 되었던 것이다 .

이날 김대중 평민당 총재도 삼청교육대는 정권에 반대하는 야당 지지자들뿐만 아니라 언론인, 학자, 고위 정치인 노동운동가들을 상대로 한 정치탄압이었다고 강조하고, 이 문제를 5공 비리조사 특위에서 전두환씨 일가 비리와 함께 집중적으로 다루겠다고 목청을 높였다. 당시 통일민주당 총재로 있던 김영삼씨도 삼청사건은 제2의 광주사태라고 지칭하면서 이 사건의 진상을 집중적으로 조사해야 한다며 대정부 공세를 퍼부었다.

피해보상과 진상규명은 뒷전

이때부터 8년동안 침묵만 하고 있던 언론들은 피해자의 수기들을 바탕으로 삼청에 대한 조심스런 보도를 하기 시작했다. 5공에 이어 바로 탄생된 6공 노태우정부는 이 사건을 침묵으로만 일관하고 있다가 88올림픽이 끝날 무렵인 10월 3일 '삼청교육대 교육 도중 사망자 50명 부상자 76명'이라는 국방부의 조작 자료를 공식 발표하였으나, 마침내 정부가 삼청교육대의 인권유린을 최초로 시인하기까지에 이르렀다. 결국 여론과 야당의 압력에 노태우 정권은 두손을 들고 말았던 것이다. 그제서야 삼청교육대 피해자들은 깡패라는 오명 속에 숨어 살다가 하나 둘씩 바깥으로 얼굴을 내밀어 그때의 참담했던 진상을 언론을 통해 증언하기 시작했다.

그리고 언론들은 지금까지의 소극적인 보도태도에서 벗어나 피해자들의 증언을 중심으로 적극적인 보도에 나섰다. 그야말로 피해자의 수기와 소문으로만 떠돌던 삼청의 진상이 역사적 심판대에 떠오르기까지의 험난한 과정이었다.

당시 6공정부는 야당과 여론의 요구에 어쩔 수 없이 삼청교육대 말소까지는 응했지만 책임자 처벌과 피해배상 문제는 무시하고 말았다.

그 당시를 회상하는 대다수의 국민들은 삼청교육대 문제는 88년 당시 끝 난 것이 아니냐고 반문하고 있다. 왜냐하면 6공정부는 분명히 삼청사건의 1 단계로 피해보상(배상) 만큼은 자신있게 해결하겠다고 호언 장담했기 때문 이었다.

그러나 노무현 정권 시기에 삼청 재감중 상이자와 사망자에 한하여 수백 만원의 쥐꼬리만한 보상금만 주고 진상규명도 뒷전, 장기수들에 대한 배상 도 눈을 감아 버린채 삼청교육대는 어두운 역사의 뒷골목에 방치 시켜 버 린 현재의 상태다.

1988년 역사의 도마 위에 올랐던 삼청교육대, 그로부터 다시 침묵의 38 년이 흐른 지금 우리는 왜 삼청사건이 어둠 속에 머물고 있으며 당시의 진 상들은 어떠했는가 반추해 볼 필요가 있다. 그것은 무모한 집권욕이 빚은 혹독한 인권말살의 현장으로서 지금까지 권력의 비호하에 진상규명이 일 방적으로 무시되어져 있다는 이유에서다. 그리고 사회악 일소라는 미명하 게 진행되었던 국보위의 정화작전이 얼마나 허무맹랑한 작품이었던가를 국민들은 바로 알 권리가 있기 때문이다. 동시에 진상은 반드시 규명되어 져야 하기 때문이다.

패씸죄로 끌려간 방송사 사장

1980년 8월부터 진행된 삼청교육대는 문자 그대로 아비규환의 지옥 속 에서 연출되었다. 마구잡이 식으로 끌려간 사람들은 속사포식 재판(?)에서 A·B·C등급을 판정받고 무조건 군부대로 끌려갔다. 검거 과정에서부터 애 당초 인권을 보장받을 수 없었던 피해자들의 연행과정은 우습다 못해 차라 리 한심하다는 표현이 더 어울릴 것이었다.

그 예를 몇 가지만 열거해보면 논에 물을 대다가 이웃 논주인과 싸움을 했다는 이유로 끌려간 사람도 있었고, 술집에 외상값이 있다고 끌려간 언론인도 있었으며, 아버지에게 장가보내 달라고 우기다 순찰중인 경찰에 끌려간 케이스도 있었다. 그리고 정상영업을 하는 카바레에 영업을 중지시켜 놓고는 손님들의 알몸을 샅샅이 수색해 문신이나 칼자국이 발견되면 무조건 끌고 갔다.

뿐만 아니라 과거를 씻고 열심히 배추 장사를 하며 살아가고 있는 전과자들도 그 대상에서 제외되지 못하고 무조건 끌려가야만 했다. 그리고 면장을 지냈다는 모 노인은 김대중 씨를 지지하는 말을 했다고 해서 연행되기도 했고 강원도에서 국회의원 선거에 출마하여 상대방 후보를 비방하지 않겠다는 조건으로 수 백만원을 건네받았다는 억울한 누명으로 끌려간 사례도 기가막힌 야당인사에 대한 정치 탄압의 한 예도 있었다.

그뿐인가, 방송사에 할당된 기자 강제해직에 대한 정보기관의 명령에 따르지 않았다고 하여 끌려간 MBC 지방 계열사 사장도 사생활이 문란하다는 억울한 죄목을 뒤집어 씌워 끌고 갔다. 서울에 거주하는 고모 씨는 택시 운전사와 바가지 요금 시비를 하다가 전과가 있다는 이유로 끌려갔고 심지어는 노조간부, 지방언론사 기자 등이 평소 경찰의 미움을 산 죄로 끌려가기도 했다. 더욱이 경남 김해군 녹산면에서 농사를 지으며 착실히 살고 있던 김성환(당시 27세)씨는 파출소에 런닝 차림으로 찾아갔다는 이유 하나로 끌려가 출소 후에 정신분열증을 앓다 사망한 억울한 케이스 중의 하나이다. 그 외에도 환자 진료를 거부한 병원장, 지방에서 직언만 하다가 기관에 밉보인 지역유지, 심지어는 지역의 재야인사까지도 일체의 반론권이나 변호인의 조력없이 마구잡이식으로 연행되었다.

피해자들은 대개가 자신의 연행된 이유도 모르는 채 강제로 손도장을 찍기가 일쑤였으며 보름이나 한달 동안 보호실이나 유치장에 갇혀 있다가 심사위원들에 의하여 A·B·C·D 4등급으로 분류되었다.

심사위원회는 검사, 경찰서장(또는 간부), 보안대 요원, 헌병대 요원, 중앙 정보부 직원, 지역 정화위원 등 6,7명으로 구성되 간사인 경찰서 수사계장이 보고하는 범죄·비행 개요에 따라 판정을 내렸다.

인적사항을 확인하고 위원들간의 형식적인 상의 절차를 거쳐 판정이 내려지는 데 걸리는 시간은 고작 30초에서 1분 가량이었다. A급은 군법회의, B급은 4주 기본교육에 6개월 근로봉사, C급은 2주 기본교육에 귀가조치, D급은 경찰서 훈방이었다. 그리고 그 과정에서도 두려움에 떨고 있던 피해자들은 삼청교육대의 실상을 은밀히 전해 듣고는 면회 오는 가족을 통하여 D급 판정을 받기 위해 뇌물을 쓰는 비리가 발생하기도 했다.

도주자에게 가해진 체형

어쨌든 피해자들은 그 길로 전국 25개 사단으로 뿔뿔이 나뉘어져 강제 삭발당한 채 악명높은 빨간모자의 조교들에 의하여 그때부터 지옥생활에 들어가게 된다. 그리고 남성뿐만 아니라 1천 200여명의 여성들 또한 특전사 예하 11공수에 끌려가 남자 못지않은 군의 인권탄압에 신음하게 된다. 필자가 직접 체험한 4주 순화교육은 말이 순화교육일 뿐이지 인간이길 포기한 조교들의 악랄한 인권 유린장 바로 그것이었다.

사회생활이 몸에 밴 교육생들은 갑자기 접하는 군생활에 어리둥절해 하다가 죽도록 얻어 맞기도 했다. 막사에는 철조망이 쳐져 있었고 그 주위로 탱크가 포진해 있었으며 군인들이 착검을 한 모습으로 삼청교육대 막사를 에워싸고 있었다. 실로 무시무시한 장면이었다.

4주 순화교육 기간 동안 고작 교육이라고 하는 것은 PT체고, 공수접지, 구보, 제식훈련, 목봉체조 따위들이었는데 그런 것은 일단 요식행위에 불과했다. 교육을 빌미로 한달내내 끔찍한 구타와 체벌이 행해질 뿐이었다.

그런 과정에서 회개와 반성은 커녕 도리어 국가에 대한 불신과 불만만이 더욱 커져나갈 뿐이었다. 그리고 훈련 도중 5, 60세 넘는 고령자들의 고통스런 몸부림은 차마 눈뜨고 볼수없을 지경이었다. 아들 손자 같은 조교들에게 뺨을 얻어맞기 일쑤였고 젊은 사람도 하기 힘든 목봉체조 같은 힘든 교육도 감당해 내야만 했다.

또한 원주 28사단의 경우, 고교생 두 명이 탈출을 시도하다 경계병에게 발각돼 무차별 구타와 고문을 당하고 한달내내 오리걸음으로 연병장을 기어 다녀야만 했다. 조교들은 그들이 느리게 걷는다든가 발이 저려 넘어지기라도 하면 각목으로 무차별 구타를 가했다. 그것은 필자가 직접 목격한 사례이기도 하다. 물론 일반 교육생들도 각목 등으로 무차별 구타를 당하는 사례가 많았지만 어린 고등학생들이 받는 고통에 비하면 아무 것도 아닌 셈이었다.

오후 무렵 훈련이 끝나면 사단장은 어김없이 일장훈시를 늘어놓았다. 여러분들이 교육 도중 생활만 충실히 잘해준다면 B·C급 등급 관계없이 언제든지 출소할 수 있다는 내용이었다. 그러나 그 훈시는 결국 자신이 관할하는 부대 만큼은 폭동이나 시위가 터지지 않게 미연에 방지하기 위한 교묘한 속임수에 불과했다는것이 얼마 후에 드러나기도 했다.

그러나 B급 판정을 받은 교육생들은 그 말을 믿고자 했다. 물에 빠진 사람 지푸라기라도 잡는 식으로 그 말을 믿고 생활을 잘하여 6개월 근로봉사에 가지 않고 집으로 돌아가길 염원했던 것이다.

문신에만 초점 맞춘 카메라

조교들이 생활내용을 채점했는데 사단장은 그 점수로 출소 심사를 한다

288

는 것이었다. 그랬기 때문에 교육생들은 아무리 고통스러워도 내색하지 않았다. 그리고 밀고 제도를 두어 옆 동료가 규정을 어기는 것을 조교에게 신고하면 점수를 가산해 주었는데 이로 말미암아 수감생 상호간의 불신이 극에 달하기도 했다.

이렇게 인간끼리의 분열을 조장시키는 교육을 하면서도 순화교육이라고 이름붙인 것은 국민에 대한 기만행위였다. 조교들의 악랄함은 거기서 끝나지 않았다. 다섯 명이 한 조가 돼 목봉체조를 하면 보통 100회 이상을 강요하는 것이 예사였고 100회 도중 목봉이 춤을 추고 구령이 맞지 않으면 체벌로 곱빼기를 시켰다. 200회에서 또 실수를 하면 400회로 곱빼기, 이렇게 하여 목봉체조는 하루종일 계속되었고 고문이 따로 없었다.

어쨌든 수감생들은 이런 야비하고도 비열한 속빈 교육의 현장에서 살아서 바깥으로 나가기 위해 무엇이든 시키는 대로 했으며 조교들의 사적인 노예로까지 전락하고 말았던 것이다. 예를 들자면 점수를 잘 받기 위해 조교의 발을 씻어 준다든가 안마를 해야만 하는 현상도 흔하게 발견되었다. 심지어 예쁘장한 미소년들은 조교들의 성적 노리개가 되기도 했다. 그 행위는 오로지 살아남기 위한 인간의 추악한 본능, 그 자체로 밖에 볼 수 없었다.

그럼에도 사단장은 점수만 잘 받으면 언제든지 출소할 수 있다는 거짓말만 앵무새처럼 되뇌었다. 그런 식으로 순화교육이 한창 진행중일때 교육생들을 경악케 했던 기자 취재 사건이 있었다. 기자와 조교들은 가슴에 문신이 새겨져 있는 사람들을 열외로 불러냈다. 그들은 목봉체조를 하는 동안 제일 앞줄에 서서 카메라 모델이 되는 역할을 할 사람들이었다. 처음에는 문신이 새겨진 교육생들도 눈치를 못 채다가 결국 TV홍보용 촬영이라는 것을 안 몇몇이 촬영 거부를 하였는데 그들은 조교들에 의해 무지막지한 구타를 당해야만 했다. 대열 중에 문신 있는 사람은 손가락을 꼽을 정도밖에 없었는데 카메라는 문신이 새겨진 교육생의 가슴만 들이대고 있었다.

그 화면을 본 바깥의 국민들은 마치 교육생 전부가 우범자인양 생각했을 것이다.

그 사건은 국민들에게 삼청교육의 정당성을 인정받기 위한 언론홍보작전 이었음을 나중에야 알았지만 실제로 국민들은 삼청교육생 하면 문신부터 떠올리게 된다는 것도 확인된 사실이다.

"나는 겨울매미입니다. 맴맴맴"

이런 식의 4주 기본교육은 마치 4년 세월만큼 교육생들에게는 긴 시간이었다. C급 교육생들은 4주 후에는 출소한다는 희망을 갖고 있었지만 B급 교육생들은 점수를 잘 받아야 출소할 수 있다는 사단장의 말만 믿고 절망 중에서도 희망을 가지려 애썼다. 그러나 그 희망은 잠시뿐, 4주교육이 끝났을 때는 B급은 일부 몇 사람만이 출소를 했고 B급 거의 대부분은 정해진 각본에 따라 다시 기나긴 근로봉사대 6개월 과정으로 넘어 가야만 했다.

그때까지 순화교육 4주를 받은 교육생 숫자는 총 3만 742명이었고, C급과 B급 중 퇴소한 인원은 전국적으로 2만 9천 726명이었다. 그리고 나머지 1만 16명의 B급 교육생들은 근로봉사대 지원서라는 종이에 강제 날인을 당한 후 전방으로 모조리 이송되었다. 소위 전방 근로봉사대 부대는 순화교육 4주가 호텔생활 이었다 할 정도로 처절한 구타와 배고픔과 추위로 시작되었다. 특히 임진강변에 포진해 있던 28사단의 경우, 근로봉사대는 바로 죽음 그 자체였다. 교육생들은 전방에 끌려 가자말자 후방에서 해이해진 군기를 잡는답시고 구타로 공포분위기를 조성했다. 그 과정에서 자살미수자들이 생기기도 했고 바늘 등을 삼켜 후방으로 이송된 사람도 생겼다. 필자가 소속되어 있던 28사단의 경우에는 최모(부산시 영도거주)라는 사람은 바늘을 먹고 자살을 하려다 헌병대로 연행되어 가기도 했다.

10월부터 시작되는 전방의 추위는 길고 매서웠다. 12월에 접어들어서는 거의 매일 눈이 내렸고 수감자들은 매일 눈 치우는 노역에 시달렸다. 전방의 날씨는 변덕스러워서 눈을 치우고난 뒤에서 금방 또 눈이 내렸다. 제설작업은 날씨의 변덕스러움에 맞추어 하루종일 반복되었다. 교육생들은 겨울내내 제설작업에 시달렸으며 심지어는 눈에 대한 공포감이 생겼을 정도라고 많은 사람들은 증언한다.

밤이면 조교들은 일부러 페치카불을 꺼뜨리고는 수감자들이 잘못해 꺼뜨린 것처럼 구실을 잡고 체감온도 영하 20℃의 연병장에 벌거숭이로 내몰았다. 이때 벌거벗은 육신들 위로 조교들의 채찍이 마구잡이로 날아 다녔다. 수감자들은 짐승의 울음소리와 같은 신음소리를 토해내며 살기위해 버둥거렸다 이 경우도 필자가 체험한 사례 중의 하나다.

그뿐만 아니다. 홍ㅇ환(경기도 인천군거주)이란 당시 50대는 염모 조교 등에 의해 벌거벗긴 채로 막사 옆 미루나무에 철사줄로 묶여 '나는 겨울매미입니다. 맴맴맴'하고 매일같이 매달려 있다가 급기야는 다리에 고름이 흐를 정도의 동상에 걸려 신음하다가 다리를 자르지 않으면 생명까지 위험하다는 진단을 받고서야 후방으로 이송되었다. 생사여부는 지금도 알 수가 없다. 그리고 최영길이란 교육생은 배고픔을 참지 못해 군견 사료를 훔쳐 먹다가 발각돼 목에 밧줄을 묶인 채 연병장을 끌려다니며 '나는 케리입니다. 멍멍멍'하고 울부짖다 끝내는 조교들의 군화발에 짓밟혀 쓰러져 나갔으나 그의 생사여부도 알 길이 없다. 겨울에는 '빠빠라'로 불리는 강추위 속에 알몸 고문, 여름에는 모기만 서식하는 풀밭 속에서 알몸으로 서 있는 모기회식 고문, 조교들이 개발하는 악랄한 고문의 종류는 그 숫자조차도 헤아리기가 힘들 정도였다.

어쨌든 그런 악조건 속에서도 근로봉사라는 노역은 끊임없이 진행되었다. 말로는 근로봉사를 통해 새사람으로 거듭 태어나게 하는 것이 국보위의 교육목적이라고 했지만 실제로는 교육과는 전혀 무관한 인간을 짐승 취급하는 현장만이 존재할 뿐이었다. 교육생들은 정말 살아서 나갈 수 있을까 하고 자신의 생존에 대해 회의를 가지기도 했다. 낮에는 진지공사, 도로 신설과 보수, 통신망 매설, 무기고와 비행장 보수, 사격장 신설 등 갖가지 노역에 시달리며 굶주림과 추위 등을 견뎌야 했다.

좌절된 조기출소의 꿈

1988년 당시 국방부가 발표한 자료에 의하면 근로봉사대 교육생들이 만들어낸 근로봉사 실적은 어마어마했다. 다음은 실적발표 내용이다.

전차기동 진지 총 3.2km, 전투진지 공사 2천 246동, 도로신설 23.8km, 도로확장 203km, 도로보수 509km, 통신망 매설 78km, 기타 전투 시설 보강 등, 이와 같은 근로실적의 내면에는 교육생들의 피눈물이 서려 있음을 하늘과 땅만 알 뿐, 그때의 노역현장은 지금까지 사진 한 장 공개되지 않고 있다.

수감생들은 계엄령 해제를 눈이 빠져라 기다렸다. 그 이유는 계엄령만 해제되면 자신들은 전원 사회로 복귀 될 것임을 믿고 있었기 때문이다. 그러나 계엄령이 해제되는것과 관계없이 당초의 약속과는 달리 80년 말경부터 수감자를 사회와 영원히 격리시키기 위한 법률제정 작업에 들어갔다. 실제 계엄령이 해제되자 1981년 1월 4일 밤 1만 16명 중 7천 478명이란 숫자가 사회보호법 부칙에 의해 1년에서부터 7년까지의 통지서 한 장으로 징역형 아닌 징역형을 선고받고 만 것이다. 아무죄없이 끌려 온 사람들에게 내려진 또 한번의 초법적인 형벌이었던 것이다. 수감자들은 오늘 내일 출소만 기다리다가 하늘이 내려않는 듯한 비참함만 맛보게 된 것이다.

그때부터 각 부대에서는 조기출소를 요구하는 생존항쟁이 터져 나오기 시작했다. 28사단의 경우, 임모씨(경기도 남양주 거주)이라는 교육생은 밥알을 주워먹다 구타하는 조교에게 "교도소에서 10년을 살았으면 살았지 이곳에선 하루도 못 살겠다 살인마 전두환 타도! 항의성 시위를 하다가 특수교육대에서 조교들의 무차별 구타로 숨지고 말았다.

그뿐만 아니다. 5사단 36연대에서는 처우개선을 요구하는 교육생들의 시위에 총격을 가하여 남모(19세)란 소년이 총에 맞아 즉사하기도 했다. 27사단 77연대에서도 비슷한 생존항쟁이 터졌고 7사단 28사단 등에서도 생존항쟁은 계속 터져 나왔다. 그런 과정에서 국방부는 사실은폐에만 급급했다.

신군부 권력기반 다지기의 제물

국방부 발표 사망자 명단에서 은폐의 흔적을 찾아 볼 수 있다. 박복만씨의 사체를 인수하러 가니 박종환(사망자의 큰 아버지,전남 해남군 현산면 거주)씨는 시체를 확인하는 과정에서 얼굴이 알아볼 수 없을 만큼 부어 있었고 온몸이 시퍼렇게 멍이 들어 있었음을 확인했는데도 국방부는 급성신부전증에 의한 사망이라고 발표했다.

사망자 정양준(25세)씨의 형수 장인순(관악구 신도림1동)씨는 사체를 인수하러가니 갑자기 아파서 수술도중 죽었으며 병명은 모르겠다는 어처구니없는 답변만 들었다고 주장했다.

그 외 경남 밀양군 산내면 배수강씨 역시 구타에 의해 숨졌으나 병사했다고 발표됐고, 81년 1월, 복막염으로 사망했다고 발표된 황영대(19세)군의 형 황영조(대구 북구 노원 2가)씨는 사망통보를 받고 달려가 보니 3년 전 수술했던 부위의 내장이 파열되어 있더라고 주장했다 그리고 이들에게 주어진 당시의 장례비용은 연고자가 있을 경우 20만원, 연고자가 없을 경우엔 10만원이 주어졌다는 사실은 사람의 생명이 개 값보다 못하다는 점에서 충격을 더해준다 이렇듯 삼청순화교육대→근로봉사대→군감호소→청송1감호소→청송2감호소→청송3감호소로 이어지는 중간인 군감호소에서 발생된 생존항쟁에서 죽어나간 수많은 사람들의 사망원인은 거의가 기록 폐기 되거나 병사로 꾸며지고 말았던 것이다. 이런 과정 속에서 죽거나 부상당한 사람외의 생존자들은 1981년 12월에 가서야 지긋지긋 했던 군부대를 벗어나 경북의 북방산 계곡에 자리잡은 청송감호소로 이감되었다.

면회 와서 군인에게 겁간당해 가출해 버린 아내, 충격으로 인한 부모님의 사망 등 갖가지의 사연을 안고 소위 미순화불량배라는 꼬리표를 단 잔여 수감자(감호생이라고 칭함)들은 그때부터 법무부 치하에서 다시 콩밥 먹는 죄수로 바뀌었던 것이다. 전과없는 사람들이 수두룩했고, 그때까지 끌려온 이유를 모르는 사람들이 대다수였는데 이들은(필자도 포함됨) 청송감옥에서 다시 2년에서 3년까지의 청춘을 썩혀야만 했다.

그리고 1년 후 이들은 청송1감호소에서 2감호소로 이감을 한다. 그리고 3감호소에 가서야 출소 심사를 받게 되었고 한 달에 몇 십명씩 출소를 맞이하게 되지만 출소 후 사회에서의 냉대는 징역살이보다 더한 고통이었다고 저마다 술회한다. 그렇게 사회보호법 부칙에 의해 보호감호처분을 받은 계엄포고 13호 위반자들 7천 478명이 전원 출소하기까지 3년 이상의 세월이 걸렸던 것이다.

당시 군부대 감호소를 순회하며 사회보호법의 당위성을 설명했던 한 검사는 악성 범법자를 사회에 내보내서는 않된다는 군 고위층의 의견이 받아들여져 사회보호 부칙이 생겨난 동기가 되었다고 강변하지만 감호처분 받은 사람들은 거의가 현행범이 아니었고 심지어는 전과조차 없는 사람이 수두룩했음을 주목할 필요가 있다. 또한 법무부와 법조계 일각에서는 사회보호법 부칙은 일사부재리의 원칙에도 어긋날뿐더러 소급입법이라는 비판이

제기돼 불량배 순화라는 명목으로 국민적 지지기반을 다지려는 전두환 정권의 술수였음이 명백히 밝혀지기도 했다.

어쨌든 삼청교육대는 그런 과정을 밟아 끝이 났지만 40여년이 지난 지금도 피해자의 대부분은 아직도 삼청은 끝나지 않았다고 주장한다. 그것은 삼청교육대 피해자들이 아직도 악몽과 고통의 신음에서 해방되지 않고 있기 때문이며 진상규명 또한 이루어지지 않았기 때문이다 즉 남편 잃은 미망인이나 그 자식들의 고통이 그것이고, 장기구금자(보호법부칙 희생자)들의 잃어버린 청춘과 아픔이 그것이다. 삼청 장기구금자〈사회보호법부칙 희생자〉들은 법적 피해자들임이 확인이 되었음에도 불구 하고 지금까지 정부로부터 기나긴 구금 세월에 대한 피해의 진상규명도 배상 또한 전혀 이루어지지 않고 있다

발표된 부상자 숫자는 허구

삼청피해자들은 6공정부가 발표한 사망자 숫자와 부상자 숫자를 도저히 믿을 수 없다고 주장했다. 그 이유는 삼청 피해자 자신들이 파악한 사망자 숫자만 해도 500여명에 이르는데 50명이란 숫자는 어디에다 근거를 두고 발표된 숫자인지 모르겠다고 그 발표 내용을 강력히 부인하고 있다.

또한 정부발표의 부상자 76명 역시 허무맹랑한 숫자라고 반박한다. 군부대에서의 부상 원인은 조교들의 무차별 구타, 노역장의 사고, 병의 감염, 자해 등의 순서였다. 200여 명을 수용한 근로봉사부대에 부상자가 많으면 29명이 넘었다고 한다. 그 경우는 필자가 소속되어 있던 군부대도 예외는 아니었다. 노역 도중 열외되어 있던 부상자들이, 많으면 17~18명, 적으면 10여명까지 갔음을 알고 있기 때문이다. 그럴 경우 한 부대에 부상자가 평균 10명일 경우라도 전국 25개 부대로 셈하면 250여 명이나 된다. 그리고

이같은 계산은 근로봉사대에 국한된 경우지만 거기다가 4주 순화교육대 3만 9천 742명이 훈련받은 부대까지 합친다면 그 숫자는 1천여 명을 훨씬 상회할 것이라는 계산이 나온다. 그뿐만 아니라 출소 후 후유증을 앓고 있는 환자까지 합친다면 그 숫자는 급격히 불어날 것이고 부상자 숫자를 집계하기 조차 힘들 것이다. 그 일례로 88년 당시 통일민주당 인권국에서 며칠 사이에 접수한 부상자 숫자만 해도 3백명이 넘었다고 당시 책임자였던 주희상(마포구 성산2동 350번지)인권국 차장은 증언하고 있다.

그것도 국방부에서 발표한 76명이라는 명단은 제외된 숫자라는 것이다.

이상으로 필자는 사건폭로 과정→정치쟁점화 과정→삼청실상→사망자 및 부상자현황 등을 간단히 살펴보았다.

그런데 위와 같이 엄청난 비리를 초래한 〈삼청교육대〉가 아직도 진상규명과 38년동안 암흑의 역사속에 그대로 방치되어 있다는 점은 법치국가에서 초법적인 형태로 취해진 인권유린 사태의 역사는 도저히 묵과될 수 없다는 것이 양식있는 사람들의 공통된 견해이다.

개혁정권의 실험대

거기다가 정권기반 구축을 위해 정권의 반대세력까지 끌고 갔다면 그것은 분명하게 책임자 처벌까지 연결되어야 할 사안이었다. 그럼에도 불구하고 6공은 1988년 야당과 여론의 공세에 떠밀려 삼청사건을 역사의 심판대에 올려 놓을듯 하다가 여론이 수그러들자 유야무야 하고 말았다. 또 민간인을 마구잡이로 잡아들여 군사작전을 펼치듯하여 수많은 백성들을 죽음에 이르도록 까지한 이 미증유의 사건은 군 작전권이 없는 한국군의 경우 어떤 경우로든 미군의 승인이나 눈막음이 있었기에 가능했을 것이었다.

그러나 지금까지 창출된 역대 민주정부 역시 모두 눈을 감고 말았다. 막상 집권 했으나 삼청의 진상규명은 민주정부 에게서 조차 부담스러운 애물단지로 전락된 셈이었다 군사정권 시절 수박 겉할기식 청문회에서 소위원회 활동만으로는 그 큰 역사적 진실을 밝혀내기에는 너무나도 미흡했던 과거 였다.

김영삼 대통령의 경우 이미 광주를 심판하는 과정에서 진상규명만은 역사에 맡긴다고 말한 적이 있기에 삼청 역시 정치지도자들의 일치된 속마음이 아니였을까 싶다 삼청사건의 주모자는 광주의 책임자와 일치한다. 같은 시기, 같은 정권하에서 저질러진 사건이니까 삼청도 광주와 함께 재조사에 들어감은 마땅 한것이다

그러나 당시 지휘체계였던 국보위→계엄사 해당부대→교육대의 책임자들은 가시적으로 드러나 있는 상태이다. 다만 정부가 삼청교육대 기획입안자와 명령시달자 및 조서를 날조한 경찰 지휘계통을 밝혀주고 군부대 교육일지, 행불자 명단 등을 공개하면서 피해자들의 명예와 지휘계통의 책임자 공개 진상규명을 꼭 해야 되는 것이고, 또 한국의 부대는 작전권이 없다.

전시중이 아니었다 하더라도 계엄령이라는 준 전시상황에서 미국 정부가 이 사건을 용인해 주지 않고는 이같은 인권 유린과 민족 대학살극이 일어날 수 없는 상황이다. 80년대 광주와 삼청학살에 대한 미국의 주도적 역할은 무엇이었는지도 밝혀져야 한다. 미국은 2017년 현재까지 72년간을 한반도를 휴전화 시켜 놓고 있는 당사자이며 한미 전시작전권의 마지막 책임자이기 때문이다 .

필자는 작가로서 삼청의 진상을 단행본으로 최초로 폭로한 장본인이다 .

내 반평생을 자주조국 통일 운동과 삼청학살의 진상규명에 초점을 맞추고 살아왔다

그러나 되돌아 보면 폭로만 있었을뿐 제대로 된 진상규명은 하지못한 죄책감으로 살고 있다.

그것은 죽은자들에 대한 미안함이기도 하다. 지금의 진상규명은 88년도 수박 겉할기식 청문회의 진상규명과는 달라야 한다 .

진실을 바탕으로한 철저한 역사적 진상규명과 배상이 이루어져야 된다는 말이다. 독일과 같은 선진국 수준은 되지 않더라도 적어도 법치라는 이름에는 부끄럽지 않게 실시 되어야 한다.

또 배상대상자는 사망자와 부상자 뿐만 아니라 후유증 환자와 장기구금으로 긴 시간을 빼앗겨버린 사회보호법 부칙 피해자들까지도 그 대상으로 포함해야 한다.

지금은 문재인정권 시대이다 보수 야당 세력의 한계가 있지만 광장촛불로 들어섰다는 소위 개혁정권임을 자처 하고 있다. 한미관계와 남북관계에 있어서는 허울좋은 한미동맹으로 예속의 아픔을 벗어나지 못한다 하더라도 국내의 아픈 역사는 적폐청산의 이름으로 진실을 밝힐수 있다. 국내 수구세력들의 눈치만 보다가는 결코 개혁 지도자라는 상표는 얻을 수 없고 개혁정권 재창출을 포기하는 한이 있더라도 역사청산은 기필코 이루어져야 한다. 그래야 후일 진실한 민주 자주 정권을 만들어낼수 있는 기반이 되기 때문이다.

성공된 정권은 역사 청산이 우선이며 자주 민주정권의 초석임을 잊지 말라.

집권 지도자들은 지하에서 눈감지 못하는 광주, 삼청 영령들을 기억 하라 다시 한번 더 강조하지만 광주,삼청 역사적폐를 청산 해야 한다. 끝으로 삼청 사회보호법 부칙 희생자들의 한을 기억 하라 !

2017년 10월 마지막날

민통선 우거에서 이 적 절

264일의 쿠테타 1, 2

12.12 군사반란

노가원 지음 | 각 15,000원

검찰은 1996년 '12.12 사건' 역사적 재판에서 전두환, 노태우 등을
구속시켜 12.12사태를 〈12.12 군사 반란〉으로 규정 됐다.
'12.12 군사 반란 사건' 주임검사 채동욱(전 검찰총장)이 책이 12.12
반란으로 시작된 제5공화국의 탄생을 밝힌다!
독재와 억압에 숨 죽였던 지난 세월을 우리는 어떻게 평가해야 하는가!

마켓 리더의 조건

기업의 지속적 성장과 최대의 수익 창출을 위한 최상의 전략

제러드 J. 텔리스·피터 N. 골더 지음 | 최종옥 옮김 | 18,000원

「하버드 비즈니스 리뷰」 선정 "최고의 책"
「아마존 비지니스」 부문 최고의 베스트 셀러!
「Good to Great」와 함께 전세계 초우량 기업들이 선택한 화제의 책

시장경제
대상

부의

The BIRTH of PLENTY

탄생

프랑크푸르트 국제도서전에서 전세계
독자들의 관심을 모은 화제의 책!

무엇이 부국과 빈국의 차이를 낳는가?

SA 시아

부의 탄생

부의 원천, 흐름 앞으로의 향방을 모색한다!

월리엄엄 범스타인 Willim Bemstein 지음 | 김현구 옮김 | 20,000원

불과 2백년 전 까지만 해도 '경제성장'이라는 말은 존재하지 않았다!
지금 우리가 누리고 있는 풍요는 어디에서 어떻게 비롯된 것일까?
과연 이 번영은 이대로 지속될 수 있을까?

장하준 교수의 경제학의 역사

역사가 처럼 사고하고 경제학자의 열정으로 서술한 경제사상서!

로저 백하우스 지음 | 496쪽 | 김현구 옮김 | 20,000원

경제현상을 이해하려는 시도들의 역사를 다루고 있다. 따라서 이 책에서는
경제현상 그 자체가 아니라 사람들이 어떻게 경제현상을 이해하려고 애써왔는가를
중점적으로 서술하고 있다.

한국판 수용소 군도 **삼청교육대**

초판 1쇄 발행 2017년 12월 13일

지은이 이 적
펴낸이 김형성
디자인 정종덕
경영지원 남영애
마케팅 최관호
인쇄 정민인쇄
제본 정민문화사

펴낸곳 (주)시아컨텐츠그룹
주소 서울시 마포구 성산로 2길 63 태남빌딩 2F
전화 02-3141-9671 (代)
팩스 02-3141-9673
E-mail siaabook9671@naver.com

ISBN 979-11-88519-13-2
값 14,000 원